KB264931

사대부 시조와 유학적 일상성

신연우

이회문화사

책머리에

　사대부 시조는 개별 작품과 작가에 대한 연구 성과가 충분히 축적되었으니, 그들 시조 전체를 유기적 관점에서 바라보는 연구도 필요하다. 그런데 아직도 고시조 특히 사대부 시조를 대하는 우리의 시각은, 우리의 대표적 국민문학이요 정형 서정시문학으로서 귀하게 대접해야 한다는 의무감 섞인 당위론과, 실질적으로는 그리 문학적 긴장감도 생기지 않고 현대적 의의도 찾아보기 어렵다는 현실론과의 갈등 속에 있다. 이 갈등을 완화하는 것, 곧 당대적 의미와 현대에 되살려볼 의의를 함께 드러내는 것이 지금의 시조 연구가 우선적으로 담당해야 할 몫이 아닌가 생각한다.

　이런 점에서 필자는 지난 1997년에 펴낸 『조선조 사대부 시조문학 연구』에서 사대부 시조문학의 특성을 '내면화된 규범의 구현으로서의 일상성'이라는 시각으로 바라볼 수 있지 않는가에 착목하였다. 그 책의 지향점은 결국, 그 이전 사대부 시조의 전체 성과를 등에 업고서야 '동창이 밝았느냐'로 시작하는 시조를 해명할 수 있는 것이라고 했으나, 충분히 설명하지는 못했다. 이제야 어눌하게나마 그 과제의 답을 이 책을 통해 펴내게 되었다고 말하고 싶다. 거친 문장과 매끄럽지 못한 논리로 얼마나 생각을 전달할 수 있었는지 의문이 들기는 하지만, 필자로서는 조선조 사대부 시조가 왜 다른 고전 시가문학과 판이하게 다른 성격을 갖고 있는가를 해명하는데 '유학적 일상성'이라는 개념이 퍽 유용했다고 생각한다. 물론 이는 여러 연구자들에 의해 검증되어야 할 것이다. 이 책이 조그만 실마리가 되어 이와 연관된 훌륭한 연구 성과들이 나오면 좋겠다고 기대해 본다. 필자 개인적으로는 미진하게 끝냈던 박사학위논문의 결론을 이제야 쓴 것 같다. 이제 이 부분은 이 책으로 일단락 짓고, 서정시의 본질적 성격을 이해하는 일에 한동안 관심을 둘 생각이다.

국립서울산업대학교에 자리를 잡은 1998년 여름에 이 책의 초고를 쓸 수 있었다. 경제 위기로 나라와 사회가 어려운 시대에 그래도 편하게 공부에 집중할 수 있었다는 것을 감사하게 생각한다. 문예창작학과 여러 교수님들의 따듯한 배려가 있었기에 이렇게 무사히 성과를 보일 수 있게 되었다. 이강엽 선생이 이 거친 글을 읽고 여러 가지를 지적해 준 것에 감사한다. 이 책을 펴낼 기회를 주신 류재일 교수님과 이회문화사 박영희 사장님께 감사한다.

2000년 仲春

신 연 우

차 례

1. 머리말 ……………………………………………………………………………… 7

2. 유학적 일상성의 시각과 사대부 시조 …………………………………… 13
  1) 세계 긍정의 서정시로서의 사대부 시조 ……………………………… 13
  2) 사대부 시조문학 이해의 한 틀 ………………………………………… 31

3. 유학적 일상성으로 본 사대부 시조의 전개 …………………………… 37
  1) 현실맥락 수렴의 시가사적 의의 — 생성기의 시조 ……………… 37
  2) 四時 觀念과 자연질서 — 孟思誠과 黃喜 …………………………… 58
  3) 자연으로의 귀환 — 李賢輔 …………………………………………… 71
  4) 윤리와 그 가르침 — 周世鵬 …………………………………………… 85
  5) 자연에서 도학으로 — 李滉 …………………………………………… 96
  6) 자연과 도학의 합일 — 李珥 ………………………………………… 114
  7) 도학과 교화 — 鄭澈 ………………………………………………… 129
  8) 田家의 일상 — 李徽逸과 南九萬 …………………………………… 143

4. 사대부 일상성 시조의 배경론 …………………………………………… 157
  1) 이론적 배경 …………………………………………………………… 157
  2) 사회적 배경 …………………………………………………………… 173

5. 일상성 시조의 진폭과 시조사적 의의 ………………………………… 191

6. 맺음말 …………………………………………………………………… 227

1

머리말

　오늘날에도 시조를 되살려 부흥시키고자 하는 시도가 여럿 있기는 하지만, 시조문학이 그리 큰 비중을 가지고 있지 못하고 있고, 때로는 본격적인 문학으로서는 주목조차 받지 못한다는 생각이 드는 것은 필자의 寡聞과 淺學 때문만은 아닌 것 같다. 가장 쉽게 말할 수 있는 이유는 물론 시대가 달라졌다는 것이다. 고전시조를 생산하던 조선시대와 세계가 한 묶음의 단일 체제로 개편되고 있는 듯한 오늘날과는 전혀 다른 시대이기 때문이다. 그것은 눈에 보이는 세계의 물질적 모습이 달라졌기 때문이기도 하지만 그보다는 그 이념과 가치가 달라졌다는 것을 말하는 것일 터이다. 그래서 필자로서는 시조를 부흥한다는 기치를 높이 들기 이전에 우선 조선조 시조문학의 가치와 이념이 무엇이었나를 밝혀야 할 것으로 여겨진다. 그 이념과 가치가 오늘날에도 수용할만한 것인지 아니면 폐기되어야 할 것인지 천착된 연후에 시조 부흥의 내적 의의가 살아날 수 있을 것이다.

　이 책은 그런 점에서 고전시조 중에서 특히 시조의 생성자이고 확립자들인 조선전기 사대부 시조의 이념과 가치를 고구해 보자는 뜻에서 기술되었다. 사대부 시조의 발전 시기는 사대부 사상인 조선 성리학의 발전 시기와 대략 일치하는 것으로 여겨진다. 이 두 가지는 단일 계층 담당자의 두 가지 다른 표현 방법으로 볼 수 있을 것이다. 그래서 이미 선학들에 의해 성리학과 사대부 시조의 연관성이 종종 지적되곤 했다. 필자는 선학들의 연구성과를 수용하여 사대부 시조 전반을 묶어볼 수 있는 하나의 틀을 생각해 보고자 했다.

이에 필자는 '동창이 밝았느냐'로 시작되는 널리 알려진 시조의 의미를 생각하면서 그 이면에 자연의 질서를 생활에서 본받고 그것을 인간 내면으로 심화하는 과정을 보여주는 일군의 시조들이 있음을 주목하게 되었다.1) 그 논문을 발표하고 나서 그 주제가 더 폭넓게 검토될 필요와 의의가 있다는 것을 알게 되었다. 본고는 위 논문의 주지를 확대한 것이며, 거칠게 말하면 남구만의 시조 생성까지의 직·간접적 배경을, 조선조 사대부 시조문학의 사적인 전개의 검토 속에서 고찰해 보고자 하는 것이다. 그것은 특히 오늘날 널리 회자되고 있는 '일상성'이라는 개념틀로 정리할 때 그 본 모습이 가장 적실하게 드러나는 것으로 여겨진다. 그러나 그 용어는 일상생활의 현상적 모습을 드러낸다는 점에서는 공통되지만, 우리 시조사의 전통 속에서 검토할 때 그 함의하는 바에는 적지 않은 차이가 있다. 그것은 본고에서 말하는 일상성이 서양 학문에서 비롯된 일상성이 개념이 아니라 우리 유학 특히 성리학의 이론적-실천적 기본 개념으로서의 일상성이기 때문이다.

일상성이라는 말은 최근에 서양의 사회학 역사학의 연구를 수용함으로써 널리 사용되게 되었다. 그것은 일반적으로 부정적 의미를 함축하고 있다. 일상성에서 긍정적인 의의를 두는 사람들도 그 일상의 표면은 되풀이되어 진부한 것, 사소하고 하찮은 영역2)에서 출발한다. 특히 근대에 들어서는

---

1) 신연우, 「일상성의 문학으로서의 시조」, 『조선조 사대부 시조문학 연구』, 박이정, 1997.
2) 박재환, 「일상생활에 대한 사회학적 조명」, 박재환 편, 『일상생활의 사회학』, 한울 아카데미, 1995. 26쪽.

자본주의 사회의 조직되고 관리된 체계 속에서의 미시적이고 파편적인 것, 유동적인 것으로 인식된다.3) 후자는 우리 근대문학의 하나의 특징적 양상으로 간주되고 있기도 하다. 어느 쪽이든 일상이란 무질서하고 무의미한 반복이며 파편화된 개인의 삶과 연관되어 있다는 생각은 서양에서는 멀리 플라톤까지 소급하는 것 같다. 그가 우화로 제시한 바, 동굴 속에서 그림자를 보며 사는 사람들의 삶이 바로 일반적으로 말하는 일상의 모습이며, 진정한 삶, 본질적 삶은 동굴과 그림자를 떠난 곳에 있다.

그러나 서양적 사고와는 달리 동양의 유학적 인식은 일상성을 부정적으로 보지 않는다. 오히려 대단히 큰 가치를 부여하는 편이다. 유학은 일상 너머의 초월적 본질적 세계를 가정하지 않는다. 서양에서는 현상과 본질을 이원론적으로 파악하고 현상의 일상을 부정하는 것에 반해, 유학은 현상과 본질이 따로 있다고 생각하지 않는다.4) 그저 한 번 움직이고 한 번 머무는 易의 세계에는 어떤 초월적인 상정도 불필요하다.5)

그렇다고 그 일상이 무질서하지는 않다. 유학에서는 일상도 그 자체로 질서를 가지며, 오히려 그 자체로 질서를 갖기에 일용의 생활을 떠나지 않는다. '유가에서의 일상은 자잘하고 파편화된 평범한 일상이 아니라, 역사와 질적인 차이를 드러내지 않는, 삶의 무게가 장중하게 실려있는 일상이며, 지리하게 반복되는 일상이 아니라, 도덕적 각성 속에서 언제나 새롭게 태어

---

3) 주영복, 『한국 모더니즘 문학의 근대성과 일상성』, 다운샘, 1997. 23-30쪽.
4) 물론 동양사상의 불교와 도가도 현상본질 일원론이다. 그러나 그 접근태도는 다르다. 불교는 일상을 끊임없이 강조하지만, 그 방법은 용맹정진의 수양으로써 곧 일상을 벗어나 버리게 된다. 도가는 세계 모두가 도이므로 다른 노력을 기울일 필요가 전혀 없다는 주장이다. 유학은 모든 것에 도가 있지만 인간이 그 도를 저절로 알 수는 없으므로 점진적 노력을 강조한다. 그러나 그것은 불교처럼 용맹정진과 활연한 깨침이 아니라 勿忘 勿助長의 점진적인 것이다. 그것이 유학을 일상의 학문으로 자리매김한다.
5) 최진덕, 「일상적 세계와 인륜적 질서」, 『정신문화연구』 67호, 한국정신문화연구원, 1997. 3-21쪽.

나는 日新又日新으로서의 일상'6)이다.

도덕성을 내면화한 일상의 의의는 현대적 일상과의 비교를 통해 잘 이해할 수 있다. 현대는 이러한 이념이 붕괴된 시대이다. 조선 전기에 보여주었던 바와 같은, 우주 자연과의 일치된 나의 생활의 내면적 질서 따위의 논리는 설득력이 없는 시대이다. 그렇다고 조선 후기와 같이 일상을 일상 그대로 긍정하며 일상에 편안해 하는 논리도 마련하지 못했다. 그런데도 일상은 유지되어야 한다. 밥을 먹고 직장을 나가고 똑같은 사람을 만나고 똑같은 일을 하지 않을 수 없다. 이념으로 뒷받침되지 않는 일상의 반복은 지겹고 지루하고 괴로운 것이지만, 일상에서 달아나기란 거의 불가능하다. 또한 일상에서의 일탈은 사회적으로 백안시 내지는 금지되어 있으며, 개인들도 이미 사회화되어 있어서 자신들이 스스로 지겨운 일상을 일탈할 용기를 갖기 어렵게 되어 있다. 따라서 사람들은 사라진 이념을 대신할 것을 찾는다.

일상의 반복성, 지루함을 없앨 수 있는 능력을 가진 것은 다양성, 신기함이다. 이것은 다행히 현대 자본주의 산업에 의해 뒷받침되고 있다. 자본주의 산업은 자체 생산의 이익 메카니즘에 의해 항상 새로운 상품을 만들 수밖에 없다. 항상 새로운 물건들, 그것은 사람들의 똑같은 삶의 방식을 대체하는 느낌을 준다. 거기에 덧붙여 그 상품을 위한 광고들이 또한 항상 새롭게 제작된다.

그러나 다른 한 편으로는 새로운 광고, 새로운 상품들인 것 같지만, 사실은 결국은 그게 그것들인 것들의 포장의 새로움에 지나지 않기가 쉽기에 사람들은 더욱 새로운 것을 찾게 된다. 치약은 새로운 상품에 새로운 광고를 보여주지만 사실 그 성분과 효용이란 서로 엇비슷한 것들이다. 작은 차이들을 본질적인 차이로 느끼게 만들어 구매하게 하는 것은 상인들에게는 이익

---

6) 정순우, 「퇴계사상에 있어서의 일상의 의미와 그 교육학적 해석」, 『퇴계의 사상과 그 현대적 의미』, 한국정신문화연구원, 1997. 248-250쪽.

을, 소비자에게는 일상의 권태로부터의 일탈을 가져오므로, 서로에게 이익
이 된다. 일상적 생활의 의의의 근거의 상실이 빚은 현대성의 결과인 것이
다.7)

　이와 달리 일상성의 사상적 근거를 이론적으로 확립한 유학을 발전시킨
조선전기와 중기의 사대부들의 시조는 도덕적 자각의 내면화, 우주 자연의
질서와의 일체화라는 내적 의의를 갖게 한다. 황진이의 시조가 빼어나기는
히지만 마음을 다스리고 심성을 순화하는 데는 이황의 시조가 더 알맞다.
황진이의 시조를 좋아해도, 붓글씨로 잘 써서 표구까지 해서 집 안방에 걸
어놓기 알맞은 것은 대부분의 경우 아직도 여전히 이황의 시조일 것이다.
왜 그러한가 하는 이유에 대한 해명이 필요한데 그것은 사대부 전체 문화와
연관되어 있다. 이런 해명 작업은 정당하게 전승되지 못하고 단절되어 버린
사대부 문화에 대한 올바른 인식이 필요하다는 요청과도 관계된다. 사대부
문화의 긍정적인 측면을 계승하는 것은 오늘날의 우리 문화의 차원을 높이
는데 큰 기여를 할 수 있을 것으로 생각한다.

　사대부 시조는 성리학의 특성을 수용하면서 조선조의 현실에서 새롭게
창조된 문학갈래이다. 사대부 시조는 일반적으로, 향가의 초월적 경향이나
고려가요의 통속성과 달리 '사대부적 우아'8)를 미적 특성으로 한다. 우아함
이란 '있어야 할 것과 있는 것이 서로 조화를 이루면서 있는 것으로 있어야
할 것을 수정'9)하는 범주이다. 이것은 시조가 '있는 것'의 중요성을 인식하
게 된 시대, 그러나 아직은 '있는 것'에 의해 '있어야 할 것'이 소거되어버리
지는 않은 시대의, 사대부의 문학적 형상화의 하나이다. '있는 것'을 '있어야

---

7) 신연우, 위의 논문, 위의 책, 27쪽.
8) 조동일, 「미적 범주」, 『한국사상대계 1』, 성균관대 대동문화연구원, 1973. 이 논문
　　에서는 사대부적 우아와 평민적 우아를 같이 다루고 있으나, 사대부적 우아가 일
　　반적 의미의 우아로 통용된다고 하겠다.
9) 조동일, 『문학연구방법』, 지식산업사, 1980. 170쪽.

할 것'의 차원으로까지 높이는 것이 성리학의 한 주제였으며, 유학적 일상성이란 바로 이런 의미이고, 조선조 전-중기의 사대부 시조는 그것의 한 형상화라고 보는 것이 본고의 관점이다.

그것은 때로 자연을 읊는 양식으로 나타나기도 하고, 교훈적 주제를 직접 제시하는 것으로 보이기도 했다. 중기에는 전가에서의 노동을 형상하기도 했다. 이 셋은 흔히 강호가도, 훈민시조, 전가시조 등으로 일컬어지던 것이다. 본고의 관점으로는 이 셋은 모두 유학적 일상성10)이라는 틀의 한 모퉁이들이다. 본고는 이러한 주장을 사대부 시조문학 작품의 사적인 전개 양상을 토대로 검토해 보고자 한다. 2장에서는 향가나 고려가요와 사대부 시조와 갈래적으로 다른 점을 해명하고 그것이 갖는 일상성의 주제를 언급하겠다. 3장은 대표적인 사대부 시조의 작품 분석을 통해서 일상성과의 연관성을 드러내겠다. 4장에서는 이론적 배경, 사회적 배경, 5장에서는 시적 자아화의 양상을 통해 일상성 시조의 진폭을 가늠해 보고 그 시조문학사적 위상을 검토하는 순으로 그 양상을 종합적으로 설명하겠다.

---

10) 앞으로 언급되는 일상성이라는 용어는 대개 이 유학적 일상성을 가리킨다.

2

유학적 일상성의 시각과 사대부 시조

1) 세계 긍정의 서정시로서의 사대부 시조

　서정시로서의 조선조 사대부들의 시조는 여타 고전시가의 서정시들과는 다른 성격을 갖는 것으로 보인다. 세계의 자아화라는 보편적인 원리를 잣대로 하면 같은 갈래에 포함되겠지만 그것으로는 향가나 고려가요와는 다른 시조의 성격을 설명할 수 없다. 그런데 우리가 일반적으로 생각하는 서정시의 본래 모습은 사대부 시조보다는 향가나 고려가요에 더 가까운 것 같다. 이에 반해 시조 특히 조선조의 사대부 시조는 철저하게 합리성과 일상성을 기반으로 깔고 있는 문학으로 여겨지는 것이다.[1]

　그것이 조선 전기 사대부들의 시조가 현금의 우리들에게는 어쩐지 고리타분하다거나 구태의연하다는 느낌을 주는 까닭이다. 생동감 있고 재기 넘치는 시조들은 대개 황진이 등의 기녀 시조이거나 이후의 사설시조에 있다고 여겨지는 것이지, 조선전기-중기의 사대부 시조에서는 아니다. 또 조선

---

[1] 신연우, 「일상성의 문학으로서의 시조」, 『조선조 사대부 시조문학 연구』, 박이정, 1997.

전기 사대부들의 시조가 그 이전의 향가나 고려가요와 성격이 같은 것도 아니다. 향가의 처용가·찬기파랑가·제망매가 등의 작품에서는 무언가 넘보기 힘든 위엄이 있다. 여요의 청산별곡·서경별곡·쌍화점 등에는 평균치의 삶이 영위되지 못하는 실상을 보여준다. 같은 서정시이지만 갈래와 시대에 따라 속내용은 다 다르다. 그러나 향가나 여요의 작품들에서 일반적으로 일상에서 벗어나는 느낌을 갖게 되는 것은 공통적이다.

사대부 시조가 일상성을 중시하는 문학이 된 것은 물론 담당층인 사대부들의 이념 체계가 유학의 한 갈래인 성리학이었기 때문이다. 그러나 성리학 자체도 사실은 일상성의 학문을 목표로 하지만 그 수준은 일상적이라 하기 어렵다는 데 역설적인 면이 있다. 일상에 대한 체계적이고 반성적인 사고로서의 성리학은 일상의 구체적인 면이 아니라 일상성 자체의 근거가 무엇인가를 따진다. 사대부의 자연 소재 시조에 나타나는 것은 주로 일상 그 자체에 대한 것이지만 그 이면에 숨어 있는 것은 일상성의 근거에 대한 전면적인 탐색이다. 그리고 그것은 더 이상 일상적이지 않다.

여기서 필자는 일상성을 시조 개개 작품에 나타나는 합리성, 일상성이 아니라 사대부 시조 전체를 규정하는 성리학과 연관지어 보고자 한다. 이를 위해 우선 여타의 고전 시가의 시적 성질을 고찰해보고, 이어 사대부 시조가 이들과 달리 세계에 대한 전면적 지식과 갈등 없는 세계의 모습을 제공한다는 점을 말하고자 한다.

일반적으로 '서정시'라고 하면 시적 화자가 대상 세계와 하나가 되는 데에 갈래적 특징이 있다고 한다. 김준오는 다음과 같이 말했다.

> 시정신은 단적으로 말해서 자아와 세계의 동일성에 있다. 여기서의 동일성이란 자아와 세계의 일체감이다.2)

김준오는 시적 대상이 화자의 의식 지향에 의해서 화자의 가슴속으로 전이되어 화자와 일체가 되어버리는 '거리의 서정적 결핍'이 서정시의 본질이라고 한다. 그러면서도 문명의 시대에는 현실적으로 존재했던 감각과 사고의 합일은 하나의 '이상'으로만 존재하게 되어 세계와의 갈등을 인위적으로 극복하여 합일의 경지를 몽상하게 된다고 한다.3) 나병철도 '시적 주체인 화자의 내면성에 의해 통제되는 것'이 시 장르의 근본적 특징이라 하며, 자기 인식의 내용이 화자의 내면에 존재하므로 무시간적이며 객관적 대상의 내면화이므로 주객합일의 특성을 지닌다고 했다.4) '화자의 내면성'에 의해 통제된다는 것은, 조동일의 규정으로 말하면, '작품 외적 세계의 개입이 없다'는 것이고, '객관적 대상의 내면화'라는 것은 '세계의 자아화'라는 것이다.5) 이것은 널리 알려진 서정시 이론인 카이저의 '서정적 태도'라는 말과 통하는 것이다.6) 그것은 시적 대상과 자아의 심적인 것이 상호침투되어 고조된 감정의 울림이라고 말해진다. 그것은 자아와 세계의 완전한 융합을 목표로 하는 대상과의 일체감이라고 하겠다.

이 외에도 여러 사람들이 서정시의 본질적 특성에 대해서 유사한 지적을 하고 있다. 그런데 서정적 자아의 내면화라든가 동일화 또는 세계의 자아화라는 말은 두 가지를 포함하고 있는 것 같다. 즉 두 가지로 나누어 생각해 보아야 한다는 것이다. 하나는 내용이고 하나는 수사이다.

내용의 동일화란 다음과 같은 시에 나타나는 것을 가리킨다.

---

2) 김준오, 『시론』, 삼지원, 1993년 3판4쇄, 27쪽
3) 위의 책, 32쪽
4) 나병철, 『문학의 이해』, 문예출판사, 1994. 152-153쪽
5) 조동일, 『문학연구방법』, 지식산업사, 1982년 3판, 172쪽
6) 볼프강 카이저, 김윤석 역, 『언어예술작품론』, 대방출판사, 1982. 524-535쪽.
　　김대행, 「민요의 서정과 그 특질」, 『고전시가의 이념과 표상』, 임하 최진원박사
　정년기념논총간행위원회, 1991. 801쪽.

> 柴桑里 五柳村에 陶處士의 몸이 되야
> 줄업슨 거문고를 소릭업시 집허시니
> 白鵬이 知音호눈지 우즑우즑 흐더라   (『교본역대시조전서』1768번)[7]

　시의 화자는 두 차례에 걸쳐 시적 대상과 동일화된다. 하나는 오류촌의 도연명이다. 자신이 진세를 떠나 자연 속에 은거하는 뜻을 드러내는 데에 그 선배 격인 도연명이 불리어졌다. 자신을 도연명과 동일시함으로써 구구한 여러 가지 설명을 넣을 필요가 없게 되었다. 또한 줄 없는 거문고를 타는 것은 보통 사람들에게는 이해되지 않는 것이지만 백붕은 이해하고 있다. 백붕과 화자는 줄 없는 거문고를 이해하는 동일성이 있다. 이렇게 시에 나타난 대상과 화자가 내용에 있어 동일시되는 것이 위에서 말하는 동일화의 일반적인 경향이다.

　수사의 동일화란 다음과 같은 것이다.

> 此生怨讐이 離別 두字 어이호야 永永 아조 업시홀고
> 가슴에 믜인 불 이러날양이면 어디 동여녀허 스룸죽도 흐고
> 눈으로 소슨 물 바다이 되면 푸덩 드르쳐 띄오련마는
> 아모리 띄오고 살온들 한숨이야 어이리   (전서 2708)

　적어도 이 시의 문면으로는, 님과의 이별이 문제가 되는 시적 대상이니 애초에 대상과의 동일화란 불가능하다. 이별의 원망과 슬픔으로 인해 자신의 가슴속에 생겨나는 불과 물로 이별을 없애 버리고 싶다는 것인데, 불과 물과 화자의 동일시가 이 시의 주제는 아닌 것이다. 자신의 가슴에 생기는 불과 물은 외적인 대상 세계가 내면화된 것이기는 하지만 그것은 시 전체의 화자의 소망인 화합을 제공하기 위한 것은 아니다. 단지 화자의 마음의 상

---

7) 심재완 편, 『교본역대시조전서』(세종문화사, 1972)에서 인용하며 그 수록 번호를 밝힌다.

태를 나타내기 위한 비유일 뿐이다. 이와 같은 것을 수사의 동일화라 할 수 있다.

그런데 상식적 관념과는 달리, 일반적으로 서정시에는 화자와 대상의 전면적인 동일화가 일어나는 것은 그리 많아 보이지 않는다. 오히려 화자와 대상이 분리, 이별의 슬픔을 드러내고 있는 다음과 같은 것이 더 많아 보인다.

> 一刻이 三秋라 ᄒ니 열흘이면 몃 三秋ㅣ오
> 제 ᄆᆞᆷ 즐겁거니 남의 시름 생각ᄒ랴
> ᄀᆞᆺ득에 다 셕은 肝腸이 봄눈 스듯 ᄒ여라   (전서 2421)

이 화자는 님과의 이별을 겪었다. 화자의 소망은 님과의 동일화인데 나타난 현상은 오히려 분리이며 이별이다. 위의 시조에서와 같은 동일화는 일어나지 않고 있다. 종장에서 화자의 다 썩은 간장이 녹아내리는 모습이 봄눈이라는 대상세계와 유비되고 있지만 이것을 화자와 세계의 동일화라고 할 수는 없을 것이다.

물론 넓은 의미에서 내용의 동일화와 수사의 동일화를 합치면 대개는 동일화를 보이겠지만, 그리고 궁극적으로 서정시에서 추구하는 바는 자아와 세계의 동일화, 화합이라고 할 수 있겠지만, 그래서 대개의 서정시는 모두 자아와 세계의 동일화라는 범주에 포함될 수 있지만, 그래도 문면에 명확히 드러나는 대립과 분열의 모습을 경시할 수는 없는 것이 아닌가 한다. 또한 엄밀히 말하면 모든 서정시뿐 아니라 모든 문학은 궁극적 의미에서 자아와 세계의 합일을 지향하는 것임도 염두에 둘 필요가 있다. 모든 자아는 현재의 순간에 세계와 화합해 있든 분열되어 있든 결국은 존재의 목표, 가치관 등에 있어서 세계와 하나가 될 때 가장 충만되는 것이다. 현재의 세계가 자아와 분열되어 있다면 세계를 바꾸어서라도 둘의 동일화를 이루어 내려는 것이 문학의 자아가 꿈꾸는 것이다. 최서해의 「탈출기」와 같은 극단적으로

세계에 의해 내동댕이쳐진 모습을 그리는 작품도 결국은 그러한 상태를 고
발하고 세계가 자신을 돌아보아 줄 것을, 나아가서는 세계를 그러한 방향으
로 개조해서 자아와 맞추어 나갈 것을 기도하고 있는 것이다. 그러므로 우
리는 우선은 문면에 있는 내용 자체를 주시하지 않을 수 없다. 그럴 때 우
리는 서정시의 문면에서 동일화보다는 오히려 대립과 분열의 현상을 더 많
이 보는 것을 부인할 수 없다. 서정시의 궁극적 이상은 동일화라 하더라도
현재의 상황은 그렇지 않다는 것을 드러내는 점에서 서정시도 다른 문학과
마찬가지일 수밖에 없으며 우리의 논의는 바로 이 점에서 출발해야 하는 것
이 아닐까 한다.

여기서 우리는 김대행이 지적한 바, '우리 민요의 서정은 대상과의 일체
감과는 거리가 있다'는 것을 상기할 필요를 느낀다.8) 그는 우리 민요의 애
상성의 특성을 대상과의 거리라는 감정적 구조와 밀접한 연관이 있을 것으
로 추정하고 이렇게 지적한 것이지만, 필자가 보기에 이는 우리 민요 뿐 아
니라 우리 고전시가 문학 일반으로 확대될 수 있는 가설이 아닌가 한다. 대
상과의 일체감으로 보는 서양식 서정시관이 아니라 그저 "대상과 자신이 같
은 층위에서 연상되는" 정도의 느슨한 서정시관이 우리 시가에는 더 적절하
게 여겨진다.

이 점은 우리의 상고 시대 가요에도 마찬가지이다. 대표적인 것은 흔히
한국 서정시의 원류로 일컬어지는 유리왕의 「황조가」이다.

> 펄펄 나는 꾀꼬리, 암수 서로 정다운데
> 외롭구나 이 내 몸은, 뉘와 함께 돌아갈꼬

여기서 화자는 꾀꼬리와 동일시되고 있다. 그러나 사실은 동일시되고 있
지 못하다. 꾀꼬리는 암수 서로 정다운데 화자 자신은 그렇지 못하다. 그는

---

8) 김대행, 위의 논문, 위의 책, 801-802쪽.

꾀꼬리와 달리 님을 잃어버리고 혼자된 존재이다. 이 시가 배경 설화에 따라 역사적 문맥으로 해석되든 순수 서정 문맥으로 해석되든 시의 문면에 나타난 것은 님과의 동일화가 아니다.

물론 서정시의 서정시적 특성은 이러한 갈등과 대립을 어떻게 해소(객관적 해결과는 달리 해소는 다분히 주관적이고 일방적인 느낌을 준다)하느냐에서 찾아야 할 것이다. 결과적으로 모든 서정시는 세계와 자아의 합일을 목적으로 하는 것이지만, 여기서 주목하고자 하는 것은 시의 표면 맥락에서는 갈등과 대립을 드러내는 데 반해, 사대부 시조는 그것조차 없이 문면에서부터 세계와의 합일을 드러내고자 한다는 차이점이다. 이것은 단순히 표현의 차이가 아니라 이념과 가치관의 차이에서 비롯된다고 보는 것이다.

「공무도하가」에서는 그 점이 더 두드러진다.

'님은 물을 건너지 마오'
그예 님은 물을 건너네
물에 빠져 죽었으니
님이여 어찌 하리오

님은 나와 분리되어 강물로 들어가 혼자 빠져 죽었을 뿐 아니라 '물을 건너지 말라'는 화자의 부탁에도 그는 떠나는 것으로 설정되어 있다. 배경 설화에서 화자가 물로 님을 쫓아들어가 역시 죽고 말았다는 것은 시의 문면을 떠난 이야기이니 여기에서는 고려하지 않는다.

「구지가」에서도 작품 문면에 나타나는 것은 화자와 거북의 불화이다. 화자는 거북이에게 일방적으로 명령과 협박을 자행함으로써 화자와 거북은 명백히 분리된다. 궁극적으로 거북이 수로를 내어 놓았으므로 화자와의 동일시가 이루어진 것이다라고 말하기는 어렵다.

이를 동일화라는 측면에서 생각해 보면, 이 세 편의 시에 보이는 동일화의 정도는 각각 같지 않다라고 말할 수 있다. 가장 서정시에 가까운 「황조가」에서도 완전한 동일화는 이루어지지 않지만 그래도 다른 두 편의 시보다는 서정적 자아의 대상에 대한 거리가 가깝다. 일단은 꾀꼬리와 자신을 같은 선상에 놓아보았던 것이다. 곧이어 불거지는 둘의 차이가 비극적 정서를 유발하지만 시의 처음에는 그 둘의 동일성을 추구했음을 읽을 수 있다. 「공무도하가」는 「황조가」보다는 동일성의 정도가 약하고 「구지가」보다는 강하다. 님과 합치되는 부분이 시의 문면에 보이지 않지만 그래도 화자는 상대를 님이라고 부르고 있다. 님을 잃었기에 생긴 비탄이 마지막 행에 잘 드러나 있어서 이 사람이 님과 갖고 있었던 일체감의 흔적을 강하게 읽어낼 수 있다. 「구지가」는 그 대상이 님도 아니고 화자와 일체감도 없다. 오히려 협박의 대상이다. 셋 중 가장 화자와 대상의 거리가 멀다고 할 수 있다.

이러한 사실은 우리 고전 시가 일반이 모두 일률적으로 자아의 내면화, 세계의 자아화라는 원론적인 입장만으로 대할 수 있는 것이 아니라는 점을 지적한다. 서정시는 물론 대상 세계와의 동일화가 여러 모양으로 나타나지만 그 문면에 보이는 대립과 분열의 양상을 자아와의 관계를 통해 세분해 보는 것이 서정시를 더 잘 이해하는 길일 것이다. 그래서 우리 고전 시가에서는 향가, 여요, 사대부의 평시조, 사설시조와 애정시조들이 각각 자아와 세계와의 관계의 여러 모습을 노정하는 것을 주목해야 할 것이다. 간단히 몇 작품을 통해 이를 확인해 보도록 하자. 이를 통해서 조선 전기 중기의 사대부 시조가 갖는 독특한 성격이 보다 잘 드러나리라고 본다.

『삼국유사』에 전하는 「찬기파랑가」를 본다. 양주동의 번역을 따른다.

열치매 나토얀 드리 힌구룸조초 뼈가는 안디하
새파론 나리 여희 耆郎이 즈싀 이슈라
일로 나릿 지벽히 郎이 디니다샤온

ᄆᆞ미 ᄀᆞ홀 좇누아져
아으 잣ㅅ가지 노파 서리 몯누올 花判이여

이 시에서는 화랑인 기파랑을 하늘에 높이 떠가는 달과 동일시하고 있다. 그리고 자신은 그 기파랑을 마음으로 좇는 사람이다. 그러나 이 시의 화자는 기파랑과의 동일화를 꿈꾸고 있지만 그 둘의 거리는 너무나 멀게만 설정되어 있다. 기파랑은 하늘에 있는 달이지만, 화자는 그 달을 우러러 보지도 못하고 땅에 흐르는 시냇물 속에 비친 그 모습을 볼 뿐이다. 물 속에 비치는 그 모습이 그리워서 그 물 속 모습을 주워올 수는 없었기에 그 대신에 냇가의 자갈을 하나 주워들고 시냇가를 왔다갔다하는 화자의 모습이 안타깝게 그려져 있다. 더욱이 하늘의 달은 항상 보이는 것도 아니다. 구름에 가리어 있어서 '열칠' 때에만 그 모습이 드러난다. 따라서 그 달빛도 없는 지상은 어둡다. 하늘과 땅, 밝음과 어둠의 거리가 이 시를 채우고 있다. 그 거리감은 마지막 행에서도 보인다. 기파랑은 서리도 침범할 수 없는 고결한 존재임을 드러내는 것이지만, 지상에 있는 화자에게도 그 가지는 높아만 보인다. 이 시는 결국 완벽한 존재인 대상과 불완전한 존재인 화자를 대립시키고 있는 점이 특징인 시이다. 이러한 시에 나타나는 대상은 숭고한 이미지를 갖게 된다.

다음으로 고려가요를 보자.

二月ㅅ 보로매 아으 노피 현 燈ㅅ불 다호라
萬人 비취실 즈싀샷다 아으 동동다리

六月ㅅ 보로매 아으 별해 ᄇ론 빗 다호라
도라보실 니믈 격곰 좃니노이다 아으 동동다리

「동동」의 이월령과 유월령이다. 이 시도 님을 높이 달아놓은 등불같이 우러르고 자신은 벼랑 밑에 버려진 빗으로 격하시켜서 그 둘의 거리를 상당히 멀게 해 놓았다. 님은 萬人을 비추실 존재이면서도 화자에게는 그 빛이 잘 오지 않는지 화자는 돌아보아 주실 님을 간절히 바라는 모습으로 설정되어 있다. 또는 심하게는 그 님이 자신을 벼랑에 버린 것으로 볼 수도 있다. 그 상황에서라도 님이 다시 돌아보아 주기만을 간절히 바라고 있다는 것이다.

이렇게 님과 나와의 거리가 먼 것은 「찬기파랑가」와 유사한데 이 시에서는 그와 같은 숭고함은 전혀 느껴지지 않는다. 그 이유는 무엇일까? 그것은 고려 속요가 노래하는 세계 자체가 향가가 대상으로 하는 세계에 비해 범속해졌기 때문이다. 우선 위 유월령에 보이는 '벼랑에 버려진 빗' 같다는 표현만 해도 자신을 지나치게 비하함으로 해서 속된 느낌을 준다. 자신이 좇는 님과 추구하는 것이 남녀간의 애정으로 한정되는 것도 향가에서 화자가 기파랑의 전 인격을 사모하는 것에 비해 훨씬 세속적이다. 여기서 세속적이라는 말은 물론 부정적인 뜻이 아니다. 고려가요를 고려속요라고도 할 때의 '俗'이라는 뜻이다. 남녀간의 애정 자체가 부정적인 것이 아니기 때문이다. 다만 남녀간의 애정의 빛은 修養 없이 가능한 감각적인 것이며 당사자들에 한해 적용되는 것인 점에서 훌륭한 인격을 사모하는 뜻에 비해 세속적인 느낌을 준다는 것을 지적하는 것이다. 더욱이 십이월령에 보이는 '소니 가재다 므릇 숩노이다'라는 표현은 지나치게 性的인 느낌을 주기까지 한다.9)

이 시에서는 님과의 이별로 인한 거리가 좁혀지지 않는다. 십일월령에는 추운 겨울에도 님을 여의고 살아가는 애처로운 모습을 그렸고, 십이월에는 결국 자신은 다른 사람 차지가 되었다고 했다. 님과의 거리가 멀다는 데에서 「찬기파랑가」와 공통된 점이 있다. 그러나 「찬기파랑가」에서는 대상인 님이 화자보다 아득히 높은 곳에 있어서 생기는 거리인데 비해, 고려가요에서는 오히려 일반적으로 그 반대가 아닌가 한다. 「동동」에서는 님을 높이

---

9) 서재극, 『한국시가연구』, 형설출판사, 1984.

달린 등불처럼 우러르지만, 독자는 오히려 그 님보다는 화자의 절실하고 애처로운 정상에 더 많이 끌린다. 「찬기파랑가」에서는 독자가 화자와 함께 기파랑의 인품을 사모하는 뜻에 동참하게 된 것에 비해 여기서는 독자는 화자의 님에게 마음을 뺏기지 않는다.

화자는 기생 정도의 신분이었을 것 같다. 그는 버려진 빗이고 손님이 가져다 무는 젓가락으로 비하되어 있다. 그러나 그의 님에 대한 마음은 간절하다. 그에 비해 그 님은 사월령에 따르면 녹사 벼슬을 가진 하급 공무원인데 화자를 잊어버린 사람으로 설정되어 있다. '녯 나를 닛고신뎌'라고 했다. 마음을 다하는 화자를 버린 님은 화자의 정성이 클수록 독자에게는 못된 사람으로 여겨진다.

이와 같은 상황은 「서경별곡」에도 나타난다. 길쌈 베 버리고 님을 좇아 나서고 믿음은 끊어지지 않을 것을 노래한 화자에게 님이란 사람은 '대동강 건너편 꽃을 꺾'을 사람, 바람을 피울 사람인 것이다. 2연의 믿음 노래를 부른 사람이 님이라면 문제는 더욱 커진다. 전체 세계가 비속해진 상태에서 대상인 님은 자아보다 더 속된 느낌을 주고 그런 님에게 진실한 사랑을 보내는 화자의 마음이 독자에게 동질감을 주는 것이 고려가요의 일반적인 양상이라 할 수 있다. 조선조에도 기녀들의 애정시조는 대개 이에 맥이 닿아 있다.

조선 후기의 사설시조는 자아도 세계도 모두 비속하기만 한 작품들이 상당수이다.

> 각시너 내 妾이 되나 내 각시의 後ㅅ난편이 되나
> 곳 본 나뷔 물 본 기러기 줄에 조츤 거믜 고기 본 가마오지 가지에 졋이오 슈박에 족술이로다
> 각시너 ㅎ나 水鐵匠의 뿔이오 나 ㅎ나 짐匠이로 솟지고 나믄 쇠로 가마질 가 ㅎ노라
>
> (전서 48)

이와 같은 시에서 님을 대하는 화자의 모습은 위 고려 가요에서 보이던 것과는 매우 다른 것이다. 화자도 진실하지 않고 님을 바라보는 시각도 비속하기만 하다. 각씨는 그저 성적인 대상일 뿐으로 여겨지고 있고 시 전체가 성적인 표현으로 되어 있다. 화자도 비속하고 화자가 바라보는 대상 세계도 비속하다. 그래서 위의 시들에서 보던 갈등이 없다. 세계를 자아의 비속한 수준으로 일방적으로 끌어내렸기 때문이기도 하다.

위에서 살펴본 바 우리의 고전 시가들은 대개 자아가 세계와 갈등을 겪는 모습을 그리거나 비속한 수준에서 세계와 자아를 일치시키는 것들이 많다. 이것은 서정시의 일반적인 모습이다. 그런데 우선 조선 전기-중기의 사대부의 자연을 소재로 한 시조에는 갈등이 거의 없는 것이 많다.

> 聾巖에 올나보니 老眼이 猶明ㅣ로다
> 人事ㅣ 변한들 山川이쭌 가실가
> 巖前에 某水某丘ㅣ 어제 본둧 ᄒ예라　　　　　　　　　　　(전서 928)

농암 이현보의 시조이다. 갈등이 없는 것은 화자가 山川 즉 自然으로 돌아왔기 때문이다. 자연으로 돌아오자 늙어서 어두웠던 노안이 다시 오히려 밝아졌다. 세속 생활에서 어두워 진 눈이기도 하니 마음의 눈이다. 진리와 이치를 알아보던 마음의 눈이 세속 벼슬살이에서 어두워졌던 것을 자연에 돌아와 다시 회복했다는 것이다. 그 '某水某丘'는 세속에서 보낸 세월에도 불구하고 여전히 동일성을 유지하고 있다. 자연에 돌아와 되찾은 진리가 과거와 불변의 것이었음을 확인한 화자의 감동이 있다.

이렇게 해서 얻은 감동은 자신의 것으로 한정하지 않고 다른 사람에게 나누어주어야 하는 것이 성리학적 도리이다. 이이의 다음 시조와 같은 것이다.

> 一曲은 어디미오 冠巖에 히 비췬다
> 平蕪에 닉 거드니 遠山이 그림이로다
> 松間에 綠樽을 노코 벗오는 양 보노라   (전서 2424)

이 시의 화자도 전혀 갈등이 없다. 그는 관암, 평무, 원산, 송간 등과 심리적 거리가 없으며 사람인 벗과도 갈등이 없다. 화자는 자기가 보고 누리는 햇빛과 그림같은 풍경, 녹준의 맛을 벗에게도 전하고 싶어서 벗이 오길 기다리고 있다. 완벽한 자연의 조화와 질서를 이해한 화자가 아직 그것을 모르는 벗님을 기다리는 것이다. 그것은 第 九曲에 보이는 바 '눈 속에 묻힌 奇巖怪石'을 어서 보여주고 싶어하기 때문인 것이다.

이러한 완벽한 자연의 질서는 이황이 단적으로 보여준 바 있다.

> 靑山는 엇뎨ᄒ야 萬古애 프르르며
> 流水는 엇뎨ᄒ야 晝夜애 긋디 아니는고
> 우리도 그치디마라 萬古常靑 호리라   (전서 2868)

물론 이 자연이 완벽하게 객관적인 것인가는 논란의 여지가 있다. 그러나 여기서 중요한 것은 이황이 또는 넓게는 조선 전기의 사대부가 이러한 자연의 모습을 객관적 진리의 세계라고 보았다는 것이다. 그들은 자신이 '자연의 질서를 아는 자'라고 생각했다는 것이다.

혹은 돌에 앉아 샘물을 구경하기도 하고 대에 올라 구름을 바라보기도 하며, 여울에서 고기를 구경하고 배에서 갈매기와 친하면서 마음대로 시름 없이 노닐다가 좋은 경치를 만나면 흥취가 절로 인다. 한껏 즐기다가 집으로 돌아오면 고요한 방안에 책이 가득 쌓여 있다. 책상을 마주하여 잠자코 앉아 삼가 마음을 잡고 이치를 궁구할 때 간간히 마음에 얻는 것이 있으면 흐뭇하여 밥 먹는 것도 잊는다.

또 봄에는 산새 즐거이 울고 여름에는 초목이 우거져 무성하며 가을에는
바람과 서리가 차갑고 겨울에는 눈과 달이 서로 엉기어 빛나서, 사철의 경치
가 다르니 흥취 또한 끝이 없다.   (『국역 퇴계집 1』「陶山雜詠記」)

「陶山雜詠記」의 일부이다. 그가 쟈연 속에서 궁구한 이치는 무엇인가. 바
로 봄 여름 가을 겨울로 대표되는 자연의 질서인 것이다. 이러한 자연의 질
서를 그는 「도산십이곡」에서 '魚躍鳶飛 雲影天光'이라는 말로 나타내기도 했
다.

그런데 다음과 같은 시조에서는 화자의 갈등이 표면에 드러났다.

쓴 ᄂᆞ믈 데온 믈이 고기도곤 마시 이셰
草屋 조븐 줄이 긔 더옥 내 분이라
다만당 님그린 타스로 시룸계워 ᄒ노라   (전서 2498)

화자가 갈등하는 것은 자연에 대해서는 아니다. 자연에 대한 것은 완전히
만족스러운 마음을 보여주고 있다. 자연이 풍족해서가 아니다. 자신과 자연
은 얼마든지 하나가 될 수 있었기 때문이다. 그러나 님과의 관계가 되자 시
름이 생겼다. 사람과의 관계에서는 갈등의 소지가 있는 것이다. 이는 위의
이현보의 시조와도 상통하는 면이 있다. '人事' 속에 있을 때는 어두워지기
만 하는 눈은 화자의 근심거리이다. 둘 다 자연에서는 완전히 만족해하고,
인간 관계 속에서는 갈등을 느낀다.

그것은 자연과 달리 인간이 미욱하기 때문이다. 인간은 靑山이나 流水와
같은 항상성이 없다. 인간은 자연의 질서를 모른다는 점에서 귀머거리 장님
인 것이다.

雷霆이 破山ᄒ야도 聾者는 몯듣ᄂᆞ니

> 白日이 中天ᄒ야도 瞽者ᄂ 몯보ᄂ니
> 우리ᄂ 耳目聰明男子로 聾瞽걷디 마로리   (전서 662)

우레와 햇빛같이 명백한 자연의 질서를 인간은 모른다는 것이다. 이황은
이 질서를 먼저 본 '耳目聰明男子'이다. 귀머거리 장님과 같은 인간의 불완
전성과 미흡함은 인간 사이에 갈등을 유발하는 것이며 계도되어야 할 것이
다. 그것은 질서의 세계가 아닌 것이다.

이러한 양상이 조선 전기 사대부 시조의 전형이 아닌가 한다. 자연을 전
면적으로 긍정함과 인간 관계를 갈등하는 양상이다. 이들의 관계에 따라 사
대부 시조는 몇 가지 내용으로 분화된다. 하나는 자연을 긍정하는 것만으로
이루어진 시조이다. 둘째는 자연을 긍정하고 人事에 갈등을 보이는 시조이
다. 셋째는 人事를 긍정적, 갈등 없는 상태로 유도하기 위한 시조이다. 대
부분의 자연시조는 둘째의 것이고 훈민시조, 경학시조는 셋째의 것이다.

그런데 다음과 같은 대표적인 훈민시조에도 갈등이 없는데 그것은 이상
적 상황을 설정했기 때문일 것이다.

> 아바님 날 나ᄒ시고 어마님 날 기르시니
> 두분곳 아니시면 이몸이 사라실가
> 하ᄂᆞᆯ ᄀᆞ튼 ᄀᆞ업슨 은덕을 어디다혀 갑ᄉ오리   (전서 2599)

사람이 살다보면 부모와 갈등이 없을 수 없다. 그런데 이 시에서는 그러
한 점은 전혀 드러내지 않고 있다. 이것은 갈등 없는 자연 상태를 모범으로
하여 인간사를 갈등 없는 상태로 유도해 내는 인위적인 시도이기 때문으로
여겨진다.

이것은 자연 상태에서 얻어지는 것이 아니다. 이황이 귀머거리 장님이라
고 보았던 보통 사람들은 사대부들의 정신적 지침에 의해 계도되어서 세계

의 질서를 이해하는 사람이 되어서 이어 인간 사회의 질서까지도 이해하는 사람이 되어야 가능한 것이다. 그 과정은 이이가 다음과 같이 말했다.

> 九曲은 어디미오 文山에 歲暮커다
> 奇巖怪石이 눈 속에 무쳐세라
> 遊人은 오지 아니ᄒ고 볼 것 업다 ᄒ더라   (전서 284)

눈 속에 묻혀 있는 세계의 아름다운 모습은 현상 속에 숨어 있는 세계의 질서의 아름다운 모습이다. 그것은 구곡까지 와야 보인다. 오지 않고 볼 것 없다고 하는 귀머거리 장님과 같은 사람들을 구곡까지 이끌어 그 아름다움을 보여야 하겠다는 것이 이이의 생각이자 성리학적 修己治人의 의도이다.

결국 이러한 양상은 자연에 대한 전면적 긍정과 인간사에 대한 부분적 긍정이라는 양면성에 말미암는다. 이 점을 이론적으로 구분해 고찰하는 것이 사대부 시조를 이해하는 길이라고 생각한다. 향가는 자연을 설정하지만 화자로부터 너무 멀리 떨어져 있다. 고려가요의 자연은 님이나 화자를 비유하는 수준으로 쓰인 것이 많다. 사설시조에는 자연 자체가 별 문제가 되지 않고 인간사가 속화된 모습으로 나타난다. 사대부 시조는 자연이 대상이 되면서도 화자와 동질화되고 인간사에 갈등하면서도 인간을 갈등 없는 순화된 존재로 이끌려 한다. 사대부 시조가 향가나 고려가요 사설시조 등과 뚜렷이 다른 점이 바로 이와 연관되어 있지 않나 한다.

자연에 대한 전면적 긍정과 인간사에 대한 부분적 긍정이라는 점은 애초에 성리학이 불교를 극복하며 생성되었다는 점에 말미암는다. 세계에 대한 전면적 부정으로써의 불교를 버리고 그 짝개념인 세계에 대한 전면적 긍정을 유도하려는 것이 성리학이 가진 측면의 중요한 부분이다. 그런데 세계의 질서와 이치를 긍정하고 그에 맞추어 인간이 갖기 쉬운 무질서와 혼탁을 제거하려는 것이기에 세계의 이치는 전면적으로 긍정되지만 세계의 이치와 일치하지 않는 부분은 부정되는 것이다. 그 중에서 가장 뚜렷한 것이 인간의 마음과 행동이다. 세계를 합리성의 토대위에 구축하려 한 것은 훌륭한 일이었지만 성리학은 생성될 때부터 세계에 대한 이론과 인간의 심성에 대한 이론을 하나로 꿰기에는 어려움이 있었다. 그 어려움이 주리론 주기론 등으로 나타났다. 사대부 시조는 세계의 전면적 긍정이라는 전제를 수용하고 부정적 경향을 띨 수 있는 인간사를 교정하여 세계의 일원적 질서에 수렴시키고자 하는 것이다.[10]

한 편 한 편 개개의 시조가 아니라 사대부 시조 전체를 대상으로 보았을 때 자연을 모범으로 하여 무질서한 인간 세계를 질서로 틀지우려는 문학적 시도로 볼 수 있는 것이다.

성리학자들은 자연을 세계의 질서의 표상으로 보고 자신들이 세계의 질서를 이해한 자라고 보았으며, 어리석은 백성을 자연으로 대표되는 세계의 질서 속으로 편입시키려 했다. 그들의 시조는 완전한 자연의 모습을 제시하는 것, 자연 속에서 인간의 불완전성을 드러내는 것, 그래서 자연을 통해 자연의 질서를 배울 것과 나아가 자연의 질서를 인간 사회에 실현하고자 하는 것들로 이루어져 있는 것이다. 그것은 시조의 담당층은 자연의 질서를 아는 자라는 전제에서 출발하는 것이다. 그것이 위에서 보았던 이현보·이황·이이 등 사대부 시조의 양상이었던 것이다.

따라서 이러한 사대부 시조가 추구하는 일상성은 우리가 실제로 매일 살아나가는 데 사용하는 일상성이라는 말과는 좀 구별되어야 할 필요가 있다.

---

10) 노사광, 「제4장 중기이론의 건립과 변화」, 『중국철학사』(송명편), 정인재옮김, 탐구당, 1988. 234-439쪽.
　　신연우, 「조선조 사대부시조의 이치-흥취 구현양상과 의미 연구」, 한국학대학원 박사논문, 1994.

그것은 결과적으로는 일상에서의 질서를 유지한다는 점에서는 마찬가지이겠지만, 자연의 질서를 내면화한 끝에야 얻게 되는 것이라는 점에서 매우 다른 것이다. 그것은 철저한 반성적 사고, 철학적 사유의 끝에 획득하게 되는 어려운 것이다. 이러한 점은 성리학의 기본 교과의 하나인 중용에서 이렇게 지적한 바 있다. 중용의 도는 '가깝게는 어리석은 부부가 사는 일상생활에서도 알 수 있으나 그 지극함에 미쳐서는 비록 성인이라도 알지 못할 것이 있다.'11)

사대부 시조에서 이른바 훈민시조라고 하는 것들은 이러한 이치를 깨닫고 전달하는 과정을 생략하고 백성들에게 그 결과만을 제시하고 일방적으로 훈계하는 것들이다.

> 지아비 받갈라간더 밥고리 이고가
> 반상을 들오더 눈섭의 마초이다
> 친코도 고마오시니 손이시나 다르실가　　　　　　　　　(전서 3785)

이러한 시조에는 자연의 이치에서 추출한 질서를 깨닫는 과정이 생략되어 있다. 이미 그러한 과정을 거쳐 얻어진 결과로 인간 사회에 적용되어야 한다고 생각되는 질서만이 제시되어 있는 것이다.

또한 위에 말하는 사대부 시조는 조선 중 후기 이후로 많이 나타나는 윤선도 식의 자연 시조와도 다르다. 윤선도의 시조는 자연을 그 자체로 노래한 것이거나 인간세상이 싫어서 자연으로 피하자는 대상이 되는 것들이다. 「어부사시사」 40수의 시가 모두 그러하며 「산중신곡」이 거개 그러한 내용이다.

---

11) 『중용』 12장, 주회 주 참조 해석.

취ᄒᆞ야 누얻다가 여흘아레 ᄂᆞ리려다
낙홍이 흘러오니 도원이 갓갑도다
人世 紅塵이 언메나 ᄀᆞ렷ᄂᆞ니   (전서 4248)

이와 같은 시조가 그 앞 세대의 사대부 시조와 다른 것은 자연에서 질서를 배워 그것을 인간사의 질서로 만들고자 하는 것이 아니라는 점이다. 이 자연은 그저 도피의 수단이다. 그것은 人世를 피한다. 인세 홍진으로부터 자신을 가려주는 수단이기를 바라는 것이다.

「오우가」의 경우 작자가 자연으로부터 배우는 것이 있다고 할 수 있다. 그러나 그것은 兼善天下의 정신과는 거리가 멀다. 바위 물 대나무로부터 불변함 곧음 등을 배우지만 그것은 '내적 윤리'의 한계를 갖는 것이다.[12]

2) 사대부 시조문학 이해의 한 틀

1926년에 六堂 崔南善이 「朝鮮國民文學으로서의 時調」라는 글을 발표한 이후로 시조에 대해서 '국민문학'이라는 말이 낯설지 않게 자주 사용되고 있다. 육당이 그 말을 사용한 것은, 그가 보기에는 조선문학으로서는 시조가

---

12) 윤성근, 『윤선도 작품집』, 형설출판사. 1982. 190-191쪽. '그런데 윤선도는 왜 내적 윤리를 추구했는가? 그는 정치적으로 패배했다. 정치적 패배는 인간관계에 대한 회의를 가져다 주었다. 이러한 회의는 인간과의 관계 속에서 의미를 가지는 외적 윤리, 행동의 윤리보다는 개인의 인격 완성이란 내적 윤리에 더 관심을 가지게 한 것이다. 이깃은 이른바 맹자의 獨善其身이다.' 이렇게 말한 윤성근은 바로 이어 윤선도가 '외적 윤리에 더 가치를 부여'했다고 해서 좀 모순되는 언급을 했다. 윤선도 시 전체의 경향과 연관지을 때, 송강의 「관동별곡」에서 '달 빛' 자체의 겸선성을 나타낸 것과는 달리, 이 시조에서는 달이 남의 잘못을 '말하지 않는다'는 것에 더 중점이 놓여야 할 것이다. 자신은 남의 잘못을 알고 있지만 말하지 않는 군자라고 자위하는 것이 윤선도의 다른 시와 어울린다. 그것은 다른 사람과의 긍정적 관계를 개선하기보다는 관계의 단절이 더 부각되어 있는 것이다.

유일하게 완성된 형식을 가진 '成立文學'이라는 것이요, 세계에 내놓을 수 있는 유일한 문학유산이기 때문이다.13) 오늘날은 일반적으로, 작가층이 왕으로부터 기녀와 일반 서민에 이르기까지 다양하다, 다루고 있는 소재나 내용의 진폭이 넓다, 오백년의 역사를 가지고 있을 뿐 아니라 현대에도 지속되고 있는 유일한 전통문학 갈래이다라는 등의 이유에서 국민문학이라는 말이 사용되는 것 같다.

그런데 육당의 그 글을 읽으면, 이 시조의 '第一條件, 根本條件'으로 역설한 '朝鮮스러움'에 관해서는 자세하게 설명하지 않았다는 점이 금세 눈에 띈다. '晉波의 위에 던진 朝鮮我의 그림자'라는 멋있는 말을 했지만 별 내용은 없다는 문제점이 있다. 너무 추상적이고 막연한 말이어서 별 도움이 되지 않는다. 이후로 趙潤齊는 시조 형식에 대한 학문적 성과를 보여주었으며, 시조 내용에 관련해서는 강호가도를 처음으로 용어화하면서 '黨爭下의 明哲保身과 致辭客의 閑情'을 사대부 시조의 본질로 들었다.14) 이를 이어 崔珍源은 이들 시조에 나타난 自然美가 賞自然의 風流, 永遠의 規範性, 餘白의 調和를 갖는다고 지적했다.15) 李敏弘은 士林派의 因物起興的 視角은 「陶山十二曲」의 溫柔敦厚, 「高山九曲歌」의 閑美淸寂, 「漁父四時詞」의 物外閑寂 등의 미의식으로 나타났다고 하였다.16) 趙東一은 理氣哲學을 이용하여 本然之性의 시조와 氣質之性의 시조로 양대분한 것으로 시조문학의 본질적 측면을 보여주었다.17)

본고는 선행 업적을 수용하면서 이들에게서 비교적 소략하게 보인 바, 사

---

13) 崔南善, 「朝鮮國民文學으로서의 時調」, 이태극 편, 『시조연구논총』, 을유문화사, 1965. 14-21쪽.
14) 조윤제, 『한국문학사』, 탐구당, 1979.
15) 최진원, 『국문학과 자연』, 성대출판부, 1977.
16) 이민홍, 『사림파문학의 연구』, 형설출판사, 1987.
17) 조동일, 「시조의 이론, 그 가능성과 방향설정」, 『우리문학과의 만남』, 홍성사, 1978.

대부 작가 시조들의 상호 관계와 그에 근거한 사대부 시조의 사적 전개를 가능한 대로 유기적으로 고찰해 보고자 한다. 사대부 시조의 연구는 사대부 시조를 단선적으로 파악할 것도 아니고, 각 작가의 개별적 특성을 천착하는 것으로 멈출 일도 아니다. 이들을 상호 연관지으면서 일정하고 일관된 흐름을 보일 수 있다면 좋을 것이다.

고려말 조선 초기의 사대부들이 창작한 시조는 그들의 학문, 사상, 사회적 관심과 밑물려 있을 것으로 간주하는 것이 타당할 것이다. 그 연장선상에서 탄생한 문학작품이라 할 때 그 안에는 그들이 실현하고자 했던 시대적 이념이나 정서가 녹아들어 있을 것이다. 그것이 지금에 와서 시대에 뒤떨어진 것이니 단순한 것이니 논하기 이전에 그 시대적 역할이 있었을 것임을 고려해보지 않으면 아니 될 것이다. 그 시대적 역할이라는 것은 가치의 포폄보다 먼저 밝혀져야 할 영역이다. 필자로서는 그것이 '유학적 일상성'이라는 이념으로 정리될 수 있다고 생각하며 본고를 통해 그 점을 논해 보고자 한다. 그 개념은 '강호가도' 시조를 핵심으로 하면서도, 훈민시조와 전가시조까지를 하나의 틀 안에서 이해하는데 도움을 줄 것으로 생각한다.

시조에는 조선전기 사대부 시조만 있는 것이 아니고 여류 작가의 것도 있고 후기로 들어와서는 이른바 중인층의 작품도 대량으로 창작되기도 했다. 그러나 배면에서 지표를 마련한 것은 역시 조선전기 사대부들이라 할 것이다. 후기의 변형에 대해 언급하기 위해서라도 우선은 조선전기 사대부들의 시조 작품을 규명하는 것이 선후관계에서도 옳다고 여겨져서 본고는 조선 전기 사대부들의 시조를 대상으로 한다.

조선전기 사대부란 일반적으로 고려조로부터 역성혁명을 이루어낸 문반 관료들과 그 후계를 가리키는 말로 사용된다. 이들은 대개 고려조의 향리, 호장층에서 나왔고, 농업기술을 크게 발달시켜 생산력을 증대시켰으며, 성리학이라는 철학을 학문과 생활의 바탕으로 삼고 있었다.18) 시조는 이들이 창안하고 발전시킨 문학으로 여겨진다.19) 조선후기에는 중인층들이 시조를 담당했지만 그 이념적, 미적 배경은 역시 이들 전기 사대부들이 만든 내용을 따라가는 것이었다.

따라서 이들 사대부들의 시조문학을 성리학과 연관짓는 논구가 자연스럽게 받아들여졌고 연구 성과도 다대하다. 또한 농업 기술과 실무 실용에 대한 관심은 초기 성리학 중 삼강오륜 등의 실천적 행동 강령과 밀접한 관계가 있으며 이것은 오륜가 등의 훈민시조와 관련이 있을 것으로 생각되기도 하였다. 본고도 이러한 연구 경향에 맥을 같이 하는 것이다. 다만 초기 성리학의 실천적 특징과 내면화된 성리학의 이념적 사상적 특징을 따로따로 시조에 투영하기보다는, 이들 모두의 특징이 결국 조선전기 사대부들의 시조문학을 배태 생성하여 그 결과물로 세상에 출현한 것이라는 점을 보이는 데 역점을 두려고 한다.

필자는 그 결과물의 한 표현이 남구만의 '동창이'로 시작되는 시조와 이휘일 등의 전가 생활시조라고 생각한다. 조윤제 선생이 이미 지적한 바와 같이 이러한 생활시로서의 면모가 근대 이후 시조 창작에 이어졌어야 했을 것이라고 생각한다. 그러나 그것은 물론 처음부터 완성된 모습으로 나타난 것은 아니었던 것 같다. 조선 중기를 지나서야 가능해지는 것이었고 또한 이 시기를 지나면서 이미 붕괴되어 가기 시작하지 않았나 한다. 그렇다면 그 이전은 이러한 결과물을 마련하기 위한 다양한 과정이라고 말해볼 수 있을 터인데, 그 과정들 중 가장 중요한 것은 훈민시조와 自然道學時調이다. 그리고 이것은 조선전기 사대부의 시조문학사와 거의 일치하는 방향이 아닌가 하는 생각도 한다. 몹시 거칠지만 초기 시조문학사의 한 경향을 정리해 내

---

18) 박연호, 「조선전기 사대부교양에 관한 연구」, 한국학대학원 박사학위논문, 1993. 4 쪽에서 이우성, 이태진, 이성무의 연구를 인용해 이와 같이 정리했다.
19) 조동일, 『한국문학통사 2』, 지식산업사, 3판, 1994. 187-193쪽.

는 결과를 기대해 보게 된다.

 그런데 이러한 현실, 생활, 일상의 모습은 사실은 고려말, 시조가 생성될 때 그 단초를 보였던 것으로 여겨진다. 적어도 고려말 시조에는 조선조에 와서야 보이기 시작하는 도학적 내용, 훈민의 교훈 등이 보이지 않는다. 이 초기의 시조가 조선 전기의 자연도학 시조와 훈민시조로 분기하였다가 다시 현실 생활 시조로 귀환한 과정으로서 초기 사대부 시조사를 정리해 볼 수 있을 것으로 생각한다. 그러니 물론 뒤에 등장한 현실 생활시조는 고려 말에 보였던 것과는 깊이를 달리하는 것이다.

 이를 도표로 정리해보면 다음과 같을 것이다.

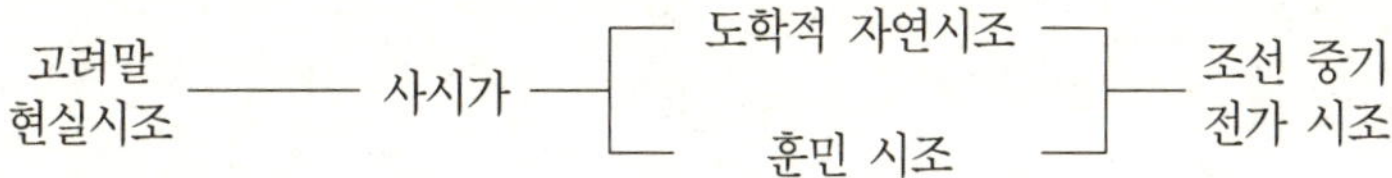

 이것은 고려말에서 조선 전기의 사대부 시조사를 이해해 보고자 하는 하나의 가설이다. 본고는 이 가설의 타당성의 정도를 검토해보고자 하는 것이다. 그래서 필자는 먼저 고려 후기의 사대부들의 소작인 시조작품들을 고찰해보고 이어서 맹사성과 황희, 이현보, 이황, 이이, 정철, 그리고 이휘일과 남구만의 시조를 검토해 이 점을 검증해보고자 한다. 이 작업을 통해 '일상성으로서의 시조'의 개념을 정리하고, 나아가 그들 시조의 시학적 특성과 의의에 대해 검토해 보고자 한다.

 물론 이러한 시도는 시조를 일관된 시각으로 바라보고자 하는 단 하나의 노력에 불과할 것이다. 시조를 이해하는 길은 수없이 많이 여려 있을 터이다. 그 중에서 하나의 측면을 가능하면 선명히 드러내려고 노력할 것이다. 그것은 시조라는 다면체를 이해하기 위한 어쩔 수 없이 평면적 부분적인 접근이 될 것이지만, 그 전체의 다면성을 항상 염두에 두어서 전체의 방향성에서 이탈하는 일은 없고자 한다. 전체를 총체적으로 드러내는 것은 이러한 평면을 여럿 검토해 나중에 종합함으로써 이루어질 것이다. 아직까지는 부분적이나마 이러한 평면을 여럿 만드는 일을 할 때이다.

3

유학적 일상성으로 본 사대부 시조의 전개

1) 현실맥락 수렴의 시가사적 의의 — 생성기의 시조

(1)

시조가 16세기에 와서야 생겨났다는 학설도 있지만 일반적으로는 고려 후기에 만들어지기 시작했다는 것이 통용되는 견해이다. 설총이나 을파소 같은 고대 인물이 작자로 등재되어 있는 작품도 있지만 믿을 수 없는 것이고, 고려말 인물로 등장하는 우탁, 이존오, 이조년, 최영, 이색, 이방원, 정몽주 등의 시조부터 인정할 수 있는 것 같다.[1] 그러나 고려말 신흥 사대부의 시조로 남아 있는 것은 팔구편에 지나지 않는 소략한 것이다. 그나마도 내용이 다기해서 어느 한 가지 경향이나 수법으로 정리할 만한 집약점이 없다.

---

1) 진동혁, 『고시조문학론』(형설출판사, 1992증보판)에서는 더 여러 편을 들었지만 작자 시비가 큰 것들이 많다. 여기서는 문학사적으로 고려시대의 것으로 인정을 받았다는 점에서 조동일, 『한국문학통사』에서 고려말 시조로 든 것만 언급하기로 한다.

이들 사대부들은 모두 고려말의 어지러운 현실을 개혁하는 데 관심을 가졌다는 공통점이 있고 그 중 얼마는 실제로 고려를 뒤엎고 새 왕조를 건립한 사람들이다. 이들로부터 새로운 문학 갈래인 시조가 나타났다는 것은 주목할 만한 일이다. 물론 이때까지의 시조는 지금 보는 바와 같은, 종장의 특수한 형식을 완비한 것은 아니었을 것으로 추측된다. 형식적으로 보다 느슨하게 그저 네토막 세줄 정도의 모양새만 갖춘 것이었을 수도 있다. 그 뒤에 발전하여 종장의 특수한 완결성을 구비하게 되었을 것이다.

어쨌거나 이들에 이르러 시조와 가사가 나오고 경기체가와 가전체가 여러모로 실험되었다는 사실에 주목하는 것이 필요하다. 이들 중 경기체가나 가전체, 그리고 가사는 모두 교술문학이라는 점을 고려해야 한다. 그들 세 작은 갈래는 모두 현실의 구체적 사물에 대한 관심을 문학적으로 표현한 것이라는 특성이 있다. 「한림별곡」과 같은 경기체가에 보이는 사물의 나열, 가전체에 보이는 바 사물에 대한 공시적, 통시적 깊이 있는 성찰과 더불어, 그나마 서정 갈래에 접근하는 성향이 있는 가사도 역시 사물 자체를 드러내 보이는 데 주력한다는 점은 조동일에 의해 정밀하게 규명된 바 있다.2)

이들 교술 갈래의 문학작품들이 사물세계에 대해 보이는 이와 같은 관심은 이들의 사상이 불교가 아니라 성리학이라는 점에 관련이 있다. 모든 것을 마음의 소산으로 돌려버리는 주관성이 강한 불교가 아니라, 관념론이기는 해도 객관적으로 파악되는 理 또는 氣를 사람의 마음 우위에 두는 성리학을 수용했기에 객관적 리와 기를 품고 있는 객관 사물에 더 관심을 두고 그 이치를 궁구했던 것이라 할 수 있다. 그러한 태도는 성리학에서 四書로 지정한 책인 『大學』에 나오는 강령 중 그 유명한 '格物致知'라는 말에 집약되어 있다.

　시조는 교술문학이 아니라 서정문학이다. 세계와 사물에 대한 관심보다

---

2) 조동일, 『한국문학의 갈래이론』, 1992. 집문당.

개인의 심회를 풀어내는 서정의 영역에 속하는 문학이다. 그러나 이 시조의 작자층이 교술문학의 작자층인 사대부와 동일한 인물들이라는 점은, 같은 사상을 갖고 있으니만치 시조도 다른 교술문학과의 근본적인 공통점을 노정하고 있는 것은 아닐까 하는 의문을 갖게 한다. 실제로 시조에는 황진이의 '동짓달 기나긴 밤을' 하는 것과 같이 순수한 서정의 영역에 들어가는 것이 분명히 존재하고 있는 점은 아무도 부인할 수 없겠지만, 동시에 사대부의 시조들이 순수한 서정 문학 작품 영역에 속하는 것인가 하는 점에 대해서는 이론이 있을 수 있다. 오륜가류는 말할 것도 없고 자연을 노래한 시조들조차 순수하게 개인과 자아의 투영인가 하는 점에 대하여는 의문을 가질 수 있는 것이다.

필자는 사대부 시조가 그러한 경향성을 띠게 된 것은 고려말 시조의 초창기부터 싹을 보이던 것이라는 점을 드러내 보이고 싶다. 그것은 아직 의식화되기 이전의 작품들이지만 시조가 개인 서정과 함께 현실 문제에 대한 깊은 관심을 한번도 망각하지 않은 문학갈래라는 점을 말하는 것이다. 이제 작품에 들어가면서 그 점에 대한 동의를 구해보고자 한다. 이러한 작업은 조선전기 사대부 시조의 전체적 성격을 규명하기 위한 전초 작업의 의의를 갖는다고 생각한다.

(2)

고려말 시조의 작가로 가장 이른 사람은 禹倬(1262-1342)이다. 그의 시조로 전하는 것이 두 수 있다. 작품은 심재완 편 『교본 역대시조전서』에서 들고 그 원전 출처를 작품 끝 괄호 안에 보이기로 한다.

春山에 눈 노기는 ㅂ람 건 듯 불고 간 딘 업다
져근듯 비러다가 ㅁ리 우희 불이고져

귀밋티 히무근 서리를 녹여볼가 ᄒᆞ노라

ᄒᆞᆫ 손에 가시를 들고 ᄯᅩ ᄒᆞᆫ 손에 막디 들고
늙는 길 가시로 막고 오는 白髮 막디로 치랴터니
白髮이 제 몬저 알고 즈럼길로 오더라   (병와가곡집)

「嘆老歌」라고 하는 대로 늙음을 한탄한 시조이다. 전체적으로 보아 이 시조의 미덕은 감상에 빠지거나 삶에 대한 과도한 집착에 매몰되지 않는다는 점이다. 삶에 대한 일말의 아쉬움과 여유를 동시에 나타내는 데 성공하고 있다. 이 시조를 분석해보자. 먼저 「춘산에」에서는 은유와 병렬 구조가 보인다. 산:머리, 눈:백발의 대응을 이루게 하여 '서리'가 결국 '백발'의 은유가 되도록 처리하고 있다. 병렬구조는 다음과 같다.

        춘산의 눈에 봄바람 분다.
        내 머리 위 백발에 봄바람 분다.

  이러한 병렬구조는 야콥슨식 의미에서도 은유를 이룬다. 즉 같은 선택축에 있는 두 단어를 한 자리에 나타내 보이는 것이다. 이것은 동일성을 강조한다. 서정시에서 대상과의 동일성에 집착하는 것은 感傷에 흐르는 폐를 낳을 수 있다. 이 시조에서라면 젊음과 생명에 대한 과도한 집착일 것이다. 그런데 이 시조에서는 그렇게 확보한 동일성을 차단하는 수법을 써서 감상에 빠지지 않는다. 그것은 위의 병렬구조에 다음과 같이 덧붙여 보임으로 분명히 나타난다.

        춘산의 눈에 봄바람 분다. 눈이 녹는다
        내 머리 위 백발에 봄바람 분다. 백발이 녹지 않는다.

이것은 대조에 의한 대립이며 배반의 구조이다. 기대에 대한 배반은 자아의 위치를 자아가 확인할 수 있게 한다. 자연과 일치하지 않는 자기만의 모습을 확인하는 것이다. 이렇게 되면 산은 머리가 아니며 자연은 사람이 아니라는 인식에 이르게 된다. 이러한 인식은 갈등을 빚어낼 소지가 있다. 그러나 이 시조는 또 한 차원 위에서 이 갈등을 해소하고 있다. 그것은 '춘산'이라는 작은 자연에서는 자아가 자연과 일치하고 있지 않지만, 사람까지 포함하는 큰 자연에서는 결국 늙음도 그 안에 들어가는 것임을 인식하는 데서 온다. 봄바람에 눈이 녹는 것도 자연이지만 '귀밑틔 희무근 서리'가 녹지 않는 것도 자연인 것이다. 이것은 지나가 버리는 삶이 아쉽지만 그래도 받아들이는 삶의 태도이다. 아쉬운 것은 인지상정이고, 더 큰 자연을 수용하기 때문에 이 시조에서는 여유를 찾을 수 있는 것이다.

「훈 손에」 시조도 같은 발상으로 되어 있는 것을 금방 확인할 수 있다. 위와 같이 정리해 나타내 보자. 먼저 은유적 병렬구조를 보일 수 있다.

> 가시, 막대로 물건을 막는다.
> 가시, 막대로 백발을 막는다.

여기서는 백발이 무슨 물건과 같은 것으로 은유되어 있다. 백발이 그러한 물건이라면 가위나 막대로 막을 수 있을 것이다. 그러나 그러한 기대는 다음과 같이 어긋나게 되어 있다.

> 가시, 막대로 물건을 막는다. 막을 수 있다.
> 가시, 막대로 백발을 막는다. 막을 수 없다.

이러한 배반도 역시 갈등을 낳을 수 있다. 갈등은 세계에 대한 환멸이거나 자아에 대한 집착으로 나아갈 수도 있다. 그러나 이 시조에서는 역시 그러한 갈등을 지혜롭게 해소하는 것을 볼 수 있다. 그것은 종장이다. 백발이 지름길로 왔기 때문이라는 것이다. 원래 오던 길로 오면 막을 수 있었을 터인데 지름길로 왔기 때문에 어쩔 수 없다는 것이다. 이렇게 되면 가위, 막대도 살고 백발도 살게 된다. 이것은 더 큰 조화, 더 큰 자연에 대한 순응인 것이다.

이들 우탁의 시조가 어떤 道나 깨달음을 전제로 하거나 강요하지 않는다는 점은 강조될 필요가 있다. 이러한 삶의 여유로운 모습은 어떤 형이상학적 전제를 깔지도 않았고 깨우친 자의 교훈성도 유도하지 않는다. 이 경우 늙음과 나아가 죽음은 극복의 문제가 아닌 것이고 형이상학적 초월로 넘어서야 할 것도 아니다. 그러면서 동시에 무상함으로도 빠져들지 않고 있다. 또한 삶에 대한 집요한 집착도 아니다. 집착은 비속함을 낳는 것이라면 이 시조는 비속함에서 비껴 있다. 즉 초월도 아니고 비속도 아닌 그 중용의 길에 이 시조가 놓여 있다.

늙음의 문제는 사회나 국가에서의 역사적 현실의 문제는 아니지만 사람이라면 누구나 부딪히는 개인적 역사에서의 현실적 문제이다. 이 문제를 초월하려고 하지도 않고 비속하게 치부해 버리지도 않는 것이 우탁 「탄로가」의 중요한 특징이다. 사회적 역사적 현실에서도 이러한 태도를 어떻게 견지할 수 있는가를 탐구한 것이 그 이후의 사대부 시조사의 문제였다고 하겠는데, 그렇다면 우탁의 이 시조가 갖는 사적 의미는 단순히 고려말 최초의 시조라는 점을 넘어서는 것이다.

다음으로 대표적 서정시조로 인정되는 李兆年의 「多情歌」를 살펴본다.

> 梨花에 月白ᄒ고 銀漢이 三更인지
> 一枝春心을 子規야 알냐마ᄂ
> 多情도 病인양ᄒ여 좀 못 일워 ᄒ노라   (병가)

이 시조는 포개짐의 시학으로 파악할 수 있다. 먼저 이화의 흰 빛 위에 흰 달빛이 포개진다. 은하수는 깊은 밤임을 나타내는데 다시 깊은 밤임을 드러내는 삼경이라는 말을 덧붙였다. 다정함은 병이 될 정도로 깊어졌으니 그 병은 다정함이 여러 겹으로 포개져서 생긴 것이다. 마지막으로 잠을 못 이룬다는 사연이 자규와 화자 두 겹으로 포개진다. 세 줄밖에 안 되는 짧은 시에서 네 번이나 시어의 이미지를 중첩되게 사용했다.

이러한 포개심의 서정은 자연과 화지를 하나로 합치시키는 데 성공적인 구실을 한다. 그러나 그 합일은 전체적으로 나와 이화, 은한, 자규와의 정서의 합일이기는 하지만 물아일체, 물심일여 같은 말로 정리되는 영원의 진리를 추구하려는 것과는 질이 다른 것이다. 이 합일은 순간적, 현실적 느낌의 포착으로 이루어지는 것이다.

먼저 자규와 화자는 잠을 이루지 못한다는 점에서는 합일되지만 그 이유에서는 다르다는 것을 명시했다. 화자는 多情이 병이 되어서 잠을 이루지 못하는 것이다. 그 다정함은 배나무 한 가지에 피어나는 꽃으로 구상화되는 바 봄밤에 느끼는 애상적 감정이다. 이 감정을 '자규야 알랴마는'이라고 했다. 자규가 밤새 울기는 하지만 이 감정을 알아서 그런 것은 아니라는 것을 말한다. 자규는 무슨 다른 사연으로 밤을 새워 울고 있는지 모르지만, 화자가 다정함이 병이 되어 잠을 못이루는 것과는 다른 것이다. 이 점을 알고 있으면서도 화자는 자규와 자신을 동일시하고자 한다. 잠을 이루지 못한다는 공통점을 더 강하게 부각시키고자 하는 것이다. 그것은 화자의 현재의 감각이 그러한 차이를 불식하고자 한다는 것을 말해준다. 이성적으로 따지면 그런 차이가 있지만 그 차이를 불식해 버리는 현재의 애상적 감정을 더 강하게 드러내고 싶기 때문인 것이다. 즉 그 감정은 이성적이라기보다는 다분히 감각적인 것이다. 감각적 이미지와 정서를 거듭해서 포개놓는 수법이 여기서 각별한 역할을 하고 있는 것이다.

다시 말해서 이 시조는 자연을 소재로 하고 있지만 조선조의 시조와는 달리 자연에서 무슨 학문이나 이치, 도리를 설파하려고 하지 않는다는 점을 지적할 수 있다는 것이다. 현재의 감각을 순간적으로 포착하는 것과 불변의 이치를 드러내고자 하는 것은 서로 위상을 달리하는 것이다. 이 시조에서 애상과 다정함의 속내용을 채우는 것이 무엇인가에 대하여는 여러 논의가 있을 수 있겠지만 이 시조의 애상이 지금 현재의 감정을 드러내고자 하는 것이라는 점에 대해서는 이견이 있지 않을 것이다. 그런 점에서 이 시조는 전혀 초월적인 깨달음이나 이치를 드러내고자하는 것은 아니라고 말할 수 있다.

이 시를 당대 현실을 반영하는 것으로 보는 경우에는 더욱 그렇게 말할 수 있다. 이 시에서 "'이화'는 작자 자신의 모습이며 '삼경'은 한밤중이니 간신배들이 날뛰던 충혜왕 당시의 궁중을 뜻하는 것이며 '자규'는 임금으로 볼 수 있으니 곧 충혜왕"3)이라고 하나하나 대응시키는 것은 좀 지나친 감이 있지만, 이 시가 전체적으로 당시의 잘못된 정치와 임금을 안타까워하는 작자 이조년의 심정을 노래한 것일 수도 있다고 보는 것은 얼마든지 인정할 수 있는 해석이다. 이 경우 위 우탁의 「탄로가」보다 더 직접적으로 현실 문제에 연관을 맺고 있는 작품이라 할 것이다. 현실의 문제를 고도로 감각화, 서정화하고 있다고 할 수 있다.

감각을 포개어서, 제곱으로 감각을 확산하고 있지만 이 시조도 독자를 지나친 비감으로만 몰아가지 않는다는 점도 동시에 지적되어야 할 것이다. 그것은 이 시에서 화자가 자규와 합일되면서도 완전히 하나로 동일화되지는 않는다는 점에 있지 않나 한다. 자규와 화자는 잠을 이루지 못한다는 점에서는 하나이지만, 그 원인은 같지 않다. 다정함이라는 감정에 빠져 잠 못이루는 화자를 자규는 밤 새워 지켜보고 있는 설정이 된다. 이 때 자규는 오

---

3) 김광순, 「이조년의 시조에 대하여」, 『시조론』, 일조각, 1990년 중판, 201쪽.

히려 독자와 동일시되어 밤 새 잠 못이루는 화자를 거리를 두고 지켜보고 있게 된다. 이 거리는 독자가 화자의 감정에 일방적으로 매몰되는 것을 방지하는 효과를 갖는다. 이 두 세계를 나란히 둠으로써 작가는 지나친 감정에 빠지는 화자를 견제하여 비속함에까지 이르게 하지 않는 효과를 거두고 있다.

李存吾의 시조는 이조년의 시조에서, 그 은유적 묘미는 반감되고 현실과의 연관성은 증폭되어 나타나는 작품이다.

　　　구름이 無心툰 말이 아무도 虛浪ᄒ다
　　　中天에 쩌 이셔 任意로 돈이면서
　　　구타야 光明ᄒ 날빗출 ᄯᅡ라가며 덥ᄂᆞ니　　　　　　　　　(병가)

이 시조가 나타내는 바는 명확하다. 구름이 햇빛을 가린다는 것이다. 언제나 있을 수 있는 자연 현상을 제시하고 있지만 그것만을 나타내기 위함이 아님도 명백하다. 그것은 구름이 '구태여 따라가며' 햇빛을 가린다는 데서 잘 드러난다. 구름은 의인화되어 있다. 구름은 '무심'하지도 않으며 '임의로' 다니고 '구태여' 햇빛을 가리는 의도를 가진 존재로 상정되어 있다.

이 시조 전체에서 원관념을 제시하지 않았으니 시조 전체가 상징으로 되어 있다고 말할 수도 있겠지만 그 상징이 다양하거나 미묘한 해석을 함축하지도 않아 상징으로서의 구실을 하지 못하고 있다. 그것은 구름과 햇빛의 대립이 너무나 선명하게 제시되어 있기 때문이다. 햇빛의 밝음, 따듯함, 투명함을 가리는 구름의 역할은 너무도 부정적으로만 제시되어 있는 것이다. 그것은 고의성을 가지고 햇빛을 가리는 것이다.

이러한 고의성과 의인화가 너무도 명징하기에 이것은 의인화가 아니라 역으로 사람을 사물화한 것이 아닌가 하는 생각을 하게 한다. '구름 같은 사람이 햇빛 같은 사람을 구태여 따라가며 덮는다.'는 것에서 '……같은 사람'을 생략한 발언으로 여겨진다는 것이다. 여우같은 사람을 '여우'로 곰 같은 사람을 '곰'으로 나타내는 것은 우리말 어법에서 이미 익숙한 것이다.

그러면 '구름' 같은 사람은 누구인가? 이존오의 동시대의 주변인물 중에서 구름 같은 부정적 이미지로 나타나는 사람은 누구인가? 그것은 꼭 객관성 여부를 떠나서 이존오에게 그렇게 느껴졌다는 것을 의미하는 것이다. 그럴 때 우리는 쉽게 이존오 당대를 살펴보게 되고 이존오가 신돈을 탄핵하다가 공민왕의 분노를 사서 좌천당하고 결국 은둔생활을 하다가 31세에 울분으로 요절한 사적을 알게 된다. 신돈은 급진적인 개혁 정책을 펴기도 했으며 방탕한 행동을 하고 풍수설로 왕을 유혹한 인물로 알려져 있다. 이 현실의 삼자구도는 그대로 시조 속의 삼자구도로 옮겨져 있는 것을 알 수 있다. 시조 속의 '구름 – 햇빛 – 가리기'는 현실 속에서 '신돈 – 공민왕 – 가리기'로 나타났던 것이다.

이 시조가 자연의 이치를 깨달은 점을 말하는 것은 결코 아니다. 문맥으로는 모두 현재형으로 되어 있고 항상된 진리를 말하는 것처럼 되어 있으며, 현실에서 항상 구름 같은 부정적 인물들이 올바른 사람을 잘못 인도한다는 것이 진실인 것처럼 보이기는 해도, 그것이 세상이치의 궁극이 아니라는 점은 명백한 것이다. 구름이 햇빛을 가리지 않을 때도 있고 가려졌던 햇빛도 항상 다시 나타나게 마련인 점까지도 독자는 알고 있다. 지금 우리가 지적하고자 하는 것은 이 시가 형식적으로는 항상된 진실을 설파하고 있는 것처럼 보이지만 그렇지는 않다는 것이다. 이 시조는 단지 그 당대의 역사적 현실을 반영하는 것뿐이다. 그런 현실을 직접적으로 고발하지 않고 구름과 햇빛으로 돌려 말한 것은 비록 단순하기는 하지만 이 작품이 문학으로 편입되는 실제적 요인이 된다.

무장인 崔瑩의 시조로 전하는 것도 있다.4)

      綠駬霜蹄 슬지게 먹여 시니물에 씨셔타고
      龍泉雪鍔 들게 ᄀ라 다시 쎈혀 두러메고
      丈夫의 爲國忠節을 적셔 볼가 ᄒ노라   (병가)

'綠駬霜蹄'는 훌륭한 말(馬)이고, '龍泉雪鍔'은 유명한 보검이다. 이 시조는 무인으로서의 기개를 잘 드러냈다는 평을 받는다. 여기서 '爲國忠節'은 관념적인 애국심을 나타내는 말이 아니다. 최영은 고려를 무너뜨리고 새로운 나라를 세우려는 무리들에 대항해서 고려를 끝까지 守호해야 한다는 사명감을 갖고 있었으며, 결국은 이성계파에 의해 생명을 잃어버린 사람이다. 고려가 언제 사라질지 모른다는 현실에서 나라를 지키고야 말겠다는 무장의 결심, 애국심은 그가 만지는 칼날의 감각처럼 분명하고 확실한 것이었을 터이다.

    조선후기 김천택의 이름으로도 전해지는 같은 소재의 시조와 비교해 보면 위 시조의 성격이 더 잘 드러난다.

      綠駬霜蹄은 櫪上에셔 늙고 龍泉雪鍔은 匣裡에 운다
      丈夫ㅣ 되어나셔 爲國功勳 못ᄒ고셔
      귀밋티 白髮이 훗눌이니 그를 슬허 ᄒ노라   (병가)

    귀밑에 백발이 흩날리도록 위국공훈할 일이 없는 사람에게 녹이상제와 용천설악은 이미 부질없는 물건들이다. 그보다도 사실은 그저 관념적인 어투를 늘어놓은 것에 지나지 않는다. 이 경우 위국공훈도 절실함이 없이 관

---

4) 최영은 신흥사대부라고 하기 어렵고 오히려 구귀족에 속하는 인물이지만, 신흥사대부들과의 겨룸 속에서 이와 같은 작품이 나타난 것으로 보아 여기에 포함시킨다. 이는 시조라는 갈래 자체가 신흥사대부의 창안이며, 다른 신분의 작가의 출현은 작자층의 확대로 보는 시각이다. 이에 대하여는 조동일, 『한국문학통사』 2, 지식산업사, 1994. 207쪽 참조.

넘성을 띠게 된다. 이 시조는 영탄으로 감동을 가장하고 있으나 그 내용은 공허해 보인다. 나이 들도록 나라를 위해 이룬 일이 없다는 주제를 전달하기 위해서라면 녹이상제와 용천설악은 너무 어울리지 않게 무게가 나간다. 이 시조는 늙음에 대한 한탄을 나라를 위한 한탄인 것처럼 도포한 것으로 허위의식이라는 느낌을 준다. 진지한 주제 전달이 되지 못할 뿐 아니라 속된 느낌까지 준다고 할 수 있다.

이에 비해 최영의 시조는 작자가 적으로 싸여있는 현실에 부딪혀 생기는 데서 오는 팽팽한 긴장감을 형상화해 독자에게 전달하는 데 성공하고 있다. 공허한 영탄이 아니라 마음의 각오를 현실화하고 있다. 무리한 깨달음을 독자에게 가르치는 것도 아니고 말장난이나 허위의식을 드러내는 비속함에서도 멀어져 있다.

이조년의 시조와 함께 고려말의 대표적 서정시조는 李穡의 것이다.

> 白雪이 ㅈㅈ진 골에 구룸이 머흐레라
> 반가온 梅花는 어니 곳이 퓌엿는고
> 夕陽의 호올노 셔셔 갈 곳 몰나 ㅎ노라   (병가)

이 시조는 자연물을 다양하게 제시하면서 매화를 찾는 운치 있는 품격을 갖고 있다. 백설과 구름은 화자가 찾는 매화와 대립적인 것들이다. 백설과 구름 때문에 매화가 더욱 가치 있지만 동시에 그 때문에 매화를 찾기란 어려운 일이다. 매화가 갖고 있는 선비의 풍모를 고려하면 이 시의 화자가 추구하는 것이 매화와 같은 절개와 신선함, 눈 속에 그 빛을 잃지 않는 고결함 같은 것이 아닌가 추측하게 한다.

그러나 선비의 풍모를 가지고 있음에도 불구하고 이 시조의 화자는 삶의 방향을 잃어버린 모습을 보여주고 있다. 초장의 백설 뿌리고 구름 거친 골

짜기는 목은이 느끼고 있는 세상 형편, 현실 상황일 것이다. 그에게는 세상이 투명하지가 않다. 눈이 내리고 있거나 또는 세상이 눈에 덮여 있어 길이 보이지 않는 상태로 여겨지는 것이다. 중장의 반가운 매화는 화자가 찾고 있는 정신적 가치 또는 삶의 이상이다. 매화가 있는 곳을 알기만 하면 그 아래 가서 살기만 하면 된다. 그러나 그 곳이 어디인지 모르는 것이다. 그러니 어쩔 줄 모르고 석양에 홀로 서 있을 수밖에 없다. 그래서 위의 시조는 다음과 같이 간단히 정리해 볼 수 있다.

초장 ― 세상 형편, 현실 상황
중장 ― 삶의 이상, 가치
종장 ― 삶의 고뇌, 방향 상실

그는 석양에 홀로 서서 갈 곳 몰라 한다고 했다. 매화가 추구해야 할 理想이기는 하지만 어느 곳에 피었는지 모르기 때문이다. 왜 모르는가? 백설 때문일 수도 있고, 석양 때문일 수도 있으며 매화 때문일 수도 있다. 백설에 가려서 보이지 않을 수 있고 석양 무렵이니 길을 더 갈 수 없기 때문일 수도 있으며 아직 매화가 피지 않았기 때문일 수도 있다. 그러나 무엇보다 이 시에서 암시하고 있는 것은 화자 자신의 문제 때문일 수 있다는 것으로 보인다. 그는 무엇보다 먼저 매화를 찾아 나서는 실천적 모습을 보여주지 않는다. 그는 먼저 매화가 어디 있는지 알아야 움직이는 사람이다. 지적인 인식이 갖추어져야 비로소 실천으로 옮아가겠다는 태도이다. 그에게는 구름이 험한 것, 매화 핀 곳을 모르는 것이 다 장애물이다. 그러나 이 매화는 아마도 움직임 속에서 찾아지는 것이었을 터이다. 화자가 움직이지 않고는 매화도 만들어지지 않는다는 점에 화자의 비극이 있다.

이것은 화자의 지식인적 속성에 기인하는 것으로 간주할 수 있다. 가령 민담의 주인공들과 비교해 보면 그 차이가 명확하다. 민담의 경우 주인공은 약이든 공주이든 찾아야 할 것이 있으면 무작정 길을 떠난다. 어디 가서 찾아야 하는지 얼마나 길을 가야 하는지 묻지 않는다. 이것이 무지한 민중의 모습이라고 비난할 수도 있겠지만, 민담에서 주인공은 결국 대상물을 얻어내고 만다. 여기서 중요한 것은 실천을 통해 얻어지는 인식의 구성이라고 여기는 것이다. 지식인에게 있어서는 대부분 인식과 실천은 분리되게 마련이다. 먼저 인식이 있어야 실천도 가능하다고 생각한다. 어느 쪽이 옳고 그르고의 문제가 아니라 그 차이점을 말할 수는 있는 것이다. 이 시조의 화자가 민담 쪽의 사람이었다면 매화의 소재를 묻고 있을 시간에 이미 길을 떠나고 있을 것이다.

결국 이 시조는 순수한 자연물을 읊은 것이 아니라고 해석된다. 실제로 순수히 자연을 그린 시조로 보려고 해도, 매화 한 송이 핀 것을 찾기 위해서라면, 종장은 너무 지나친 비장함을 드러내고 있는 것이다. 이 어울리지 않음은 시적 균형미, 절제감을 깨뜨린다. 그래서 흔히 작자 목은이 처한 실제 상황을 시적으로 표현한 것으로 해석된다. 그는 고려말 부패하고 무능한 고려왕조를 뒤엎고 새로운 나라를 세워야 한다는 정도전, 이성계의 주장과 고려왕조의 신하로서 최영과 함께 고려조에 충성을 다해야 한다는 명분 사이에서 고민하였다. 그는 이성계처럼 친명파였고 자신의 문하에서 권근, 변계량, 김종직 등 선초 성리학의 주류를 이루는 인물을 배출한 사람이었으면서도 결국은 이성계의 출사 종용을 거부하였다. 이 시조는 이러한 두 가지 가치를 놓고 갈등하던 상황을 잘 그린 것으로 보이는 것이다.

그렇게 보면 이 시조는 당면한 현실 문제에 대한 작자의 치열한 고민의 증언이라고 할 수밖에 없다. 아직 해결책을 찾을 수 없는 구체적 현실을 노정하고 있는 것이다. 그렇다고 해서 현실에 끌려가거나 안주해버리는 안일한 타협의 길을 찾지 않은 점도 미덕이 된다. 선생이 되어서 사람들에게 인

생 문제의 해답을 마련해 주는 듯한 허세를 부리지도 않고 현실의 이익을
쫓는 속된 무리에 섞이지도 않는 모습을 보여주는 점에서 초기 시조 일반의
모습에 일치하는 것이다.
  마지막으로 들 수 있는 것은 이방원의 「何如歌」와 정몽주의 「丹心歌」이
다.

        이런들 엇더호며 저런들 엇더호리
        萬壽山 드렁츩이 얼거진들 긔 엇더호리
        우리도 이ㄱ치 얼거져 百年ㅅ지 누리이라

        이몸이 죽고죽어 一百番 고쳐죽어
        白骨이 塵土되어 넉시라도 잇고업고
        님 向훈 一片丹心이야 가싈 줄이 이시랴   (병가)

  이 두 시조는 시 자체의 흥미보다는 관련 설화와의 연결성이 주목되어
해설되곤 한다. 이방원 일파가 자신들의 거사에 합심하지 않는 정몽주의 마
음을 떠보기 위해 「하여가」를 부르자, 정몽주는 자신의 고려왕조에 대한 절
개를 「단심가」로 표명했다고 전한다. '진토 된 백골'과 '변치 않는 한 조각
붉은 마음'이라는 문학적 수사가 주는 비장함과, 사라져 가는 조국에 대한
절절한 애국심이 독자들의 공감을 얻어, 「단심가」는 선비의 고결한 정신을
드높인 훌륭한 시로 추앙되어 오곤 했다. 그러나 「단심가」의 시상이 전개하
고 있는 세계는 다른 시각으로 보면 너무 가물어 있다. 白骨의 거듭됨은 만
수산 드렁츩의 풍성함과 대조적이다. 같은 일백 百자가 사용되었는데 「단심
가」의 것은 죽음을 거듭할 뿐이고, 「하여가」의 것은 뻗어나감을 거듭하고
있다.5)

____

5) 이어령, 『우리 詩 다시 읽기』, 문학사상사, 1995, 18-44쪽

관련 설화에의 언급 없이 설명되는 일이 없다는 점이 말해주듯이 이 시조는 현실 연관성이 강하다. '우리도 이ᄀ치 얼거져' 살자고 했을 때 '이ᄀ치'가 '만수산 드렁츩과 같이'라는 의미이겠지만, 그 내용은 아직도 공허하다. 드렁츩과 같이 얽혀 살자고 해도 드렁츩이 함의하는 바가 드러나야 그 구체성을 갖게 되는 것이다. 여기서 역사적 실체와 연결되어야 이 시조의 내용 이해가 완결되는 것임을 알 수 있다. 「단심가」의 '님'도 역사적 구체성을 띠어야 그 비장감을 얻을 수 있다. 막연한 추상적 '임'이 아니라 감각적 현실성을 가진 임이라야 一片丹心의 현실성을 보장받을 수 있는 것이다. 이 현실성이 보장되어야 공감에 의한 비장함이 설득력을 얻을 수 있다.

이러한 고찰은 이 시조들이 시제를 한정하지 않고 있지만, 그래서 항상된 불변의 진실들을 개진하고 있는 것 같지만, 사실은 제한된 역사적 함의로 한정하는 것이 타당하다는 것을 알게 한다. 이방원과 정몽주 개인들로서는 변치 않을 것에 대한 진술을 한 것이겠지마는 그것이 현금의 우리들에게도 적용되는 가치를 지닌 것은 아니다. 하나의 있을 수 있는 가치를 진술한 것에 지나지 않는다. 시간을 넘어서는 초월적 진실의 깨우침을 전달하려는 시조가 아님은 명백한 것이다.

(3)

초창기 사대부 시조가 갖고 있는 현실 맥락과의 친연성은 이후 전개되는 조선전기 시조문학의 흐름을 생각할 때 의미가 있다. 어떤 문학 작품도 현실의 반영이며 현실 맥락에서 이해되는 것이 타당하다. 여말 시조도 그런 점에서라면 다른 문학작품과 다를 바 없다. 그러나 여말 시조가 현실 문제에 대한 나름의 대응 방안에서 생성된 것이라는 것과 함께 그 해결책으로

조동일, 『한국문학통사 2』, 지식산업사, 1994. 208쪽.

여타의 문학이 흔히 추구하는 초월적 형이상학적 道 깨달음을 제시하려고 하거나, 세상의 있는 그대로의 모습을 폭로하기 위해 비속한 어법을 구사하려 하는 것이 아니라는 점은 이후 전개될 문학의 한 선구적 자세를 보이고 있는 것이다. 조선조 사대부 시조는 이 전통을 뿌리로 받아들여 나무의 모양으로 그들의 문학을 변모 완성해 나갔던 것이다. 물론 당대의 현실에서 배태된 한시문학도 절실한 문제의식을 잘 보여주고 있는 것이 많다. 그러나 시조문학은 그 뿌리를 나름대로 발전시켜 훗날, 일상성의 문학이라는, 하나의 범형을 만드는 기초를 제공했다는 점을 주목하고자 하는 것이다.

여말 시조가 갖고 있는 현실 맥락에의 충실성은 그 배경으로 세 가지의 요인을 들 수 있을 것이다. 첫째는 물론 그 시대가 보이는 격동적 모습이다. 신흥사대부는 귀족 권문세가에 적대적 모습을 보이면서 고려말의 부패한 정치 사회를 개혁하려는 움직임에서 자라난 새로운 세대이다. 침략자 몽고가 물러나고 나서도 고려 사회는 더욱 어지러워졌다. 기존의 권문 귀족은 토지를 독점하다시피 소유했고 백성들의 고난은 가중되었다. 외적의 침입은 끊임없었고 귀족들은 사치와 부정을 일삼았다. 이런 나라 형편 속에서 지방에서 공부를 해오던 젊은 중소지주층들은 권문 귀족을 축출하고 토지를 개혁해서 백성과 나라를 살려야 한다고 생각했다. 이들은 공부를 통해서 계속 서울로 진출했고 원나라에서 과거 급제자 수도 많이 늘렸다. 그러나 기존 세족들이 이들을 받아들일 리 없었고, 귀족의 토지를 빼앗아 백성에게 분배하자는 토지 개혁 문제에 이르자 큰 싸움으로 발전했다. 부패한 귀족과 어지러운 나라, 수탈당하고 고통 속에 사는 백성들과 왜구 홍건적 등의 계속되는 약탈, 이런 현실의 급박한 문제를 해결하고자 봄으로 나선 이들의 시에, 그 해결책이 담겨 있지는 못해도, 그 절실함이 묻어 있는 것은 당연한 일일 것이다.

이러한 문제에 다가서기에는 사뇌가에 보이는 고고함이나 고려가요에 보이는 비속함이 어울리지는 않았던 것 같다. 고고해지기에는 현실 문제가 너무 절실했고 비속하기에는 그들의 학문과 지식이 너무 정제되어 있었다. 그 중간의 모습을 띤 것이 우리가 위에서 살펴본 바와 같은 모습으로 나타났던 것이다.

이들의 학문이 바로 두 번째 요인이 된다. 고려 귀족은 전통적으로 불교를 숭상했다. 불교는 크게 왕성해서 크게 부패하게 되어 절에서도 토지를 대량으로 소유하고 백성을 침탈했으며 심지어는 절에 양조장까지 만들어 부를 축적하였다. 귀족들은 현실에서는 가장 호화로운 삶을 누리면서 동시에 현세는 꿈이고 미련을 둘 것이 없다는 불교식의 사고방식을 가졌다. 신흥사대부는 귀족적 삶의 방식도 불교식의 사고방식도 거부했다. 그런 이들에게 학문적 지주가 되었던 것은 남송의 주희가 집대성한 性理學이었다. 물론 이미 이규보 등에서는 사물을 중시하는 새로운 견해가 보이기도 하지만, 心身人物을 인식의 대상으로 삼고 物에 큰 관심을 기울인 것은 성리학을 대폭 수용한 결과라 할 것이다. 세상을 마음의 산물일 뿐이라고 보는 불교가 아니라, 나의 마음만큼 몸이나 다른 사람, 또한 현실의 사물, 사건, 사태도 주체적 대상일 수 있다는 사고방식은 이들을 귀족과 불교로부터 떼어놓는데 한 몫을 했다.

시조가 물론 서정시이므로 개인적 심회를 주제로 하면서도 순수히 세계를 자아화하는 양상을 띠지 않는 방향으로 큰 방향을 잡게 된 것은 이와 연관이 있다. 그 결과 사대부 시조는 현대시나 서양시 또는 향가나 고려가요에 비해 교술성이라 할 요소가 많이 함유되어 있는 것이다.

다음으로 민요적 요인이 개입된 것이 아닌가 추측해본다. 이들은 자신들이 지방의 중소지주층이었고 농사에 새 기술을 받아들이고 생산을 늘리고 장부를 정리하고 실무에 밝았다. 이들의 삶은 서울의 귀족들에 비해 농촌에 밀착된 것이었다. 향리에서 이들이 듣던 노래는 궁중의 속악이 아니라 농민들의 민요였을 것이다. 이들은 귀족의 속악을 귀족을 거부했듯 거부했다. 시조가 네 토막 세 줄이라는 형식을 가진 것은 민요에서 온 것으로 설명할 때 가장 쉽다. 네 토막 두 줄은 민요의 기본형이다. 이것을 거듭한 4행 짜리를 변형시켜 3행으로 만들고 나아가 종장의 결말규칙까지 정리한 것으로 보는 것이다.6) 물론 초기의 시조는 종장 규칙까지는 갖지 못한 광의의 시조였을 것이다. 이러한 형식적 불완전성이 더욱 초기 시조가 민요에서 상향 조정된 것이라는 추측을 더하게 한다.

민요라는 것은 본성상 현실의 추이와 함께 내용을 바꾸어 나가는 것이다. 그만큼 현실에 밀접한 관련을 맺고 있다. 시대의 추이와 함께 변화하면서 현실의 내용을 가사에 반영하는 것이다. 물론 이들이 민요를 그대로 가져다 썼을 지는 의문스럽다. 그러나 초창기의 시조가 조선 후기의 가곡과 같이 노래로 불리지는 않았으며 단지 음영되었을 것이라는 점7)은 그것이 민요의 변형을 거쳐 아직 제 곡조를 갖지 못한 모습으로 이해해도 좋지 않을까 한다. 그것이 단지 현실에 대한 대응을 넘어서 현실을 개조하고 개개인의 일상생활에 질서를 부여하려는 뜻을 가진 사대부 시조로 이행된 것은 그들이 가지고 있는 성리학적 세계관의 필연적 귀결이었을 터이다.

눈 앞에 존재하는 현실 문제에 대한 대응으로, 고고함이나 깨달음의 길을 가지도 않고 비속함을 택하지도 않아서, 그 중도의 길을 노정하고 있는 여말 시조를 미학적으로 보면 '優雅'에 가깝다고 할 것이다. 있어야 할 것을 초월적인 것으로 설정하지 않기에 일상의 범주를 벗어나지 않으며, 정리되지 않고 어지럽게 파편화되어 있는 세속으로 떨어지지 않고 일정한 원리에 의해 정리하는 데서 오는 아름나움이 우아일 것이다. 이것은 조신 중기에

---

6) 조동일,『한국시가의 전통과 율격』, 한길사, 1982.
7) 성호경,「한국고전시가의 존재방식과 노래」,『고전문학연구』제12집, 한국고전문학회 1997. :「한국고전시가 시형에 끼친 음악의 영향」,『한국시가연구』제2집, 한국시가학회, 1997.

와서야 완성될 것이지만, 여말 시조가 그 단초를 열었다는 의의가 있음을
확인하고 지나갈 필요가 있다.

(4)

핍박한 현실 문제에 대하여 이만큼이나 직접적인 반응을 보인 것은 여말
시조에서 일단 끝나는 것 같다. 이후 조선조에서 전개되는 시조는 현실 문
제를 직접 반영하는 방식을 탈피하게 된다. 그 예외적인 모습은 死六臣의
시조와 임병양란을 겪고 나온 이덕일의 「憂國歌」, 이정환의 「悲歌」 정도이
다. 생각해 보면 이 세 경우 현실의 무게가 그만큼이나 컸던 때문임을 알
수 있다. 이 중에서 조선 전기의 작품인 사육신의 시조를 간단히 언급해 본
다.

사육신의 시조는 처형장으로 끌려가면서 지은 시조라고 한다. 그만큼 절
박한 상황에서 그 상황이 그대로 표출될 수밖에 없었을 것이다. 이개와 성
삼문의 시조를 들어보자.

> 房 안에 혓는 燭불 눌과 離別하엿관듸
> 것츠로 눈물 디고 속 타는 줄 모르는고
> 뎌 燭불 날과 갓트여 속 타는 줄 모르도다

단종과의 영원한 이별로 생겨난 눈물과 촛농을 적절히 대비시켜 공감을
얻었다. 여기서의 '속타는 마음'은 이색의 시조에서 '갈 곳 몰라 하는 것'과
대응된다. 다급함의 정도는 더 심해졌지만 현실 문제에 부딪혀 당혹스러워
하는 마음을 보이는 것은 마찬가지이다. 이색의 시조가 매화와 석양, 백설
이라는 자연물을 통해 자신의 마음을 간접화한 것처럼 이 시에서는 촛불과
촛농을 통해 간접화하고 있다. 그러나 그 시적으로 승화한 정도는 약화되

어 있다.

> 이몸이 죽어가서 무어시 될고 ᄒ니
> 蓬萊山 第一峰에 落落長松 되야 이셔
> 白雪이 滿乾坤홀졔 獨也青青 ᄒ리라

성삼문의 이 시조도 정몽주의 선행 시조를 떠올리게 하는 것이다. '백골이 진토'되는 것이 여기서는 백설 위의 '낙락장송'이 되었다. 변하지 않는 '일편단심'은 '독야청청'이라는 말로 치환되었다. 백설 위의 푸름은 누구나의 귀감이 되는 것이지만 또한 다분히 정신적인 것이기도 하다. 정몽주에서 백골에 서린 일편단심의 정신과 마찬가지로 죽은 이후에도 변치 않을 지조와 정신을 표현하고 있는 것이다. 그런데 육신 없는 정신이란 많은 경우에 고갈됨, 말라있음, 척박함의 이미지와 연결될 가능성이 많다. 따라서 이와 같은 시조는 사대부 시조의 주된 흐름에서는 벗어나게 되어 있는 것이다. 사대부 시조는 정신과 함께 현실의 육신도 아우를 수 있는 길, 또는 육신을 아우를 수 있는 정신을 찾는 것으로 주된 경향을 삼았던 것이다.

사육신의 시조는 현실의 급박한 문제에 대한 직접적 반응을 보인다는 점, 터무니없다고 생각되는 세계의 횡포에 당혹해하고 정신의 우위를 주장하는 점에서는 여말 시조를 이었다고 할 수 있다. 그러나 이러한 경향은 이미 조선조 사대부 관료 사회가 틀을 잡아가고 있었기에 더 이상 지속될 수 없었다. 이미 이에 앞서 맹사성과 황희의 작품이 나타나기 시작했던 것이다.

(5)

이상에서 문학사 외의 연구물에서는 한자리에 모아 검토된 바 없는 여말 시조의 모습을 정리해 보았다. 여말 시조는 적은 작품 수에 비해서 일관된 작품 경향이라 할 것이 없는 탓에 그 동안 함께 묶어볼 수 있는 계기가 없었던 것이다. 본고에서도 어떤 적극적인 정언명제의 형식을 가진 경향성을 드러내지는 못하였다. 다만 이들 시조가 당대의 현실 문제를 도외시하지 않고 대면한 결과로 생성된 문학이라는 점과 그 문학적 내용이 초월적 이념을 내세우거나 깨달음을 강요하거나 세속의 비속함에 떨어져버리지 않았다는 점에 공통점이 있음을 지적했다.

이러한 지적은 그 자체로는 별 의미가 없을 수 있다. 모든 문학이 현실을 모반으로 하는 것이고, 많은 작품이 속되지 않게 현실을 드러내는 것으로 그치고 있기 때문이다. 그러나 그만큼으로 많은 작품들이 초월을 꿈꾸고 있거나 비속함을 무기로 내세운다는 점 또한 인정할 수 있기에 그렇지 않다는 것을 지적하는 것은 가치 있는 일이다. 나아가 이들 시조가 조선 전기 사대부 시조의 전체적 틀을 잡아서, 이들 시조가 현실에서 벗어나지도 않고 현실을 비하하지도 않으면서 현실을 틀 잡아나가고자 하는 경향성과 이념을 갖게 한 단초가 되었다는 점을 생각하면 더욱 이 점에 대한 검토가 필요한 것임을 알 수 있다. 다음 연구로부터는 맹사성과 황희의 시조를 시작으로 해서 조선전기 사대부 시조가 어떻게 자기 틀을 잡아나가는지를 살펴볼 것이다.

2) 四時 觀念과 自然秩序 — 孟思誠과 黃喜

(1)

조선 전기를 시작하는 관료 문인의 시조가 맹사성이나 황희의 '사시가류'로 시작되었다는 것은 주목할만하다. 그것은 고려말 신흥 사대부나 사육신의 시조가 보여주지 못했던 안정감을 보여주기 시작하는 것이기 때문이다. 물론 이러한 안정감이란 다른 관점에서 보면 고인물처럼 생명감이 제거되기 시작하는 것일 수 있다. 관료 문인의 체제 유지의 수단 정도로 매도될 수도 있다. 그러나 이들의 실험은 자신들의 이념 속에서 성취되어야 할 하나의 방향을 틀잡아나가는 중요한 시도였던 것으로 보아야 할 것으로 안다.

맹사성은 고려 말기인 공민왕 9년에 태어나서 조선조의 체제가 안정되어 가는 세종 20년까지 살았던 사람이다. 고려왕조에서 이미 과거에 급제하고 관직을 여럿 역임했다. 조선 건국에 참여해서 세종 때에는 정승의 자리에 있었다. 권근의 문인으로 출발해서 학문을 연찬했다는 것은 그가 큰 갈등 없이 조선조에 참여한 사실과 연관이 있을 것으로 여겨진다. 법조에 밝고 문학과 음악에도 조예가 깊었다고 한다. 그러나 남아 있는 문집이 없고 漢詩 한 수와 4연의 연시조작품인 「江湖四時歌」가 남아 있을 뿐이다.

황희는 공민왕 12년부터 조선 문종 2년까지 살았다. 고려와 조선의 여러 요직을 두루 거치고 특히 조선의 문물과 제도를 정비하는데 큰 업적을 남겼다. 寬厚仁慈한 성품과 淸白의 생활로 이름난 사람이다. 문집 『厖村集』이 남아 있다.

(2)

맹사성의 「강호사시가」와 황희의 「사시가」는 모두 『진본 청구영언』에 전한다. 황희의 「사시가」는 모두를 황희의 소작으로 볼 수 있는가 하는 의문이 제기될 수도 있지만 지금으로서는 최동원이 밝힌 바8)와 같이 그의 작품으로 간주하는 것이 타당하다. 우선 맹사성의 작품부터 검토해 보자.

---

8) 최동원, 『고시조론』, 삼영사, 1990. 46-51쪽.

江湖에 봄이 드니 미친 興이 졀로 난다
濁醪 溪邊에 錦鱗魚 安酒ㅣ로다
이몸이 閑暇히옴도 亦君恩이샷다

江湖에 녀름이 드니 草堂에 일이 업다
有信ᄒ 江波는 보내느니 ᄇ람이로다
이몸이 서늘히옴도 亦君恩이샷다

江湖에 ᄀ올이 드니 고기마다 술져 잇다
小艇에 그믈 시러 흘니 씌여 더져 두고
이몸이 消日히옴도 亦君恩이샷다

江湖에 겨울이 드니 눈 기픠 자히 남다
삿갓 빗기 쓰고 누역으로 오슬 삼아
이몸이 칩지 아니히옴도 亦君恩이샷다   (진본 청구영언)

먼저 눈에 띄는 것은 형식이 고정된 틀을 가지고 있다는 점이다. 4연 모두 초장은 '강호에 —이 드니'로 시작하고, 종장은 '이몸이 —히옴도 역군은 이샷다'로 맺고 있다. 3행 중에 거의 1행 반이 형식의 안정을 위해 사용되고 있어서 구체적이고 변별적인 내용은 나머지 1행 반에 들어갈 수밖에 없다. 그러다보니 각 연을 이루는 사연이 섬세하게 그려져 있지는 못하다. 그것은 뒤의 황희 시조와 대비해 보면 분명히 드러난다. 황희는 가령 '大棗 볼 불근 골에 밤이 떨어지고, 벼 벤 그루에 내리는 게, 술이 익고 체쟝수 도라가'는 모습 등 상당히 상세하고 구체적인 일상의 모습을 한 수 3행 내에서 보여주고 있다.

그러나 이러한 형식의 안정감은 이 경우 큰 의미를 갖는 것이다. 그것은 그가 추구하던 조선전기 사회의 안정성과 맥락을 같이하는 것으로 간주해 볼 수 있다. 그것은 또한 이 시조의 내용에서 풍요로움의 제시가 주는 안정감으로 연결되는 것이기도 하다. 봄의 금린어 안주, 여름의 강파의 바람, 가을의 살진 고기, 겨울의 자 깊이가 넘는 눈, 이 모든 계절은 넉넉하고 풍요로운 삶의 제시이다. 특히 만물이 얼어붙는 겨울에서까지 그 풍요의 느낌이 한 자가 넘는 눈의 깊이로 형상화되어 있음은 이 시조가 전체적으로 그러한 풍요로움을 제시하는 것을 목적으로 삼고 있다는 것을 알려준다. 풍요로움은 삶에 안정감을 준다.

풍요로움과 삶의 안정감은 삶의 갈등이 없다는 말과 같다. 일반 국민의 지식수준이 높고 욕구가 다기화되어 있는 현대사회와 달리 중세에는 의식주 해결이 삶의 가장 큰 문제였고, 정치란 바로 백성들에게 의식주를 해결할 수 있는 방안을 제시하고 실천하는 행위로서의 의미가 가장 컸을 조선 전기에는 풍요로움이 모든 문제의 해결일 수 있었다. 이 시조에 보이는 갈등 없는 상황의 제시는 우선적으로는 이 풍요로움의 제시에서 따라오는 것이다.

이 풍요로움, 갈등 없음을 君恩과 연결시키는 것은 다분히 의도적일 수 있다. 그런 풍요로움에서 오는 결과물로 제시된 각 연의 '한가함, 서늘함, 소일함, 춥지 않음'이 임금의 은혜라는 것이다. 이 작품이 조선초기 관료 문인의 악장문학의 연장으로 생각될 수 있는 대목이기도 하다. 그러나, 현대적 관점으로 보면 터무니없는 발상이라고도 할 수 있는 이러한 설정은, 맹사성으로서는 얼마든지 자연스럽게 수용될 수 있는 것일 수도 있다. 그가 보여주고자 한 것은 순수한 자연의 모습은 아니었기 때문이다.

이 시에서 보이는 강호는 포괄적 자연으로 제시되었다. 또한 그것은 저 깊은 산중에 사람이 살지 않는 곳의 순수한 자연이 아니다. 내가 먹는 금린어 안주, 내게 불어오는 강바람, 내가 삽는 그물의 고기, 눈 속에서도 느끼는 나의 따듯함 – 이런 것들이 매 연의 종장 첫 구절에서 '이 몸이'라는 말로 구현되었다. 그 자연은 나, 사람과 관련되었을 때만 의미가 있는 자연인 것이다. 말을 바꾸면 사람 중심의 자연이라 할 수 있다. 이 두 세계 사이의 갈등 없는 상태를 하나로 묶어보고자 했던 것이다.

그는 궁극적으로는 하나의 질서를 보여주고 싶었던 것으로 여겨진다. 이 시조에는 두 종류의 선행질서가 나타난다. 하나는 바로 임금으로 상징되는 질서이다. 그것은 구체적으로 새로 건국된 조선이 제공하는 사회적 질서일 수 있다. 사회적 질서 속에서 사람들은 비로소 풍요를 꿈꿀 수 있는 것이다. 조선은 그러한 꿈을 가능하게 실현할 수 있다는 메시지를 은연중 전달하고 있다고도 할 수 있다. 다른 하나는 자연의 질서이다. 자연 중에서도 사계절로 나타나는 시간적 질서이다. 그것은 시 자체가 순차적으로 계절을 읊는 방식을 취하는 것에 보인다.

맹사성이 보여주고 싶었던 것은 이 두 가지의 질서가 연결되어 있다는 것이다. 자연의 질서와 임금(왕조)의 질서 - 이 두 가지는 백성에게 풍요를 제공하는 원리인 것이다. 그러나 이 둘 사이에도 구별은 있다. 그것은 시조 문맥의 방향과 질서의미의 방향이다. 시조문맥에서 먼저 계절과 자연 소재가 등장한다. 이것이 나(사람)와 연관되어 있음을 보인 후, 마지막으로 임금의 은혜를 언급한다. 그러나 의미 맥락에서는 그 반대이다. 임금의 은혜가 있어서 내가 자연의 정취를 즐길 수 있다는 것이다. 다음과 같이 간단히 보이면 좋을 것 같다.

> 자연 → 나(사람) → 임금 ; 시조 문맥의 방향
> 자연 ← 나(사람) ← 임금 ; 함축, 질서의 방향

이렇게 해서 자연의 질서와 임금의 질서는 나(사람)에게서 만남의 점을 갖는다. 이것은 곧 나를 교차점으로 해서 자연의 질서와 임금의 질서가 교통되는 것을 의미한다. 그러나 그 무게의 중심이 임금의 은혜, 그 질서에 놓여있음은 새삼스럽지만 다시 강조해야 할 부분이다. 그것은 이 시조 전체

에서 보여주는 구체적 삶의 현실 소재에서 취할 수 있는 질서의 모습, 다시 말하면, 구체적 현실이 하나의 질서로 틀 잡혀 나가는 모습을 그린 것이라고 할 수 있는 것이다. 이것은 그 자체로의 의미보다는 성리학적 발상에 크게 빚지고 있는 탓일 수 있는데 이 점에 대하여는 후술한다.

다음으로 황희의 「사시가」를 살펴보자.

> 江湖에 봄이 드니 이몸이 일이 하다
> 나는 그믈 깁고 아희는 밧츨 가니
> 뒷 메헤 엄 긴 藥을 언제 키랴 ᄒᆞ느니
>
> 삿갓세 되롱이 닙고 細雨中에 호믜 메고
> 山田을 훗미다가 綠陰에 누어시니
> 牧童이 牛羊을 모라다가 좀든 날을 ᄭᅵ와다
>
> 大棗 볼 불근 골에 밤은 어이 뜻드르며
> 벼 뷘 그르헤 게는 어이 ᄂᆞ리는고
> 술 닉쟈 체쟝ᄉ 도라가니 아니먹고 어이리
>
> 뫼헤는 새 다 긋고 들히는 가 리 업다
> 외로운 비에 삿갓 쓴 져 늘그니
> 낙디에 마시 깁도다 눈 깁픈 줄 아는가   (진본 청구영언)

이 연시조는 맹사성 시조에서 본 바와 같은 형식적 안정성을 갖고 있지는 않다. 심지어 종장 둘째 구에서도 5음절의 일반규칙을 지키지 않고 있다. 겨울 연만 5음절이고 나머지는 자례로 4음설, 7음절, 7음절이나. 이것은 이 시조가 전체적으로 시조의 틀 안에서 존재하며, 사계절의 질서를 소재로 했다는 것 이외의 어떤 정형성, 질서 의식을 의도하고 있지 않음을 보여준다. 그러나 그로 인해 우리는 여기서 선초 시조의 중요한 경향성 하나를 본다. 그것은 다면적으로 제시되는 현실성이다.

우선 이 시조는 한 수 안에 내용물이 많아졌다는 점을 볼 수 있다. 봄을 예로 들면 '나는 그물, 아이는 밭, 뒷산의 약초' 등을 늘어놓고 있다. 여름과 가을은 더 많은 명사 어휘를 사용하고 있다. 이것은 이 시가 다양한 현실을 제시하는 것을 목적으로 하고 있다는 것을 함축하고 있다. 그 현실은 관념화와는 거리가 멀다. '밭 갈고 호미 메고 밤이 떨어지고 낚시질하고' 하는 등의 행동은 지식과 학문, 벼슬과 지위와 아무 연관이 없어 보인다. 시골의 아무런 사람이라도 이해하고 실제로 그렇게 살 수 있을 것 같다. 현실은 파편적일 수 있다. 겉보기의 현실은 어떤 일원화된 이론으로 정리되지 않으며 그래서 어떤 점에서는 일원화된 이론보다 힘을 갖는다. 여기서 보이는 현실은 현실 자체로 제시되는 것이 의미 있는 일이라는 것을 말하고 있는 것이다.

이 현실이 고려말 시조에서 보이던 현실 제시와는 다른 점에서 그 중요성이 있는 것이다. 고려말 시조에서는 화자가 현실과 마주서서 대결하는 구도였다. 우탁의 「탄로가」를 제외하고는, 대립과 긴장을 보여주고 있었다. 그러나 황희의 시조에서의 현실은 화자와 함께 있는 현실이다. 서로 공존하고 있다. 대립이 아니라 화합을, 긴장감이 아니라 여유로움을 갖고 있다. 이 여유로움이 맹사성의 시조에서는 君恩의 결과로 상정되었었는데 여기서는 그런 설정이 없다. 현실은 현실 자체로 제시되고 현실의 특성은 다양함의 나열인 것이다.

이 다양한 현실을 생활로 받아들일 때 화자는 '江湖'로 범칭된 자연과 교감할 수 있다. 이 자연은 도피를 위한 것이 아니게 된다. 실제로 이 시에서는 매 연마다 자연적 소재와 함께 꼭 사람이 등장하는 구조를 갖고 있다. '강호에 봄이 드니 아이'가 나오고 '녹음에 누웠으니 목동이 날 깨우고' '대추 볼 붉은 골에 체장사가 지나가고' 산과 들을 배경으로 한 강에는 '삿갓 쓴

저 늙은이'가 등장한다. 이것은 사람과 함께 있는 자연, 자연과 함께 있는 사람이라 할 만 하다. 즉 이 시는 '나'와 나 아닌 '사람'과 '자연'과 '생활'이 함께 공존하며 화합하는 모습을 '보여주는' 시이다.

그런데 이러한 화합은 이 시에 따르면 노동과 휴식의 갈마듦으로 오는 것이기도 하다. 맹사성의 시에는 노동의 모습이 보이지는 않았다. 이 시에서는 앞 두 연은 노동의 모습을 보이고 뒤의 두 연은 휴식의 모습으로 제시되어 있다. 맹사성은 '이 몸이 한가함도 역군은'이며 '강호에 여름이 드니 초당에 일이 없다'는 것을 표나게 내세웠는데, 황희는 처음부터 '이 몸이 일이 많다'며 그물 깁기 밭 갈기와 약초 캐기를 주섬주섬 들고 있다. 2연에서도 비오는 중에 도롱이 입고 나가 호미 들고 山田을 매는 노동의 모습을 구현하고 있다. 여기에 제시된 노동은 물론 자연에 대립하고 자연을 극복 내지는 정복한다는 개념이 아니라 자연과의 공감 속에서의 노동, 노동에 의해서 인간과 자연이 서로 의미를 얻어간다는 개념으로서의 노동이다.

이러한 노동의 제시가 끝난 후에야 휴식으로서의 가을과 겨울을 말할 수 있다. 가을 연은 생산된 결과물을 다양하게 제시하고 있다. 대추와 밤, 추수한 벼와 논에 내리는 참게, 익은 술 - 이 모든 것은 봄과 여름의 노동의 결과물들이다. 화자는 이것들을 바라볼 수 있고 먹을 수도 있다. 다시 한 번 여유와 풍요로움을 느낄 수 있다. 겨울 연에서는 낚시하는 노인을 보여준다. '외로운 배'란 노인의 낚싯배 한 척 뿐이라는 말이다. 산에는 새가 그치고 들에는 지나는 사람이 없다는 것은 휴식이 완벽하게 이루어짐을 암시하고 있다. 유종원이 지은 원래의 한시에서는 인적이 끊기고 사람의 외로움이 부각되는 것과 달리 이 시에서는 앞 시조에서의 문맥상 외로움보다는 휴식의 의미가 더 강하게 떠오르는 것이다. 그 의미는 종장에서 '낚터에 마시 깁도다'로 표현되었다. 낚시하는 맛에 푹 빠져있다는 것이다. 이것은 원시에는 없는 것이다.

결국 이 시조는 이렇게 정리해 볼 수 있을 것이다. 이 시조는 다양한 현실을 늘어놓기만 한 것이 표면에 부각되었었다. 그러나 그 현실은 사시의 순서 안에 배치되고 있다. 더구나 그 사시의 순서는 또한 노동과 휴식의 순서라는 배치를 겹으로 놓고 있다. 따라서 이 시조는 다양하게 전개되는 자연과 현실 속에서, 그 자연은 질서 있게 움직여 나가고, 사람은 그 질서에 맞게 생활하는 것이 자연스러운 것이라는 점을 말해주고 있는 것이다. 자연의 순서는 인위적인 것이 전혀 아니다. 그러나 노동과 휴식은 자연에서 배운 인간의 삶의 질서이다. 이런 주제를 관념적 언사를 전혀 배제하고 전달할 수 있었던 것은 초창기 사대부 시조의 큰 성과라 할 수 있다.

(3)

이 두 사람의 시조는 관념성 없는 다양한 현실의 제시와 사계절 질서의 결합으로 간단히 말해볼 수 있다. 여기 현실로 제시된 자연은 순수한 생활공간이다. 이것은 뒷날 자연이 이념의 공간으로 전이되기 이전의 모습을 보여주는 것이다. 그러나 그 자연과 현실은 지은이들이 의식을 했건 그렇지 않건 간에 사계절의 일정한 순차를 보이는 질서를 갖고 있다는 점을 함께 중시해야 한다. 그것은 아마도 그들의 학문적 바탕이 되었던 성리학적 사유의 표현일 것이기 때문이다. 시의 문면에서는 관념을 배제했지만 우리 현대의 독자는 그 안에 감추어진 관념적 요소를 추출해 낼 수 있다.

그런데 맹사성과 황희의 작품은 위에 제시한 것뿐이어서 더 충분한 자료를 제시할 수 없지만, 당시의 동질적 문인이었던 사람들의 한시작품 가운데 공간적 질서의식을 강조한 것들이 있어 한 자리에 놓아볼 만 하다. 위의 시조가 사계절이라는 시간적 질서의식을 표명하고 있는 점과 짝이 된다는 점을 고려함직한 것이다.9) 『동국여지승람』의 「경도」조에는 정도전, 권근, 권우의 「新都八景」과 월산대군, 강희맹, 서거정, 이승소, 성임의 「漢陽十詠」

시가 수록되어 있다. 하륜과 성석린도 「신도팔경」 계의 시를 지었다. 김성
룡의 연구에 의하면 이중 「신도팔경」 계의 노래는 '기전산하로부터 동서남
북의 행정조직에 이르는 경물의 양상으로 수직적인 질서를 형용한 것'[10]이
라고 한다. 그것은 「신도팔경」 시 8연이 차례로, 畿甸山河, 都城宮苑, 列置
星拱, 諸坊碁布, 東門敎場, 西江漕泊, 南渡行人, 北郊牧馬로 구성되어 있는
데서 단적으로 드러난다. 그것은 '기전 - 도성 - 열서,제방 - 동 서 남 북'
의 공간적 수직 구성을 보이고 있는 것이다.

　　김성룡은 이러한 질서감 고집의 이유를 다음과 같이 추정했다.

> 「신도팔경」의 작자들은 한문학 형식의 차이라든가 그 내용의 특수성보다
> 도 경물이 지니고 있는 질서에 더 충실하려 했다는 것이다. 여기서의 질서란
> 새로운 국가의 수도는 국가, 왕실, 상하 행정조직, 서민들의 생활상으로 다
> 시 수직적으로 배치되는 질서의 구도를 취하고 있다는 질서의식을 말한다.
> 중요한 것은 경물의 구체적인 모습이 아니라 경물을 조직하고 구성하는 질
> 서에 있다.[11]

　　여기서 우리는 다시, 선초 사대부의 문학이 왜 그렇게 시간적 질서와 공
간적 질서를 드러내는데 관심을 쏟았는가 하는 근본적인 이유를 궁금해하게
된다. 사물이 그 자체로 의미가 있는 것이 아니라 질서 있는 구도 속에서
의미가 있다는 생각의 이유가 무엇인가 하는 것을 이해하기 위해서는 그들
문학의 이면에 놓여 있는 사상에 관심을 갖지 않을 수 없다. 문학에 사상을
직접 거론하는 것은 위험한 일이기도 하지만 가능성이 1%라도 있는 것은
자꾸 연관지어볼 수밖에 없다.

---

9) 여기서의 「신도팔경」의 언급은 김성룡, 『여말선초의 문학사상』, 한길사, 1995에
　　의거한 것이다.
10) 김성룡, 위의 책, 144쪽.
11) 김성룡, 위의 책, 145쪽.

물론 사계절의 개념은 성리학자들에게 익숙한 것이다. 성리학의 기본 개념인 元亨利貞의 본질적 성격 규정이 봄 여름 가을 겨울의 특성과 일치하는 것으로 설명하는 방식이 이미 오래 전부터 전해져 내려오고 있었던 것이다. 그러나 이런 막연하고 일반적인 대응은 설득력이 없을 것이다. 우선 성리학은 元이 仁을 이루는 동질 개념이라는 식으로, 사계절의 본성적 특질에 관심을 두었지 시간적 순차적 순서를 더 중시한 것은 아니기 때문이다. 일반 이론으로서의 대응에서 한걸음 더 나아가 역사적 실체로서의 사대부의 위상과 종합되어 대응되는 면이 있어야 할 것이다. 날줄과 씨줄의 여러 요인들이 모여 하나의 결과를 가져온 것이지 하나의 이론에서 나온 결과물은 아닐 것이다.

초기 사대부들이 질서의식에 깊은 관심을 갖고 있었음을 보여주는 하나의 예를 왕조실록에서 찾아볼 수 있다. 그것은 세종 10년(1428년) 家廟祭先의 층차에 대한 문제였다. 조상에 대한 제사를 6품 이상, 7품 이하, 서인에 차이를 두는 문제에 대한 논의였다. 맹사성, 허주, 정초 등은 일률적으로 4대봉사를 주장하였고, 변계량, 황희, 신상 등은 신분에 따른 차별을 인정하는 주장을 하였다.[12] 맹사성 등은 개개인에게 주어지는 도덕적 원리인 理를 강조한 것이고, 변계량 등은 分數의 입장에서 신분의 차등이 없을 수 없다는 현실을 강조한 것이다. 이 두 주장이 적용에서 차이를 보이기는 하지만 이들은 모두 주희의 理一分殊說을 받아들였던 것이다. 이것은 사회의 질서를 확립하는 근본문제와 관련이 있었기[13] 때문에 그 배경에 성리학 이

---

12) 『세종실록』, 10년 9월 계해조.

13) 이렇게 마련된 가묘제도 초기에는 잘 보급되지 않았다. 사대부층에서까지도 그때까지 익숙하던 불교나 도교 등 기존의 종교관습에서 벗어나기 어려웠기 때문이었다. 종교 생활의 재편을 통해 의식의 재편을 의도한 것이 가묘제선의 논의였음을 보여주는 것이다. 韓沽劤, 「朝鮮王朝初期에 있어서 儒敎理念의 實踐과 信仰」, 『韓國史論』 3, 1976. ;高英津, 「15-6세기 朱子家禮의 施行과 그 意義」, 『韓國史論』 21, 1989.

론이 깔려 있었던 것이다. 그리고 성리학의 통섭하는 理와 운용되는 氣라는 구도는, 天子를 중심으로 움직이는 세계라는 구도와 구조적으로 일치하는 것이었고, 그것이 새로 건국된 조선조에서 이념적 지표로 채택된 것은 당연한 일이었을 수 있다.

이러한 질서의식이 더욱 강조된 것은 이제 조선이 혁명의 와중에 있지 않고, 守成의 安定을 추구해야 한다는 시대적 요청과도 일치하는 것이었을 것으로 보인다. 맹시성의 스승인 권근이 그 일을 맡아 여러 가지 노력을 기울인 것도 이와 무관하지 않을 것이다. 권근은『三綱行實圖』를 편찬하는 데 있어, 고려조에 충성을 바친 정몽주를 충신 편에 수록하는 데 앞장섰다. 그는 '대업이 이루어져 수성의 때가 되면 곧 전대의 절의를 다한 신하를 상주는 법'14)이라 했다. 이것은 질서의 재편이며 다양한 현실을 하나의 원리로 묶는다는 기본 이론의 결과이다. 고려와 조선의 상반될 수도 있는 충신의 문제를 이제 절의라는 하나의 개념으로 수용하여 새로운 질서를 짜나갔던 것이다.

권근은 처음에는 고려왕조를 지키는 쪽에 가담했다가 이색, 이숭인 등과 함께 구속되기까지 했던 사람이다. 조선이 건국된 후 이성계의 조정에서 많은 일을 했다. 주희의 성리학을 수용하고,『五經淺見錄』『入學圖說』등을 저술해 조선 성리학계에 기여도가 컸다. 그는 이성계의 건국을 찬양하고 새로운 도읍지인 한양을 아름답게 읊었다. 그가「신도팔경」중에 보인 다음과 같은 부분은 제자인 맹사성의「江湖四時歌」와 유사한 느낌을 주어 흥미롭다.

> 疊嶂環畿甸   첩첩 산봉우리 京畿를 둘러쌌고
> 長江帶國城   긴 가람 都城을 띠 둘렀네

---

14) 권근,「壽昌宮災上書」,『陽村集』권31.

美哉形勝自天成　　　　아름답도다, 이 형승은 하늘이 만든 것
眞箇是王京　　　　　　참으로 王京이로다
道里均皆適　　　　　　길은 모두 고르고 또 알맞고
原田沃可耕　　　　　　들은 기름져 경작할만 하도다
居民富庶樂昇平　　　　백성은 가멸지고 승평을 즐기니
處處有歌聲　　　　　　곳곳에 노래소리로구나15)

풍요롭게 즐기는 삶과 새로운 왕조를 연결시키는 점이 많이 닮았다. 이렇게 보면 권근과 맹사성은 삶의 역정이 닮은 점이 많다. 맹사성은 「燕子樓」라는 유일하게 남아 전하는 한시에서 고려에 대한 감회를 읊은 일이 있다. (『大東詩選』) 이것은 「강호사시가」의 태도와는 다른 것이다.16) 고려에 대한 신하의 마음과 조선에 대한 찬미 – 그 사이에 새로 재편한 질서 의식이 놓여 있는 것으로 생각해 볼 수 있다. 맹사성의 문집이 없으므로 더 살펴볼 수는 없지만 권근이 가졌던 질서의식이 맹사성에게도 보이며 그 결과가 「江湖四時歌」와 같은 문학으로 구현된 것으로 보아도 무리가 아닐 것이다.

(4)

맹사성과 황희의 시조에 보인 것은 구체적 생활어들이었으며 관념적 성질의 것은 없었다. 그러나 필자는, 두 사람의 시조가 표방한 바 사계절이라는 시간적 질서의식과, 그들이 성리학을 수용한 사대부들이며, 동시에 새로 건국된 조선사회를 안정시켜나갈 그들의 과제를 연결시켜 위와 같이 설명할 수 있을 것으로 보았다. 그것은 성리학이 원래 사계절로 원형이정을 설명하였기 때문이라는 단선적 설명보다 더 진전된 것이리라 생각한다.

맹사성과 황희가 보여준 자연과 현실 속의 구체적 생활을 구현하면서 이

---

15) 권근, 「新都八景」, 『陽村集』 권8.
16) 이종주, 「맹사성론」, 『속 고시조작가론』, 백산출판사, 1990.

면에 질서의식을 내장하고 있는 수법은 이들의 후배시인들을 거치면서 더욱 공고해진다. 그런데 그 길은 두 가지 다른 길로 흘러나갔다. 하나는 자연을 실체화해 나가면서 그 자연의 질서의 측면을 극대화하는 것이다. 다른 하나 는 생활을 실체화해 나가면서 사람의 질서의 측면을 극대화하는 것이다. 전 자의 길을 간 사람에 이현보, 이황, 이이가 있고, 후자의 시조를 보여준 사 람은 주세붕과 정철로 대표된다. 다른 유사한 시조를 다수 창작한 사람들이 여럿 있지만 이 자리에서는 이 작가들을 중심으로 논의를 진행하는 것이 주 지 전개가 선명할 것으로 생각한다.

3) 自然으로의 歸還 ― 李賢輔

(1)

이현보의 가장 중요한 시조인 「漁父短歌」 다섯 수는 다음과 같다.

> 이 둥에 시름 업스니 漁父의 生涯이로다
> 一葉片舟를 萬頃波에 띄워두고
> 人世를 다 니젯거니 날 가는 주를 안가

> 구버는 千尋綠水 도라보니 萬疊靑山
> 十丈紅塵이 언매나 ▽렛는고
> 江湖에 月白ᄒ거든 더옥 無心하얘라

> 靑荷에 바볼 ᄡ고 綠柳에 고기 쎄여
> 蘆荻花叢에 비 미야 두고
> 一般淸意味를 어늬부니 아ᄅ실고

山頭에 閒雲이 起ᄒ고 水中에 白鷗飛라
無心코 多情ᄒ니 이 두 거시로다
一生애 시르믈 닛고 너를조차 노로리라

長安을 도라보니 北闕이 千里로다
漁舟에 누어신들 니즌스치 이시랴
두어라 내 시름 아니라 濟世賢이 업스랴   (『농암집』)

　이현보의 「어부가」를 아무 선입견 없이 꼼꼼하게 읽어보려 하니 처음부터 선뜻 그 의미가 선명하게 파악되지 않는 부분이 있다. 첫 연 초장에서 '이 듕에 시름 업스니'라고 했는데 '이중에'란 무엇을 가리키는 말일까? '시름'은 무슨 시름을 말할까? 그 내용이 구체화되지 않은 상태에서 제시된 시어이기 때문에, 지은이는 잘 알고 있겠지만, 독자는 쉽게 그 의미를 파악할 수 없다. 그래도 우선은 가능한대로 작품 내에서 변별적 요소를 찾아가면서 의미를 추론해 가는 방법을 택해보자.

　초장에서 보면 '이 듕에 시름 업스니 漁父의 生涯이로다'라고 했으니, '어부의 생애'는 시름이 없는 것으로 되어있다. 그렇다면 '이중에'는 시름이 있는 상황을 가리키는 말이겠다. 시름이 있는 상황과 어부의 생활이 대비되는 것이다. 시름이 있는 생활이 구체적으로 무엇을 말하는지 한정되지 않았으니 역시 어부의 생활과 대비해 이해하는 수밖에 없다. 어부란 고기 잡는 사람이다. 그런데 漁夫라고 하지 않고 漁父라고 했으니 고기를 잡아 그걸로 밥 먹고 살아야 하는 사람은 아니다. 풍류로 배를 띄우고 고기 보는 것을 즐기는 사람이다. 그러니 우선 경제적인 '시름'이 있는 사람은 아니라는 느낌이 든다. 경제적인 시름이 없다는 것은 이런 시를 가능하게 하는 중요한 기본 동인이 된다. 이 시가 경제적인 시름, 삶의 비탄에서 기인한 것이 아님은 이 시의 의미의 폭을 많이 제한한다.

그러나 이 '시름'을 경제적인 것만으로 제한하는 것은 타당하지 않아 보인다. 그것은 우선 전통시의 관습과 기대에서도 멀다. 그래서 다시 漁父의 이미지를 추론해서 대비해보게 된다. 풍류를 즐기는 일종의 유한계급인 漁父는 바닷가에 사는 사람이다. 즉 도시에서 떨어져 있다. 또한 어부는 혼자 있는 것으로 상정된다. 이에 비해 도시는 혼자 있을 수 없는 곳이다. 이 시에서 어부는 다른 사람과의 관계를 끊고 혼자 자연을 즐기는 사람으로 생각할 수 있다. 그러나 이렇게 생각하고 나니, 이 시의 화자가 너무 격절되어 있다는 느낌이 든다. 세상 다른 사람과의 절연은 바람직한 것이 아닐 수도 있다는 점이 그러한 느낌을 갖게 한다. 세상 다른 사람과 자신을 2분법적으로 또는 흑백논리로 양분하는 것이 성숙한 사고라 할 수 있는 것일까 하는 의문점이 그러한 느낌을 갖게 한다.

그 다음 행을 읽어보면 그러한 우려가 사실로 드러남을 볼 수 있다. '일엽편주를 만경파에 띄워두고/ 인세를 다 잊었다'고 했다. '人世'와 '萬頃波'는 대립적 개념이다. 이 두 세계는 떨어져 있을수록 바람직한 것으로 처리되어 있다. '만경파'는 자연의 넓음, 풍족함, 넉넉하고 만족스러움을 화자가 가지고 있다는 것을 드러내는 기호이다. '인세'는 당연히 이와 반대되는 인간관계의 척박함으로 간주되고 있을 것이다. 화자는 그러한 인세에서 이제 막 자연으로 돌아왔기에 아직 '一葉片舟'에 지나지 않는다. 앞으로 화자는 자아를 보다 더 자연에 가깝게 확대시킬 것이다.

2연에서 그 단절을 확인할 수 있다. 굽어보고 돌아보니 천심녹수와 만첩청산 가운데 화자는 들어와 있다. 이들이 값진 것은 '십장홍진'을 가려주기 때문이다. 紅塵은 먼지와 티끌로 뒤덮인 더러운 세상이나. 그 더러움이 十丈 즉 열 길이나 된다고 화자는 생각하고 있다. 세상이 더럽게 여겨질수록 자연은 깨끗하게만 여겨진다. 그것이 녹수 청산에 이어 월백으로 표현되었다. 티끌이 없는 세계, 이것이 화자가 추구하는 세계인 것이다. 그러나 이

것이 가능한 것인가, 또 가능하다 해도 올바른 것인가, 자신이 아무리 깨끗하다고 해도 자신과 세상의 다른 사람들을 절연시키는 태도가 올바른 태도인가, 하는 점에 우리는 의문을 가질 수 있다.

그러한 달빛 같은 깨끗함 속에서 화자는 '더욱 無心'해 진다고 했다. 이 無心이란 세상에 대한 욕심이 없다는 것이며 나아가서 이 시에서는 세상에 대한 관심조차 없다는 뜻일 터이다. 그러나 우리가 놓치지 않는 것은, 이렇듯이 無心을 강조할 때는, 무심이지 않은 상태를 그만큼 더 의식하고 있다는 점이다. 완전히 자연으로 돌아갔다면 무심한 자기 의식을 자각하지 못할 것이다. 이 구절은 우리에게 화자가 세상과 자연을 의식적으로 구분하고 있음을 환기시키고 있다. 이러한 이분법적인 생각은 녹수 청산이 많으면 십장 홍진이 줄어들고, 반대로 홍진이 많아지면 자연이 줄어든다는 생각을 이면에 깔고 있다. 그 점은 '더욱'이라는 말로 드러난다. 화자의 마음속에서 無心은 자연을 대표하는 어휘이다. '더욱' 자연이어야 '더욱' 세상적이지 않을 수 있는 것이다.

3연은 가운데 위치하면서 세상에 대한 언급이 전혀 없이 자연에서 자적한 모습만을 부각시키고 있다. 초장에서 '청하'에 밥을 싸서 '녹류'에 고기 꿰어 먹는다고 했다. 이것은 자연 속에서 화자의 삶이 풍족함을 보여준다. 이 점은 맹사성이, 「강호사시가」에서, 세상살이의 풍족함을 제시하고자 했던 것과 반대되는 자리에 서 있다. 또한 이 3연의 풍요는 노동에서 온 것이 아니라는 점도 느껴진다. 이것은 황희가 「사시가」에서 '그물 깁고 밭을 갈고 약을 캔다'는 노동의 모습을 보여준 것과도 대조적이다. 황희가 실제로 노동을 했겠느냐고 묻는 것은 적절치 않다. 이것은 황희 동아리와 이현보 동아리의 의식의 차이를 보여준다는 점에서 주목할 만하다는 점을 지적하고 있는 것이다.

화자는 그 밥을 '노적화총' 사이에서 먹는다. 역시 여기서도 혼자라는 느낌이 강하다. 그 즐거움을 '어느 분이 알겠느냐'고 했다. 그 맑은 맛, 홍취는 다른 사람은 알 수 없다는 것이다. 그러고 보니 여기서도 화자는 세상의 다른 사람을 염두에 두고 있음을 알 수 있다. 이것은 그 홍취를 모르는 다른 사람들을 불러 알게 하고자 한다는 의미는 포함되어 있지 않은 것으로 여겨진다. 세상과 자연을 단절시켰듯이 다른 사람과 자신을 단절시킨 점이 더 부각된다.

4연에서 산과 구름도 역시 인간세상과 절연되어 있는 것으로 처리되고 있다. 구름과 갈매기를 무심코 다정하다고 했다. 세상 영화에 욕심이 없이 깨끗하다는 것이고 그런 자연의 성질에 화자는 다정함을 느낀다는 것이다. 그래서 세상살이 인간관계에서 오는 시름을 잊고 일생을 자연에서 놀겠다고 했다. 이 시름은 1연에서 말한 그 시름이다.

5연은 구체적 세상살이의 흔적이 가장 많이 나타나는 부분이다. 어떤 점에서는 농암이 전해오는 어부가 9연을 5연으로 하면서 개작했다고 한 점을 고려해 보면, 이 부분이야말로 농암의 '개작' 흔적이 가장 잘 드러나 있는 것이 아닌가 한다. 실제 「어부가」가 자신의 의취에 맞기 때문에 끌어 썼겠지만, 이 5연 부분은 실제 「어부가」에 있지 않았을 것으로 여겨진다. 화자는 서울을 돌아본다고 했다. 그곳에는 대궐이 있기 때문이다. 화자는 대궐에서부터 千里나 떨어져 내려와 있다. 천리는 십장홍진을 가리기에 충분히 먼 거리인 듯 하다. 그러나 화자는 그 대궐을 한 시도 잊은 적이 없다고 한다. 이 말은 4연까지에서 화자가 보여주는 태도하고는 좀 다르다. 4연까지에서는 일방적으로 자연에 대한 편향성만을 보여주었다. 일생을 백구와 놀겠다고 한 것이 4연 종장이었던 것이다. 그러면서 여기서는 한 시도 북궐을 잊어 본적이 없다고 한다.

그러니까 화자는 사실은 1연에서 4연까지도 북궐을 생각하고 있었다는 뜻이 된다. 그것은 우리가 1연부터 조금씩 세상과의 절연과 無心을 너무 지나치게 강조하고 있는 데서 암시 받은 것과 일치한다. 즉 화자는 짐짓 고의로 세상을 잊고자 한다는 것이다. 종장에서는 화자의 시름의 정체가 무엇이었는지 비로소 확연히 드러낸다. '두어라 내 시름 아니라 濟世賢이 업스랴'라고 말했던 것이다. 세상을 건질 현인이 있을 터이니 나는 관심을 두지 않아도 되지 않겠느냐는 말이다. 즉 화자의 시름은 세상을 구원하는 일이었던 모양이다. 그렇다면 세상을 구원하는 일을 버리고 자연 속으로 들어가겠다는 뜻이 된다. 세상은 십장홍진인데 자기 혼자 맑은 자연으로 돌아가겠다는 것은 타매 될 수 있는 생각이다. 그래서 5연으로 변명을 삼은 듯 하다. 이 갈등이 시 전편에 깔려 있었던 것이다.

1연에서 5연으로의 전개방식에서도 화자의 태도를 읽을 수 있다. 1연은 배를 띄우고 바다로 나아간다는 것이니 序詞에 해당한다. 2연은 바다로 나아가는 과정을 그린 것이다. 3연은 바다에서 자적하는 모습이다. 4연은 자연 속에서의 삶이 지속되기를 기원하고 있다. 5연은 세상에 대한 관심을 짐짓 부인하는 내용이다. 윤선도의 「어부사시사」를 비교해 보면 나타나지만 어부가는 출항에서 귀환까지의 과정을 담고 있을 것이다. 그러나 이현보는 앞의 3연까지는 출항에서 바다 한가운데까지 이르는 과정을 보여주고 4연과 5연에서도 역시 그 모습 그대로를 보여준다. 그는 시에서 귀환의 과정을 없애버렸다. 다시 세상으로 귀환하지 않고 자연 속에서 머물러 있고 싶다는 각 연의 주제를 전체적으로도 확인할 수 있다.

그러나 실은 이 시조가 담지하고 있는 정서에는 많은 사람들이 공감하게 된다. 이성적으로 따지기에 앞서서 세속에서 벗어나 맑고 순수한 세계를 동경하는 것은 현실에 실망한 대다수 사람들의 공통된 바람이기 때문이다. 이 시조가 어떤 이론이나 道學을 배경으로 하는 언사를 갖고 있지 않고,17) 작

---

17) 이민홍은 이현보의 시조가, 도를 밝히고 형상하는 이른바 명도시가 아니고, 귀족층인 사인의 강호생활 그 자체를 형상화하고 있다고 했다. 이민홍, 「농암시가의

자의 생각을 적극적으로 드러내 독자에게 전달하거나 강요하는 느낌 없이 단지 번거로운 세속에서 벗어나고 싶다는 포괄적인 정서를 표방하고 있기에 사람들의 사랑을 받을 수 있다. 자연과 일치하고 있다는 데서 오는 심정적 만족감이 서정성을 동반하고 있는 점에서 오랜 기간에 걸쳐 수용될 소지를 갖고 있다. 그러나 필자는 이 시조에 보이는 바, 세속과 자연을 칼로 나눈 듯이 구분한 점은 이전 시조에는 보이지 않던 새로운 경향이라는 점을 주목하고자 한다. 그리고 그것은 그만큼의 의미를 가질 것이다.

  이현보의 「어부가」는 원래 그전부터 전해져 내려오던 '어부가'를 자신이 개작한 것이라 한다. 그러니 그의 심회를 온전히 나타내기 어렵지 않았겠나 하는 의문을 가질 수 있다. 그러나 그의 시적 주제를 드러내는 데는 전혀 장애가 되는 것이 아니었다. 그것은 이현보의 일관된 관심사였던 것이다. 이는 그가 지은 다음의 시조를 통해서도 확인할 수 있다.

> 歸去來 歸去來 ᄒ되 말 뿐이오 가리 업ᄉ
> 田園이 將蕪ᄒ니 아니가고 엇지 홀고
> 草堂에 淸風明月이 나명들명 기ᄃ리ᄂ니(效嚬歌)
>
> 聾巖에 올나보니 老眼이 猶明이로다
> 人事 變ᄒ돌 山川이ᄯ 가실가
> 巖前에 某水某丘도 어제본ᄃ 호예라(聾巖歌)   (『농암집』)

위 「효빈가」에 대하여는 『농암집』에 다음 기록을 부기해 두었다.

  가정 임인년 가을에 내가 비로소 관직을 벗어나 서울의 성문을 나섰다. 돌아가는 배를 빌려타고 한강에서 전송술을 마셨다. 취하여 배에 누웠다. 달

생활이념과 품격」, 『조선중기 시가의 이념과 미의식』, 성균관대출판부, 1993. 155쪽.

이 동산에 떠오르고 미풍이 문득 일었다. 도연명의 '배는 물결 따라 가벼이 흔들리고/ 바람은 솔솔 옷깃에 불어온다'는 구절을 읊조리니 돌아가는 흥취가 더욱 짙었다. 기뻐하여 절로 웃으며 이 노래를 지었다. 본래 도연명의 「귀거래사」를 본받아 지은 것이므로 「효빈가」라 이름했다.

'비로소'라고 했으니 오랫동안 바라던 일이었을 것이다. 오랫동안 귀거래할 것을 바래왔던 것을 시조에서는 '귀거래 귀거래 말뿐이'었다고 했다. 우리는 이 '말 뿐'이었던 자신의 처지에 대한 안타까움을 진심으로 느낄 수 있다. 이를 그저 致仕 후 하나의 의례적 풍류일 뿐이라고 치부해 버릴 수도 있지만, 뒤에 언급하는 바와 같이 그의 벼슬살이에 겪은 파란들을 고려할 때, 농암의 오랜 바람과 안타까움을 인정할 수 있을 것이다. 둘째 구는 「귀거래사」의 한 구절이다. 종장에서 화자는 귀향의 이유를 말했다. '초당의 청풍명월이 기다리'기 때문인 것이다. '淸風明月'은 위 「어부가」에서 본 바, 농암을 일엽편주에 싣고 만경파로 데려다 줄 바람이며 그로 인해 더욱 '無心'해질 '江湖에 月白'의 달빛일 것이다.

이렇게 해서 돌아온 고향에는 귀먹이 바위, 聾巖이 있었다. '聾巖'은 바위니까 그저 세상일에 무심하게 아무 것도 듣는 일이 없기 때문에 붙여진 이름일 수도 있지만, 달리 생각해 보면 그 바위에 서면 좌우의 물소리가 너무 거세어서 물 밖 뭍의 일들이 하나도 들리지 않기 때문에 붙여진 이름일 수도 있다. 후자라면 「어부가」에서 말한 바, '십장홍진'을 가려주는 '천심녹수' 속에 있는 바위일 것이다. 이 바위에 오르자 老眼이 오히려 밝아졌다 했다. 실제로 눈이 밝아진 것이 아니라면, 그것은 귀에 들리는 것이 물소리밖에 없게 되었기 때문이다. 귀에 더 이상 세속의 티끌 같은 소리들이 들려오지 않게 되었기에 정신이 맑아졌다는 뜻이다. 세속에서의 티끌 소리들이 올바른 판단을 그르쳤던 것과 달리 귀거래 후의 농암에서는 정신을 차리고 밝게 볼 수 있게 되었다는 뜻이다.

그 세속의 소리들은 변하는 것들이었다. '人事'는 변하는 것이다. 이 변하는 것들을 따라다니노라니 눈이 흐려졌던 것이다. '山川'은 그와 달리 변하지 않는 것이다. 불변의 존재에 다가서는 것이 오랫동안 농암이 바라던 바였다. 不變인 것은 사람을 안심시키는 효과가 있다. 바위의 영험으로 바위뿐 아니라 고향의 '某水某丘'도 어제 본 듯 하나도 변하지 않았다. 그 바위 앞으로 돌아왔으니 자신도 이제 변하지 않아도 되게 되었다. 세속을 따라다니면서 항상 변화의 위협 속에 있었지만 이제 그럴 염려는 놓아도 되었다. 그리고 그러한 마음을 본격적으로 드러낸 것이 우리가 위에서 살펴본 「어부가」 다섯 수의 시조였던 것으로 보인다.

이현보 시조의 마지막으로 「생일가」라 하는 것을 보인다.

> 功名이 그지이실가 壽夭도 天定이라
> 金犀 씌 구븐 허리에 八十 逢春 긔 몃히오
> 年年에 오늘날이 亦君恩이샷다 (生日歌)　　　　　　　(『농암집』)

이 시조는 이현보가 87세 되던 생일을 맞아 지은 노래라고 한다. 그의 생일이면 가족이 모여 농암을 위로했는데 신해년(1551)에는 성대한 잔치를 베풀어 향중 노인들과 이웃의 邑宰들이 어울렸다 한다. 우리가 이 시에서 주목할 것은 특히 종장의 '亦君恩'이라는 말이다. 이 말은 맹사성의 「강호사시가」에 거듭되었으며 우리가 중시해서 살펴본 구절이다. 그러나 이 시에서는 맹사성 시조에서의 의미와는 다르다는 점을 강조하고자 하는 것이다. 맹사성 시조에서의 '역군은'은 맹사성 개인을 떠나서, 자연과 현실 일체의 풍요로움의 한 뿌리를 이루는 것으로 제시되었던 것이다. 이현보의 경우는 그렇지 않아 보인다. 「생일가」는 철저하게 개인적 감회를 읊은 것이다. 팔십을 넘어 살았고 벼슬도 여러 자리를 충분히 누렸던 것에 더해, 오늘처럼 성대한 생일잔치까지 베풀 수 있었다는 감회를 나타내는데 쓰인 말일뿐이다. 임금의 은혜가 자연과 현실에 두루 미친다는 생각이 아니라 자신이 살아온 것에 대한 고마움을 드러내는 것뿐이다. 이 점은 큰 차이가 있는 것이다. 이에 대해서는 이미 김흥규도 "이 구절은 개인적 感恩의 표현일 뿐 정치 현실을 포함한 세계의 질서 전체에 대한 낙관적 긍정 찬양으로 해석될 수 없다"고 밝혔다.18) 즉 이현보 시대에 오면 맹사성이나 황희의 시조에서 보였던 정신과는 다른 사조의 시조가 생겨났음을 말하고 싶다.

(3)

「어부단가」 다섯 수, 「귀전록」 세 수의 이현보 시조를 읽어 보았다. 그의 시조는 우선 세속과 자연을 양분법적으로 획연히 갈라놓은 점이 주목된다. 세속은 티끌이 있는 곳이고 자연은 깨끗함과 맑음을 본질로 하는 세상으로 상정되어 있다. 그러면서도 우리는 이현보가 의도적으로 자연과 무심을 강조하는 것이 세속에 대한 의식을 떨치지 못한 때문임을 지적하였고 그것은 「어부가」 5연에서 문맥에 드러나고 있음을 보았다. 세속과 절연된 자연을 지향하면서도 세속에 대해 끊임없이 관심을 갖는다는 이 두 가지의 의식이 그의 시조문학의 특성일 것으로 생각된다. 그러면서 그의 시조는 이후 後學인 이황 또는 아들인 이숙량의 시조에 보이는 바와 같은 道學에의 경도가 보이지 않는 점도 관심을 끈다.

이현보는 상식적으로 보기에 퍽이나 유복한 삶을 누린 사람이다. 그는 나라의 두터운 은혜를 입었고 나이는 90을 바라보았으며 죽을 때도 유감이 전혀 없다고 스스로 말하기도 하였다. 그런 그가 세상살이를 때문은 것처럼 보고 끊임없이 歸田을 바랬던 것은 앞뒤가 맞지 않아 보인다. 더구나 중년

---

18) 김흥규, 「강호자연과 정치현실」, 권두환 김학성편, 『고전시가론』, 새문사, 1984. 393쪽, 주 (4)번

이후로 계속 귀전을 노래하고 「귀거래도」를 그려 정자에 걸어두고 보고 했으면서도 나이가 75세가 되어서야 비로소 귀전에 들게 됨은, 당시의 신하된 도리가 그랬고 스스로도 여러 번 사임을 간하기도 했으므로 盜名은 분명 아니겠지만, 어쩐지 이율배반적인 느낌이 들게 되는 것도 사실이다. 맹사성이 기세한지 불과 30년 후에 태어나서, 맹사성보다 더 영화와 장수를 누린 벼슬아치가 부르기에는 명실이 상부하지 않는 듯한 느낌을 갖게 되는 것이다.

물론 이에 대해서 김흥규의 해명이 적실하게 주어진 바 있다. 이현보는 네 차례의 士禍를 모두 지켜보았고 중종반정이라는 혁명적 왕권교체와 그에 따른 정치적 숙청도 그의 당대에 있었다. '이는 곧 당대가 치열한 정치적 갈등과 쟁투의 시대이자 개인의 도덕적 완성을 기초로 한 왕도정치의 구현이라는 사대부층의 정치이상이 가혹한 장애에 부딪히면서 현실의 합리성에 대해 심각한 회의를 맛보지 않을 수 없었던 시기임을 말해준다.'19) 이 현실적 심리적 갈등이 한편으로는 '당쟁하의 명철보신, 도피'로20) 설명되었고, 다른 한편으로는 '탈정치의 공간, 도덕적 완전성의 영역으로서의 자연'21)으로 설명되었다. 그러나 이 시조의 현실과의 연관성은 이로써 설명이 되지만, 그의 사상과의 연관성으로 보완할 필요가 있어 보인다. 더욱이 사화 등의 변혁기마다 외직에 나가 있거나 退老해 있었기 때문에 그는 역사의 현장에서 조금씩은 비켜있었다고 할 수 있다.22) 같은 사림파에 속하면서도 조광조가 역사의 현장에 앞장서서 개혁을 이끌어나가다가 죽임을 당한 것과는 대조적인 모습을 보인 것이다. 이것은 조광조의 경우 현실에서조차 선과 악의 세

---

19) 김흥규, 위의 논문, 위의 책, 400쪽.
20) 조윤제, 『한국문학사』, 1963. 130-141쪽.
　　최진원, 『국문학과 자연』, 성균관대출판사, 1986년 3판, 11쪽.
21) 김흥규, 위의 논문, 위의 책, 410쪽.
22) 이병휴, 「16세기 전반기의 정국과 농암 이현보」, 안동문화연구소편 『농암 이현보의 문학과 사상』, 형설출판사, 1992. 34쪽.

계를 명확히 가른 반면 이현보는 시와 생각에서는 선과 악을 명확히 갈랐지만 현실에서는 끝까지 세상에 대한 관련을 끊지 못한 것으로 설명되는 것이며 이 점은 우리가 이미 이현보의 시조에서 살펴본 바와 같다.

　이현보가 자신의 사상을 본격적으로 드러내 보이지는 않은 것 같다. 그는 자연미를 새로이 발견한 사람으로, 사상을 내세우는 學人이라기보다는 詩人으로 평가를 받는 것이다. 그래서 그의 시와 일화를 통해 그의 사상을 추측해볼 필요가 있다. 우선 그의 시조에서 자연과 속세를 명확히 2분화하고 있다는 점에 주목을 하자. 그런데 그는 현실에서도 선악의 세계를 명확히 2분화하는 모습을 보인다는 점은 흥미를 끈다. 그 대표적인 일이 문과 급제 후에 일어났다. 그는 『중용』에서 持敬의 근본을 구했다. 「明堂室記」에서 주희를 인용하며 敬 공부를 유학 사상 공부의 요체로 보았다. 또한 그는 벼슬살이 초기인 33세에 「笏賦」를 짓고 銘을 달았는데, 笏의 곧은 모습을 본받아 자신의 몸과 마음을 바르게 하겠다는 각오를 다지고 있다. 그는 35세인 연산군 7년 藝文館 檢閱이 되었다. 그는 곧 사관의 자리를 임금 자리 가까이 두도록 해달라고 계청을 했다. 사관은 임금의 언행을 기록해야 하는데 멀리 부복하고 있어서 탑상의 동정을 미처 알아들을 수 없다는 이유에서였다. 연산은 내심 괘씸하게 여겼고 조정 신하들은 송구해하지 않는 사람이 없었다고 한다. 나중에 이 때문에 배소에서 잡혀와 결장된 뒤 다시 원래의 배소에 되돌려지게 되었다. 연산 10년에는 세자가 독서에 열심이지 않음을 상계했다가 추국을 당한 후 안기역에 정배되었다. 중종 대에는 전 대사헌 이자견이 논박을 받아 체직되었다가 왕명으로 복직된 일에 대해, 그 불가함을 강경하게 주장하고 사직할 것을 상계하였다. 또한 그는 외직에 자주 나가 있으면서 성실하게 백성을 다스렸고 향사음례를 실시했고 노인을 공경하였다. 기세한 후 교지에 의해 시호가 '孝節'이라고 하사되었을 만큼 부모에게 효도를 했다.

　초기부터 그의 직언은 잘 받아들여지지 않았고 그로 인해 유배를 가기도 했다. 이 점에서 그가 귀거래의 의지를 갖게 된 점을 추론하기란 상식적으로 어렵지 않다. 문제는 그가 敬과 孝의 유학적 실천 자세를 굳게 지키려 할수록 그것을 받아들여주지 않는 세상과 절연의 골이 깊어진다는 것이다. 그래서 경과 효의 세계는 善의 세계이지만 현실 세계는 惡의 세계로 상정된다는 점이다. 그리고 선이 그 힘을 행사하지 못하는 현실 정치 세계는 곧 악의 세계로 인지된다는 점이다. 조광조는 이 현실을 선 쪽으로 돌려놓으려는 노력을 그치지 않았는데 반해, 이현보는 그 세계 전체를 악으로 놓았기에 그 상대편에 순수 공간으로서의 자연을 상정하였던 것이다. 현실에서의 선악 2분법의 사고가 시에서는 자연과 세속으로 나타났던 것이다.

　그것은, 이현보가 초기 사림의 계보에 속하는 점을 고려해 보면, 성리학의 이원론적 사고를 보여준다 할 것이다. 현실과 악을 하나로 묶고, 이상적 공간을 선과 하나로 묶는 것은 우선 보기에도 理善氣惡의 성리학적 구도를 떠올리게 한다. 기질로 이루어져 있는 현실은 그것이 인간이든 구체적 세계이든 악으로 상정된다. 그것은 理의 矯導에 의해 선으로 회향되어야 한다. 그러나 理와 氣의 구별은 분명하고 서로 섞임이 없다. 이 '理의 교도'에 대한 미련을 버리지 않은 사람이 조광조이다. 시문학에서의 이현보는 '矯導'의 측면보다는 구별 자체를 강조한 듯하다. 리는 기가 아니고 기는 리가 아니다. 이 둘은 절대로 서로 섞이지 않는다. 사람으로 적용되면, 악의 속성을 지닌, 氣質이 섞인 人心은 절대로 道心이 될 수 없다.

　따라서 이현보 시조에서 세속과 자연은 절대로 교융할 수 없다. 그 둘은 '십장홍진'으로 가려져 있어야 한다. 이 경우 서정적 자아는 善 편에만 머무르려 한다. '北闕'을 포함한 세속의 세계에는 관심을 가지려 하지 않는다. 서정적 자아가 세계를 자아화하려는 시문맥 내적인 노력이 없는 것이다. 그래서 이 시는 교훈성을 갖지 않는다. 그러나 서정적 자아가 어부의 생애를 시름없는 것으로 상정하고 있는 것은 서정적 자아의 일방적 자아화이다. '人世를 다 잊었다'는 것도 서정적 자아의 바람일 뿐이다. 세속과 만첩청산이 십장홍진으로 가려져 있다고 생각하는 것 역시 서정적 자아만의 생각에 지나지 않는 것일 수 있다. 세계의 현실의 실상이 그렇지 않을 수 있다는 데서 이 시의 위태로움이 드러난다. 그 순수 공간은 깨뜨려지기 쉬운 것이다.

여하튼 여기서 우리는 그 자연 공간이 시 문맥에서 아직은 敬이나 孝, 忠과 같은 유학적 도덕 덕목으로 연결되고 있지 않음을 주목해야 할 것이다. 이 두 세계를 구별하는 것은 명확히 인지되었으나 이현보에게 있어 관심사는 도심으로 인심을 이끌어야 한다는 당위보다는 도심의 이상향에 안주하고 싶다는 염원을 드러낸다는 것이다. 이러한 당위에 대한 시조문학적 관심은 이황에 와서야 이루어지게 된다.

(4)

고려말의 시조나 맹사성, 황희의 시조에서는 현실 세계를 떠나본 일이 없었다는 점을 다시 상기해볼 필요가 있다. 현실세계에 부딪힌 자아의 긴장을 보여주든 세속에 만족하는 모습을 보여주든 초기 시조문학사에서 자아는 현실을 떠나려 하지 않았다. 그러나 이제 이현보의 시조에 와서, 실제로 그는 누구보다도 현실에 오래 머물러 있었지만, 시적 자아가 현실을 타매시하고 현실을 부정하고 이상적 공간을 상정해서 그리로 떠나려는 모습을 보였다. 그리고 그 이상적 공간은, 그의 경제적, 정신적, 가문적 기반이 있었기에 당연한 일이었겠지만, 自然이었다.

그의 오랜 기간의 벼슬살이에도 불구하고 이현보가 현실정치에서 좌절하고 환멸을 느꼈을 수 있다는 점은 인정할 수 있다. 그 점이 그의 시조에서 탈현실 탈정치의 심상을 품게 되었다는 설명은 어쩌면 자연스러운 일일 것이다. 그러나 그것이 함의하는 바는 그가 의도했건 그렇지 않건 간에 그가 속했던 집단의 사고방식인 성리학적 사유를 닮아 있다는 점도 지적되지 않으면 안될 것이다. 그것은 그의 경우에 선과 악, 세속과 이상향을 극단적으로 이분화하는 형태로 나타났다.

그의 시조가 아직은 도학적이거나 교도적이지 않은 것은 아직 그럴 만큼 성리학적 사고가 진전되지 않았기 때문일 것이다. 리가 기를 교도해야 할 것이지만, 아직은 어떻게 그러해야 하는지 구체화할 수 없었던 것이다. 물론 직접적으로 사람에게 적용시킬 수 있었을 것이다. 그것이 주세붕 등이 택했던 방법이다. 그러나 그러한 직접적인 적용은 폭력적인 것이다. 이성을 설득시켜 나름대로의 논리를 제공해야 할 터인데 그 매개항의 역할에 대해서 아직 인지하지 못했던 것이다. 그 매개항은 바로 이현보가 새로이 발견한 자연이었고, 그 역할에 대한 인식은 그의 고향 후배인 퇴계 이황에 와서야 가능했던 것이다.

4) 倫理와 그 가르침 ― 周世鵬

(1)

특히 오늘날의 문학적 견지에서 볼 때 주세붕의 시조는 좋은 평가를 받기 어려울 것 같다. 조동일은 주세붕의 시조를 평하면서 '그런 논리는 유학에서 늘 쓰는 용어를 벗어 던지자 설득력이 없다. 이와 같은 訓民時調는 교술적인 의도를 서정적인 표현으로 살리고자 했기에 不調和를 지니고, 한쪽에 충실하다 보면 다른 쪽에 파탄이 생긴다'고 하고,23) '교훈적 설명의 관점은 주로 인습적 양반들의 것이라 할 수 있고 현실의 변화보다는 고정적

---

23) 조동일, 『한국문학통사 2』, 지식산업사, 1983. 326쪽.

불변의 관념에 충실하며, 결과적으로 현실을 정당하게 인식하기 어렵게 하는 구실을 한다'24)고 평가했다. 그러나 전체 시조사의 관점에서 주세붕의 시조를 다시 바라볼 필요가 있다.

맹사성과 황희의 시조가 자연과 사람을 한 자리에 포용하고 있었던 것에서, 농암의 시조는 사람을 떨어내고 자연을 이상공간으로 부상하고자 했던 것에 반해, 신재 주세붕의 시조는 자연을 사상하고 사람 사이의 관계를 유학윤리의 측면에서 부각시키고 있다. 그의 문학이 유학적 교훈 일변도라서 사람들의 주목을 많이 받지는 못하지만, "퇴계의 시조는 이현보의 흥취와 주세붕의 교화를 함께 구현하는 조화를 취했다"25)는 문학사의 평가나, "퇴계의 그러한 작업도 신재의 작업이 있었기에 가능하였다"26)는 식으로 선구적 역할에 대한 평가 정도는 주어지고 있는 편이다.

주세붕은 「오륜가」 외에도 경기체가 4곡, 9곡의 가곡창사를 남겼으니, 우리 국문시가문학에 많은 관심을 가졌음을 알 수 있다. 더욱이 경기체가 「道東曲」은 백운동 서원의 祭式에 사용할 정도로 그 내용을 醇化하기도 하였다. 그것은 고려시대 「한림별곡」류의 경기체가가 비난을 받는 내용이었음을 생각하면, 그가 국문시가를 다양하게 운용하려 애썼다는 생각을 갖게 한다. 黃俊良과 같은 사람은 「죽계지」를 읽고 주세붕이 성현의 가르침을 그대로 전하지 않는다고 비판을 할 정도로 주세붕은 나름대로 자신의 국문시가문학에 대한 견해를 정립하고 있었던 것으로 보인다. 주세붕은 그러한 비판에 조금도 물러서지 않았던 것이다.

그러나 오늘날의 우리가 보기에는 주세붕의 16편의 국문 시조는 거의 성현의 가르침을 그대로 풀어놓은 것으로만 여겨진다. 당대에는 자신의 견해

---

24) 조동일, 「홍부전의 양면성」, 『계명논총』 5집, 계명대학, 1968. 117-118쪽.
25) 조동일, 『한국문학통사 2』, 345쪽.
26) 조규익, 『가곡창사의 국문학적 본질』, 집문당, 150쪽.

를 넣었다고 비난을 받았던 것에 반해, 오늘날은 자신의 견해를 조금도 넣지 않았다는 비난을 받는 것이다. 그 두 비난 사이에 있어야 했던 것이 주세붕의 국문 시가작품이었을 터이다. 그것은 다른 말로 하면 역사적 성격을 갖는다는 뜻일 것이다.

(2)

역시 수세붕의 「오륜가」 여섯 수를 먼저 보인다.

<blockquote>
사룸 사룸마다 이 말슴 드러스라
이 말슴 아니면 사룸이오 사룸 아니
이 말슴 닛디 말오 비호고야 마로링이다

아버님 날 나흐시고 어마님 날 기르시니
父母옷 아니시면 내 몸이 업실낫다
이 德을 갑흐려 하니 하눌 ▽이 업스샷다

동과 항것과롤 뉘라셔 삼기신고
벌와 가여미아 이 뜨돌 몬져 아니
훈 무 ᄋ매 두 뜯 업시 소기디나 마옵생이다

지아비 받갈나 간 듸 밥고리 이고 가
반상을 들오듸 눈섭의 마초이다
친코도 고마오시니 손이시나 다르실가

兄님 자신 져줄 내조쳐 머궁이다
여와 뎌 아ᄋ야 어마님 너 ᄉ랑이아
兄弟옷 不和ᄒ면 개 도티라 ᄒ리라

늘그니는 父母 굳고 얼우는 兄 ▽투니
</blockquote>

> 고튼 디 不恭ᄒ면 어티가 다롤고
> 랄로셔 므디어시든 절ᄒ고야 마로링이다   (『武陵續集』)

　모두 6연으로 되어 있는 「五倫歌」이며 첫 수는 서사이다. 서사에서는 사람과 사람 아닌 것을 가르는 기준으로 '이 말씀'을 들었다. '이 말씀'은 성현의 말씀이다. 성현은 모든 보통 사람의 본이 되는 사람이다. 성현의 말씀을 받아들이는 사람은 '사람'이고 받아들이지 않는 사람은 '사람'이 아니다. 사람이 아니라는 말은 뒤에 나오는 바와 같이 개나 돼지와 같은 짐승이라는 것이다. 사람을 짐승 같은 사람과 사람 같은 사람으로 나누는 경우는 두 가지가 있다. 하나는 자신과 같은 무리의 사람과 다른 무리의 사람을 나눌 때이다. 다른 무리는 오랑캐라는 짐승 같은 사람으로 개념정리 되어버린다. 두 번째는 같은 무리 안에서도 윤리적 행동을 하는 여부에 따라 가르는 것이다. 윤리란 한 사회를 지탱해 나가기 위한 기본적인 정치행위의 일종이다. 주세붕이 정부의 관료로서 목민을 위해 이러한 시조를 내놓은 것은 당시로선 적절하다 할 것이다.

　서사 종장에서는 백성들에게 성현의 말씀을 배울 것을 권면하고 있다. 성현의 말씀으로 인해 사람되는 이치를 말한 뒤, 성현의 말씀을 배워야 함을 말하는 것이다. 이 점은 성리학의 기본 논리에 부합된다. 현실의 기질에 얽힌 상황에서는 사람에 차별이 있지만 理의 품부 받은 바에는 성인과 범인의 구별이 없다고 전제한 후, 범인은 기질의 악함을 버리고 理를 확충해 나감으로써 성인의 경지에 이를 수 있다는 것이다. 이러한 논리는 현실에서 일반 백성들에게 유교 윤리를 체득시킴으로써 결국 조선 사회를 공고하게 틀잡아 유지하는 기능을 하였을 것이다. 물론 주세붕 등이 이러한 기능을 의도적으로 획책하지는 않았을 것이다. 주세붕은 자신도 효자 소리를 들었고 우애가 각별한 사람이었으며, 성리학을 전심해서 「心圖說」「心經心學圖」 등의 저술이 있었다고 한다. 그는 자신도 성리학의 윤리 규범에 따라 살려고 애를 썼으며 같은 견지에서 백성들도 윤리적 삶을 살아야 한다는 것을 말했을 것이다.

그럼에도 역시 이 시조는 백성에 대한 일방적 가르침의 소리로 되어 있다는 점을 지적하지 않을 수 없다. 이 점은 「오륜가」를 시작하면서 그가, 해주에서 감사로 있으면서 백성들의 민속이 貿貿함을 보고 이 노래를 지어 하나의 길을 베풀어 보여 인륜을 밝혔다고 쓴 것에 명확히 나타난다. 또한 이 「오륜가」에는 한문 고사를 따온 것이 많은데, 이것을 굳이 언문으로 풀어 노래로 가르친 것은 교화의 대상이 일반 백성이었기 때문이다.

2연은 '父子有親'에 대한 것으로 특히 부모에 대한 효를 강조한 것이다. 이 시조는 원래 『詩經』시인 것을 국문으로 풀어 쓴 것이다. 『詩經』「小雅」谷風之什 '蓼莪'에 다음과 같이 되어 있다.

> 蓼蓼者莪 匪莪菁哀 哀哀父母 生我劬勞 (中略)
> 父兮生我 母兮鞠我 拊我畜我 長我育我
> 顧我復我 出入腹我 欲報之德 昊天罔極
> (더부룩한 저것은 새발쑥인가/ 아니아니 그것은 다북쑥일세/ 애처롭다 우리 부모님/ 나를 낳고 갖은 고생 하셨네/ (중략)/ 아버님 날 낳으시고 어머님 날 기르셨네/ 쓰다듬어주고 먹여주고 키워주고 자라게 해 주었네/ 돌보시고 또다시 살펴보시고 나며들며 따듯이 안아주셨네/ 이 은덕을 갚으려 하니 푸른 하늘 끝없이 아득하다네)

'父兮生我 母兮鞠我'가 초장이 되고, '拊我畜我 長我育我 顧我復我 出入腹我'가 중장이 되고, '欲報之德 昊天罔極'이 종장이 되었다. 중장만 긴 본문 내용을 간략하게 줄였고 초종장은 원시를 그대로 풀어놓았다. 중장의 원문은 상당히 구체적으로 제시되었던 것이다. 이를 한 줄로 줄이려니 추상적인 말이 되었다. 이것은 시적인 효과도 반감되고 독자의 공감을 얻는데도 사실은 불리한 조치이다. 그러나 일방적인 교화를 달성하는데는 오히려 효과적 일 수 있다. 부모의 사랑을 구체적으로 제시하는 것보다, 부모에게 일방적 인 효를 강조하는 효과를 얻을 수 있는 것이다.

3연은 班常의 구별로 시작하지만 사실은 '君臣有義'를 말한 것이다. 그런 데 군신유의를 하필이면 종과 주인의 관계로 치환한 것은, 이 시조가 사대 부를 대상으로 한 것이 아님을 다시 한 번 말해준다. 군신유의의 서민적 적 용은 주인과 종이었던 것이다. 주인과 종은 많은 경우 지주 양반층과 농민 소작인의 관계를 가리키는 말이 되었을 것이다. 이 점은 가족에서 가부장에 대한 권위의 확립과 함께, 조선사회를 유지해나갈 수 있는 가장 큰 기제였 던 것이다.

'주종을 누가 만들었는가?' 하는 설의문을 초장으로 삼은 것은 그러한 사 회 관계가 인위적인 것이 아니라 하늘에 의한 섭리이며 사람이 바꿀 수 있 는 제도가 아니라는 것을 개유하는 효과를 갖는다. 또한 중장에서 벌과 개 미를 든 것도 같은 이유이다. 사람이 만든 제도가 아닌 벌과 개미 사회의 질서를 비유로 끌어당겨 벌과 개미가 질서를 고수하듯이 사람도 이 제도를 고수해야 하는 것이 하늘의 섭리라는 의미를 갖는다. 하늘이 만든 것은 사 람이 고칠 수 없는 것이므로 종장에서는 두 마음을 먹지 말라고 다시 한번 확인하는 것으로 끝맺을 수 있었다.

4연은 문면만으로는 이해가 되지 않는 시조이다. 이것은 後漢 때 양홍의 아내가 공경의 뜻으로 밥상을 눈썹에 이르도록 높이 했다는 이른바 '擧案齊 眉'의 고사27)를 풀어쓴 것이다. 五倫 중에서 '夫婦有別'을 말한 것이다. 종 장만 주세붕의 해설이 첨가된 것이다. 그런데 이 시조에서 눈에 띄는 것은 아내의 도리만을 강조하는 것이다. 그리고 보면 2연이나 3연이나 자식의 도 리, 종의 도리만을 제시했지 부모의 도리, 주인의 도리를 말하지 않은 것과

---

27) 『大漢和辭典』 권3, 3109쪽, 孟光擧案.

일치함을 알 수 있다. 이들 시조는 모두 아랫사람의 도리만을 강조한다는 공통점이 있다.

5연은 오륜에는 포함되지 않는 兄弟 友愛를 소재로 하고 있다. 초장은 아우의 말로 되어있고 중장은 형의 말로 되어 있고, 종장은 화자가 종합해서 가르침을 전달하고 있다. 1연에서 말한 '사람 같지 않은 사람'을 개 돼지로 구체화하고 있다. 사람과 사람 아닌 것을 가르는 것이 윤리의 큰 지침이 되고 있음을 본다.

6연은 '長幼有序'에 대한 시조이다. 어른과 노인에 대한 공경을 강조하고 있다. 2연과 5연에서 먼저 부모에 대한 효와 형에 대한 우애를 말하고 나서 가족이 아닌 이웃의 노인과 어른도 그와 마찬가지 마음으로 공경할 것을 말한다. 이것은 가족 관계와 그 윤리를 확산해나간다는 유학의 기본 원리에 일치하는 것이다.

이 시조들은 전체적으로 서정적이라기보다 교술적이다. 특히 2연이나 4연과 같은 것은 시의 바깥에 존재하던 사실들을 여과 없이 시 안으로 끌어들인 것이다. 서정적 자아가 세계를 일방적으로 자아화한다는 서정시의 본래의 기능이 발휘되지 못하는 것이다. 오히려 이 시들은 화자가 주장하는 윤리들을 세계로 확산하므로, 자아를 세계화하는 교술시의 특성을 갖고 있다. 그러면서 주로 對句와 設疑에 의한 정서적 환기를 통해 문학적 포장을 갖추려 하고 있다. 또한 자신의 주장을 단정적으로 제시함으로 해서 다른 전제를 상정해 볼 여지를 처음부터 소거한 점도 독자들이 이 시를 받아들이게 하는 기제로 작용한다.

비서정적이라 할 정도에 이르기까지 이들 시조들이 교술성을 갖게 된 것은 물론 이 시조들이 일상의 삶의 질서를 확보해야 한다는 현실 맥락의 당위성을 작품 안에 직접 이입시켰기 때문이다. 이 시조들은 가치와 이념이 달라진 현대적 안목으로 보면 전혀 서정시답지 않은 것이지만, 현실과 시의 가치 지향이 일치해야 하는 당대의 문학관으로서는 충분히 수용가능한 것이었다고 보지 않을 수 없다.

(3)

위의 시조를 읽으면서 금방 떠오르는 의문이 있다. 「五倫歌」라고 하고서 오륜에 포함되는 朋友有信은 넣지 않고 형제우애를 대신 포함시킨 것이다. 그 이유는 무엇일까? 이 시조가 대사회적 발언이므로 사회적 배경에 관심을 갖지 않을 수 없다.

주세붕이 이러한 시를 쓴 것은 조선이 건국되고 100년이 넘어서이다. 나라의 기틀은 완전히 잡혀있고 백성에 대한 교화를 강조할 때이다. 세종이 훈민정음을 창제하여 백성을 깨우치고자 한 의도의 연장선상에 있다. 그것은 통치를 원활히 하기 위함이었다는 시각으로 보는데 별 무리가 없는 것이다. 세종 때부터 이미 『삼강행실도』니 『이륜행실도』, 『오륜행실도』 등을 편찬 보급하는데 애를 썼다는 점과도 일치하는 것이다.

그러나 이러한 노력에도 백성의 교화는 그리 쉽게 이루어지지 않은 듯하다. 사대부에 대한 '家廟先祭'의 규범이 쉽게 수용되지 않았던 것처럼, 일반 백성에 대한 유학 윤리의 보급도 쉽게 이루어지지 않았다. 세종 때에 벌써 형이 아우의 배당 받은 밭을 돌려주지 않는다는 기록[28]이 있었는데 成宗 16년조에는 아우가 적통을 빼앗아 낸 후 그 형을 배척한 사례[29]도 나타난다. 우리의 주목을 끄는 것은 주세붕이 거론되는 中宗 때의 기사이다.

> 일찍이 백성 중 형이 아우를 소송하여 그 재물을 빼앗고자 한 사람이 있었다. …… 또 생원 이극온이 그 아우를 송사해 싸우니 주세붕이 백지 일폭

---

28) 『世宗實錄』 3년 正月 壬午條.
29) 『成宗實錄』 16년 正月 己丑條.

에 왼편에는 '理'자를 쓰고 오른편에는 '欲'자를 써서 극온에 붙여 천천히 설
명해 말하기를, 네가 만일 옳으면 리자 밑에 이름을 쓰고 네가 만일 욕심이
라면 욕자 아래 이름을 쓰라 하니 극온이 붓을 잡고 얼굴이 벌개서 머뭇머
뭇 결정짓지 못하니 붕이 엄하게 소리쳐 가로되 네가 생원이 되어서 어찌
理欲의 구분도 못한단말이냐 ……30)

이 기록을 보면, 주세붕에게 있어 오륜의 문제는 관념적 질서의 문제가
아니었다. 그것은 당면한 현실과제였다. 그의 「五倫歌」 앞부분에 '해주에서
감사생활을 할 때 백성의 생활풍속이 무지한 것을 보고 이 노래를 지어 하
나의 길을 베풀어 사람의 큰 윤리를 밝히고자 함'이라는 말도 위 실록 기사
의 연장에 놓여있는 것이다.

맹사성과 황희의 시조가 포괄적 질서 속에서 구체적 사람과 그 생활을
부각시키는 특징이 있었던 것과 주세붕의 시조가 사람관계의 질서를 구체적
으로 제시하고 그 윤리를 강조한 점은 이현보와는 다른 또 하나의 방향이었
다. 이 점에서 주세붕의 시조는 자신의 개인적 체험의 한정된 범주를 벗어
난다고 할 수 있다. 이에 대한 해명은 사상사와 연결시켜볼 수 있다.

이 때 주세붕이 理를 강조했다는 점은 주목을 요한다. 이것은 그 앞 세대
들이 상대적으로 氣를 중시한 점과 대비되는 것이다. 선초의 관학파 문인들
은 易姓革命의 脫朱子學的 行爲를 주자학적으로 설명할 수 없었기에 도덕성
을 강조하는 데는 그만큼 한계가 있었다. 따라서 그들은 주자학적 春秋大
義, 倫理的 綱常, 道德的 當爲보다는, 天賦的 情緒, 感情的 自由, 理가 아닌
氣의 運用을 강조하는 편이었다.31) 이에 비해 사림측은 文은 道의 말단이
라는 전제에 보다 충실하였고, 사람살이의 道理를 세계의 理致에 연결시키
는 것에 더욱 중점을 두었다. 그것은 당시 훈척세력들이 부패를 일삼고 농

---

30) 『中宗實錄』 36년 辛丑 五月 丁未條.
31) 조규익, 『조선조 시문집 서발의 연구』, 숭실대출판부, 1988. 34-35쪽.

민을 수탈하여 농민이 농토에서 유리되어 사림들 자신의 기반인 향촌의 질서가 무너지는 것에 대한 반동운동의 하나였다.32)

이러한 역사적 상황에 발맞추어 사림의 성리학적 인식은 本體論보다는 人性論 쪽으로 경도되었다. 그 대표적인 인물은, 주세붕이 心經을 공부하는 중에 의심나는 점을 물었다는 晦齋 李彦迪이다. 이언적은 통치자의 마음은 人間事에 관한 관심을 실천을 통해서 펼쳐야 한다고 하고, '進修八規'라 하여 『大學』 8조목의 구체적인 조목을 다시 제시했는데, 이의 의미를 柳仁熙는 다음과 같이 풀이했다.

> 이상의 팔규가 갖는 성리학상의 의미는 앞선 철인들의 개인윤리적 관심을 사회윤리차원에서 확립코자 하는 윤리의식의 발전을 이룩했다는 점이다. 바꾸어보면 그는 개인윤리를 사회윤리 속으로 해소시켰던 것이다. 이것은 조선 성리학이 그 형이상학성에도 불구하고 강력한 실천철학으로 발전하였다는 것을 보여주는 것이며 실제로 퇴율의 사회정치철학적 관심은 이와같은 문제 발전상에서 충분히 이해되는 것이다.33)

氣를 포용하지 않고 理를 확충해 인간사에 적용하려는 것은 부패한 훈구세력에 대해 자신들의 도덕적 명분을 세상에 공표하고 스스로를 설득하고 확신하는 사림들의 방편으로도 이해될 수 있을 것이다. 주세붕 자신도, 연보 등에서는 본성이 윤리규범에 맞는다는 점이 강조되곤 하지만, 관직생활 초기에 부딪힌 반발들과 함께 金安老 등 훈척에 대한 반감이 강했을 것이 그가 心經과 같은 주리적 공부에 매진하게 했을 것임은 충분히 짐작할 수 있다. 그는 36세에 이미 김안로를 논박하는 상소를 돌렸다가 파면되었으며, 그 뒤 중앙 요직에 오르지 못하고 외직을 떠돈 것은, 노모 봉양을 위한 것

---

32) 이에 대하여는 이태진, 『한국유교사회사론』, 지식산업사, 1990. ; 『한국사회사연구』, 지식산업사, 1986을 참조.
33) 柳仁熙, 「退栗以前 朝鮮 性理學의 問題發展」, 『東方學志』 1983. 연세대, 200쪽.

도 있었겠지만, 김안로의 세력이 커진 것과 더욱 관련이 있기도 했다.

결국 도덕적 명분을 보장하는 理에 대한 강조와 人間事에 대한 강조가 하나로 엮이는 사상체계 속에서 「五倫歌」와 같은 문학형식이 가능했던 것이다. 이것은 이현보가 부패한 세속에서 벗어나고자 한다는 내용으로 지은 「어부가」와, 같은 면의 다른 축에 있는 것으로 이해할 수 있다. 그러나 속세를 떠나는 것은 언제나 할 수 있는 일이지만 속세를 떠나지 않고 속세를 개혁해서 그 자체를 이상향으로 민드는 것은 언제도 하기 어려운 일이다. 주세붕은 그 길을 택했다.

(4)

주세붕은 자신의 시대적 소명을 시조로 나타낸 사람이었다. 유학 윤리가 일반 서민에게까지 미쳐야 한다는 조선 중기로 진입하던 시기의 사대부 관료적 소명의식과, 같은 뿌리에서 나왔지만 부패한 권신들과의 변별성을 사상체계로 확립하여야 하는 소명의식이 그의 도학적인 시조 창작의 토양이 되었다. 이것은 세속을 떠나 구속이 없는 자유로운 이상세계를 그리는 것보다 재미가 없어 보인다. 제약과 자제로 틀 잡아져야 하는 현실세계의 규범을 그리는 것은 문학적으로 환영받지 못하는 일이었다. 몇 가지의 문학적 기법을 동원해 보았지만 근본적으로 교술성을 본질로 하는 것이기에, 더욱이 교술이 문학의 영역에서 축출된 현대에 이르러서는 환영받지 못할 뿐 아니라 배척 당하기까지 하는 작품이 되고 말았다.

그러나 문학이, 하나의 갈래의 차원에서, 사람들의 일상생활의 길을 체계적으로 제시한 것이 있었던가 하는 점에 생각이 미치면, 주세붕의 시조와 같은 것은 다른 종류의 문학으로 재고되어야 하지 않나 한다. 그것은 사대부 시조문학 갈래가 필자가 주장하는 바와 같이, 일상성을 확보하려는 새로운 문학적 의의를 갖는다면, 주세붕의 시조는 그 긴 노정의 선편을 잡았다는 의의 정도는 인색하지 않게 내릴 수 있을 듯 하다.

그 점에서, 문학성이 떨어진다는 측면에 대한 재고도 가능할 것 같다. 현대의 우리가 보기에는, 이미 조선전기의 사대부 시조와 같은 갈래가 소멸된 지 오래이므로, 문학성이 없게 여겨지지만, 문학성이란 무엇인가 하는 문제는 우리 시대의 관점만으로 모든 시대에 통하는 해답을 내놓기는 어렵다고 생각한다. 구한말에 다양하게 등장한 종교 가사들이 있다. 가령 천주교 가사 작품에 대해 일반인은 별 문학성이 없다고 평가를 할 수 있는 반면, 천주교도라면 문장마다 감동을 느끼고 문학성에 감탄할 수 있다. 현대의 우리에게는 받아들여지지 않지만, 조선 전기의 사회적 풍토와 이념적 지향의 폭 내에서라면, 맹사성 등의 '亦君恩이샷다' 류의 어법이 수용될 수 있는 것과 마찬가지로 주세붕의 시조도 문학적으로 소화될 수 있는 것이었다고 인정하는 편이 공정할 것으로 생각된다.

적극적으로 생각하면, 이러한 시조가 문학내로 편입될 수 있었던 것은 이 시대 담당층의 이념과 가치가 문학이 현실과 일치해야 한다는 것이었기 때문으로 이해할 수 있다. 그것은 문학과 역사와 사상이 일치해야 한다는 것과 같은 논리에서 문학이 역사와 사상을 이루는 기반인 현실과 일치해야 한다는 당위론적인 것일 수 있다. 현대는 이러한 당위론이 사라진 시대이지만 그 시대를 이해하는 데에는 이러한 관점이 적절한 것이다.

5) 自然에서 道學으로 ― 李滉

(1)

이황의 「陶山十二曲」은 우리 시조문학사에서 한 정점을 이루는 소중한 작품이다. 1565년 소작으로, 문헌기록으로 시조가 정착된 최초의 확실한 작품으로 인정되어서, 시조가 16세기에나 발생한 것이라는 학설이 제기되기도 한 근거가 되었다. 우리 사상계의 태두로 평가받는 명망 있는 인물이 12수의 연시조를 지었다는 사실은 국문문학인 시조의 위상을 크게 높이기도 하였다. 「陶山十二曲跋」을 통해서는 외래문학인 漢詩가 아니라 국문으로 된 노래라야 우리 민족의 감정을 제대로 드러낼 수 있는 것이라는 의견을 피력한 사실도 높은 평가를 받아 왔다. 무엇보다도 형식에 있어서 시조의 외적인 규범을 완벽하게 구사해 내고 있고, 내용 면에서도 시조의 품위를 확보하는데 모자람이 없다는 점이 여러 연구자에 의해 거듭 지적되었다. 이후에 이 노래를 본 딴 「…十二歌」가 여러 편 출현했다는 점은 이 노래가 오랫동안 상찬되었음을 말해준다.

　그러면서도 다른 한편으로는 이황의 시조가 유교적 윤리를 너무 지나치게 문면에 내세운 흠이 있지 않은가 하는 비판적인 시각도 있다. 주세붕의 시조에 비하면 상당히 완화되어 있지만 그래도 교훈을 제시하려고 하는 의도는 너무 선명히 작품 문면에 드러나는 것이 사실이다. 이러한 두 가지 점을 갖고 있기에 조동일은 그 문학사에서 '이황은 이현보의 흥취와 주세붕의 교화를 함께 구현하는 조화를 추구했다'[34)]고 했다. 이러한 지적은 많은 부분 타당할 것이다. 그러나 이황의 시조는 이현보와 주세붕을 합쳐놓은 것은 아니다. 그러므로 그 두 사람과의 유사성과 함께 차이점에 대한 좀더 밀착된 논의가 필요하다고 생각한다. 주세붕의 교훈과 이황의 교훈은 크게는 함께 성리학의 체계 내에 포함되는 것이지만, 그 위상에 있어서는 중요한 차이점을 가지고 있다.

　본고도 물론 기존의 논의를 크게 벗어나지는 못할 지 모르겠지만, 우선 나름대로 작품을 다시 한번 상세히 짚어보고 그 문학적 의의를 확인하면서,

---

34) 조동일, 『한국문학통사 2』, 345쪽.

동시에 앞에서 살펴본 시조들과의 변별성을 강조해 보고자 한다. 이는 조선 전기 사대부의 시조문학이 발전해온 모습을 선명히 드러내는데 기여할 것으로 생각한다. 작품이 길기 때문에 전체를 한번에 보이지 않고 언급될 때마다 해당 시조를 보이는 방법으로 논의를 전개하겠다.

　　(2)

　　이황의 「陶山十二曲」은 작품 수가 많으므로 필요한 작품을 그때그때 거론하기로 한다.

　　　　　이런들 엇더ᄒ며 뎌런들 엇더ᄒ료
　　　　　草野愚生이 이러타 엇더ᄒ료
　　　　　ᄒ믈며 泉石膏肓을 고텨 므슴ᄒ료

　　1연의 초장은 이미 이방원의 시조에서 보았던 것이다. 그런데 방원에서는 그 다음에 '만수산 드렁칡'을 말해서 얽힌 모습을 제시했다. 방원과 정몽주가 그와 같이 얽히기를 바란다는 것이고, 그렇게 얽히면 결국은 방원의 체계를 수용하는 결과가 되는 것이었다. 이황은 초장 다음에 '초야우생'과 '천석고황'을 내놓았다. 이것은 '이런들'은 보여주지만 '저런들'은 보여주지 않는 것 같다. '泉石膏肓'은 자연을 사랑하는 마음이 고질병이 되었다는 것이다. 그런데 자연을 사랑하는 마음은 도회적 번다함을 배제하려는 의도와 관련되어 있다. 자연을 사랑하는 사람은 도시와 세속에서 떠나오는 것이다. 자연과 세속을 함께 '얽는' 것은 결국은 자연의 세속화로 일방적으로 얽히는 결과를 낳는다. 그러므로 이 시에서 초장의 '이런들'과 '저런들'은 모두 세속을 배제하고, 자연 내에서의 '이런들' 하나로 포섭되는 것이다.

　　이 '초야우생'은 자연을 택하기로 했다. 중장에서 '草野愚生이 이러타 엇더흐료'한 것은 세속적 견지에서 본 바로는 택하기 어려운, 명예도 없고 권력이나 금권도 없는, 또는 세속적인 규범이 없어 보이는 시골 생활이지만 감수할 만하다는 말이다. 더구나 자신이 자연에 있을 수밖에 없는 것은 고황에 병이 들었기 때문이고 이 병은 자연 속에 살아야만 증세를 보이지 않기 때문이라는 것이다. 이런 말들은 표리를 뒤집어 놓은 것일 터이다. 사실은 세속보다 자연이 더 값있기 때문에 자연을 택한 것이겠지만, 세속의 질서가 그러한 사고를 터부시하기 때문에 '어쩔 수 없이 변변치 못한 시골 삶을 좋아한다'는 식의 겸사로 도회한 것일 터이다.

그러나 이미 1연에서도 '천석고황을 고쳐 무엇하겠느냐'고 해서 고칠 뜻이 없음을 내비쳤다. 이래서 자연으로 회귀하는 이현보의 시조를 따른 것으로 보인다. 그렇지만 이현보의 것보다는 세속에 대한 적대감을 표시하는 것이 다분히 완화되어 있다. 이현보는 세속의 '十丈紅塵'이 싫어서 자연을 찾은 것이지만, 이황은 세속이 좋겠지만 자신은 자연의 병이 있기 때문에 자연으로 돌아온 것이라고 개인화하고 있다. 세속과의 연관성을 단절시키려 하지 않고 있음은 이황의 시조에서 주목할 만한 사항이라고 생각한다. 이현보는 세속에서의 벼슬을 많이 지내면서 시조에서는 세속과의 결별을 강조했고, 이황은 벼슬에서 도망하기를 많이 하면서도 시조에서는 세속과의 절연을 말하지는 않는다. 이것은 어쩌면 이황의 성리학이 객관적 현실보다는, 이념과 문학의 범위 내에서 강하게 작용하는 것이었기 때문이 아닌가 생각해 볼 수 있다. 현실세계에서의 그의 기질은 세속에서 벗어나려 하지만, 이념적으로는 세상과 단절되어서는 안 된다는 성리학적 지표가 시조로 드러난 것일 수 있다는 말이다.

> 煙霞로 지블 삼고 風月로 버들 사마
> 太平聖代예 病으로 늘거가뇌
> 이 듕에 브라는 이른 허므리나 업고쟈

'泉石膏肓'을 고치는 치료제가 煙霞와 風月이다. 그러나 이 병을 치료하고자 하지 않는 것이 화자의 본뜻이다. 자연을 사랑하는 病으로 늙어 가는 것은 화자가 바라는 바이다. 자연을 집으로 삼고 자연을 벗으로 삼아 살아가는 것은 1연을 이어 세속의 삶과 구별되는 삶을 택한 것이다. 그러나 여기서도 화자는 세속과의 단절을 말하고 있지는 않다. 그것은 중장에서 '太平聖代'로 나타난다. 화자가 자연을 사랑하는 병을 앓을 수 있는 것은 세속이 태평성대이기 때문이다. 태평성대란 무엇인가? 그것은 훌륭한 임금이 훌륭한 정치를 펴기 때문에 백성이 더 이상 정치에 관심을 가지지 않아도 되는 삶을 사는 사회이다. 그 속에서 이황의 자연은 보존될 수 있다. 여기서 자연과 세속이 연결되는 지점을 볼 수 있다. 태평성대라야 완벽한 자연에의 몰입이 가능하다. 역으로 완벽한 자연에서의 삶은 태평성대와 동격일 수 있다.

그러나 사실을 따져보면, 이황의 시대는 태평성대라고 할 수 있었을까? 그렇다고 답하기 어려운 점이 많다. 이황이 나기 3년 전의 戊午史禍를 시작으로, 그가 中年을 보내기까지 甲子士禍, 己卯士禍, 乙巳士禍를 겪으며 사림은 수없이 죽어나갔고, 이황의 가족도 이 앙화를 피할 수 없었다. 이황이 끊임없이 벼슬을 버리고 향리로 돌아가곤 한 것은 이러한 현실에서의 벼슬살이에 대한 회의와 부정 때문이었다는 견해도 있다. 이것만으로도 이황이 자신의 시대가 태평성대라고 단정짓는 것은 타당해 보이지 않는다.

그래서 결국 우리는 이황이 이 2연에서 제시한 '太平聖代'는 실제의 상황이 아니라 하나의 이상적 상태를 말하는 것이라고 추측하게 된다. 완벽한 자연에 어울리는 완벽한 세상! 이 둘을 함께 제시하는 것이 이황의 시조가 노리는 바이다. 그런데 자연은 이미 완벽한 상태로 선험적으로 존재하고 있는 것이다. 따라서 완벽함을 지향해야 하는 것은 이 세상이다. 그 속에서 화자는 '허물'이 없도록 자신을 수양하고, 세상을 설득하고자 한다.

종장의 '허물'은 화자 개인의 소회를 피력한 것으로 간주된다. 완벽한 질서 속에 존재하고자 하는 개인도 그에 맞추어 완벽함을 추구해야 하는 것이다. 현실적 세속이 가지고 있는 여러 가지 허물들을 버리고 이상 세계의 사람이 갖추어야 할 덕성과 규범으로 자신을 수양하는 것이 화자가 자신에게 바라는 바이다. 3연은 그러한 소망이 개인을 넘어서 사람 일반으로 확대되는 모양을 보여준다.

> 淳風이 죽다 ᄒ니 眞實로 거즛마리
> 人性이 어디다 ᄒ니 眞實로 올흔마리
> 天下애 許多英才를 소겨 말슴홀가

'태평성대'란 바로 '淳風'이 지속되고 '人性'의 어짊이 의심받지 않는 시대일 것이다. 이황이 '태평성대'라고 말한 것이 바로 그 뜻이다. 그러나 그 '태평성대'가 현실적인가에 의문이 일었듯이, 이 3연 내용도 현실과의 거리를 우리는 느끼지 않을 수 없다. 세상은 실제로는 순풍이 죽었다는 말이 많았을 것이다. 人性이 어디 있기나 하냐고들 했을 것이다. 그러나 화자는 인성이 어질고 순풍이 죽지 않았다는 것이 현실이라고 말하고 있다.

세상이 아무리 그릇되어도 인성 그 본체는 순연한 것이며 그 순연함으로 세상을 교화하여 결국은 세상 전부를 순연하게 만들 수 있다는 것이 이황의 생각이었다. 그것은 모본은 바로 이미 완벽한 모습으로 현존하고 있는 자연이었던 것이다. 그리고 그 자연의 완벽함을 체화한 사람이 앞 세대를 거쳐 간 聖賢이다. 따라서 우리 사람들이 본받아야 할 대상은 두 가지이다. 하나는 자연 그 자체이며 또 하나는 자연의 이법을 몸으로 체화한 성현들이다. 이황의 시조는 이 둘의 완벽함을 따라야 할 것을 일반 사람들에게 말해주고 있는 것이다. 그래서 그의 시조는 자연과 함께 교훈성을 갖게 된다. 이 교훈성은 주세붕이 직접적으로 제시하고 있는 것과는 다르다. 주세붕이 일방적, 직접적으로 백성을 가르치는 것과 달리 이황은 자연을 매개로 근본의 이치를 찾아 설득하고 있는 것이다.

淳風과 人性에 대한 믿음은 그것이 인위가 아니라 자연이라는 설명을 통해 설득력을 확보하려 하고 있음을 주목해야 할 것이다. 자연이 자연스러운 것처럼 순풍도 자연스러운 것이라고 말하고 있는 것이다. 그것은 그 뒤 4,5,6연을 통해 더 확실히 제시되고 있다. 4연에서 자연인 蘭草와 白雲을 들고 병렬적으로 '彼美一人'을 든 것, 5연에서 流水와 갈매기를 들고 병렬적으로 '皎皎白駒'를 든 것, 6연에서 '四時佳興이 사람과 마찬가지'라고 한 것들이 모두 그 맥락에 놓인다.

4연에서 '彼美一人'은 쉽게는 사대부 시문학에서 흔히 임금을 美人으로 나타내던 것과 같은 어법으로 볼 수 있다. 이 경우 초중장의 완벽한 자연의 제시와 함께 '이 중에' 그 아름다운 사람이란 현실의 임금이라기보다는 2연에서 태평성대를 가져오는 이상적인 군주의 모습으로 생각하는 것이 올바를 것이다. 그러나 이보다는 더 나아가서 그러한 자연의 순연함을 가능하게 하는 근원의 힘으로 보는 것이 더 타당할 것 같다. '幽蘭이 在谷'하고 '白雲이 在山'하는 자연의 질서 속에 있는, '그 한사람'이란 바로 그 자연과 그 질서를 가능하게 하는 한 존재일 터이기 때문이다. 그것은 이황의 경우에 發하는 理일 수도 있을 것이다. 理가 發한다는 것은 인격적 神과도 같이 세상에 대한 행위적 측면의 요소를 배제할 수 없기 때문이다.

5연의 '皎皎白駒'는 화자 자신을 가리킨다. 4연에서와 마찬가지로 조화로운 자연의 모습을 초중장에서 제시하고 이번에는 美一人과 대조적으로 자신을 들어 망아지와 같다고 했다. 그 망아지는 '멀리 마음을 두고 있다'. 자연은 조화와 질서의 구현태이다. 美人은 그 조화의 軸이다. 망아지는 자연과 조화와 축으로부터 멀리 마음을 두고 있다는 말이다. '어찌 멀리 마음을 두

느냐'는 것은 멀리 마음을 두지 말고 이리 가까이로 오라는 주문이다. 사람 마음은 본래 어질지만 그래도 망아지처럼 도에서 멀리 달아나려 하기도 한다. 이 시를 읽는 사람이 할 일은 그 마음의 망아지를 다시 자연으로, 미인에게로 돌아오게 하는 일이다. 그 모든 행위는 修己 또는 修養이라고 이름할 수 있다. 그 수양의 결과가 6연에 제시되어 있다.

春風에 花滿山ᄒ고 秋夜에 月滿臺라
四時佳興이 사롬과 한가지라
ᄒ믈며 魚躍鳶飛 雲影天光이야 어니그지 이슬고

봄과 가을의 꽃과 달, 이러한 자연의 흥취가 사람과 한가지라고 했다. 이것은 그저 산에 놀러가거나 가을 밤에 달을 보며 느끼는 순간의 흥취가 아님을 주의해 보아야 한다. 이것은 위 5연까지에서 제시한 바를 따라 수양한 사람이 얻을 수 있는 정신적 경지로 제시되는 것이다. 그것은 사람이 四時의 秩序와 같은 規範을, 거듭되는 反省的 思考와 行爲인 수양을 통해 얻었을 때만이 얻어지는 것이다. 그 정신적 경지를 단적으로 표현하는 것이 종장의 '魚躍鳶飛 雲影天光'이다.

물고기가 뛰고 새가 하늘로 날아오르고, 구름 사이에서 하늘은 빛을 낸다. 이것은 생명의 순수한 발현 상태이다. 생명으로서의 자연물이나 인간이나 동일하게 그득 차 있는 만개한 기운이다. 이 느낌을 사람이 갖는 것은, 오랫동안 잊혀졌지만, 소중한 꿈이다. 道家나 佛敎에서는 세간을 떠난 초월적 자리에서 이러한 경지를 말하며 이에 따라 일탈적 행동이 크게 부각된다. 이황의 특징은 이러한 경지가 자연을 매개로 한 인간의 도덕적 수양에 의해 이루어져야 한다는 점을 부각시키는 것이다. 그 길만이 사회를 태평성대로 유지해 나가면서 개인을 완성시킬 수 있는 길이라는 것이다. 다른 길은 개인의 완성을 위해 사회는 도외시될 수밖에 없다. 이 점은 이황의 다음 진술과 일치하는 것이다.

> 그러나 옛날에 산림을 즐겼던 사람을 보건대 또한 두 종류가 있다. 아득한 것을 섬기고 고상한 것을 일삼아 즐기는 이가 있고 도의를 기뻐하고 심성을 길러 즐기는 이가 있다. 전자를 따른즉 潔身亂倫에 흘러서 심하면 새짐승 무리와 어울려도 잘못이라고 생각하지 않게 될까 두렵다. 후자를 따른즉 좋아하는 바가 (성현이 남긴) 글 찌꺼기뿐이요 그 전할 수 없는 묘한 데에 이르러서는 구할수록 더욱 얻을 수 없으니 어떤 즐거움이 있겠는가? 비록 그러하나 차라리 후자를 위해 힘쓸지언정 전자를 위하여 스스로 속이지 않겠다.35)

이것이 1연에서 6연까지를 「言志」라고 이름한 까닭이다. 자연이 품고 있는 조화와 질서를 사람이 받아들여 그것을 자신의 규범으로 내화하는 수양을 완성했을 때 얻어지는 경지를 보여주고 그 길에 뜻을 둘 것을 말한 시조가 6연까지의 「言志」였던 것이다. 이것은 자연을 매개로 해서 道學으로 나아가는 과정을 보여준 시조이다. 「언지」를 보여주고 나서 이황이 한 것은 그 수양의 방법을 제시하는 것인데, 이황은 성현을 공부하는 것이 가장 좋은 방법이라고 생각한 듯 하다. 그 점은 7연부터 12연까지의 시조를 「言學」이라는 어휘로 집약한 것과 관련 있다.

이것은 이현보가 단순히, 인간과 대립된 위치의 자연을 제시하고 위안을 삼은 것에서 한 걸음 멀리 나아간 것이다. 또한 매개항 없이 인륜의 질서만을 명령하듯이 제시한 것과도 차원을 달리하는 것이다. 이것은 위의 두 선배를 이은 결과이었으면서 동시에 李珥로 이어지는 새로운 내용의 시조를 발명한 것이다.

---

35) 이황, 「陶山雜詠記」, 『退溪集』 권3.

「言學」 여섯 수에서 이황이 제시한 것은 물론 공부이다. 그 공부는 성현의 뜻을 그들이 남긴 서적을 통해 얻어서 실천하는 것이다. 처음 7연에서부터 이황은 '萬卷生涯로 樂事 無窮'하다고 했다. '萬卷의 책'은 성현의 말씀이 들어있는 자료이다. 성현의 말씀을 학습하면서 때때로 그 內化 된 규범의 정도를 자연을 통해 검증해 보아야 한다. 그것은 중장의 '만권생애'에 이어 종장에서 '이중에 往來風流'의 즐거움으로 표현되었다.

'만권생애'의 책을 앞에 놓은 것은 자연으로부터 직접 배우기 어려우므로 성현의 가르침을 쫓는 것이 현명한 방법이라고 생각했기 때문이다. 그 점을 널리 알려진 시조인 9연에서 쉽게 풀어주었다. 거기서 그는 책을 '古人이 다니던 길'이라고 표현했다. 고인이 가고 없는 지금이지만, 고인이 가던 길을 보고 갈 수는 있다고 했다.

8연에서는 이 '古人의 길'은 마음만 바로 하면 햇볕이나 천둥소리처럼 너무나도 명백하게 드러나는 것이지만, 聾者와 瞽者는 들리지 않고 보이지 않는다고 했다. 이 사람들은 고인의 길을 의심하는 사람들이다. 또는 이황이 서경덕을 비난한 기록을 참고하면, 자기 나름대로의 길을 만들어가는 사람들이었을 수도 있을 것 같다. 10연에서도 그렇게 방황하고 의심하던 사람을 들었다. 그는 몇 해를 허송세월하고 돌아왔을 뿐이라는 것이다. 이제라도 돌아왔으니 딴 데 마음 두지 말고 이 길을 성실히 갈 것을 권면하고 있다.

그렇게 수행해 나가는 방법과 목표를 11연에서 정리해서 보여주고 있다.

> 青山은 엇데ᄒᆞ야 萬古애 프르르며
> 流水는 엇데ᄒᆞ야 晝夜애 긋디 아니눈고
> 우리도 그치디마라 萬古常青 호리라

우선 독자는 '그치지 말아야' 한다고 했다. 그 길을 못보는 사람 듣지 않는 사람도 있고 때로는 다른 길을 헤매다가 돌아온 사람도 있다고 했지만 이제 마음을 정한 사람이 할 일은 이 길 한가지로 매진하는 것이다. 이렇게 말하면 무슨 종교적 언술의 느낌이 나기도 하지만, 理가 發한다고 하는 이론을 가진 사람은 그 理의 절대성 때문에 다른 길을 용납할 수 없는 것이 사실인 것이다.

다음으로 독자가 다가서야 할 목표는 '萬古常靑'이다. 이것은 그치지 않는 지속적인 수행과 맞물려 있다. '萬古常靑'은 자연이 가지고 있는 불변성을 사람이 內化한 것이다. 靑山의 항상된 푸름, 유수의 항상된 흐름과도 마찬가지로 개인 내면에도 불변의 규범이 자리잡아야 하는 것이다. 청산도 결국은 변한다고 보는 견해도 있고 유수는 끊임없이 변한다고 노래하는 시인도 있는 것에 반해서 이황은 청산과 유수의 불변성을 굳이 보고 있는 것이다. 이는 인간도 이러한 불변성을 내면에 지니고 있어야 하기 때문이다. 인간의 내면의 불변성은 이황의 견해로는 내적 규범이며 질서이다.

마지막 연에서 그 길이 일상성의 진폭 안에 있는 것임을 지적하고 그 길로 매진할 것을 권면하였다.

> 愚夫도 알며 ᄒᆞ거니 긔아니 쉬운가
> 聖人도 몯다ᄒᆞ시니 긔아니 어려운가
> 쉽거나 어렵거나 듕에 늙는 주를 몰래라

'萬古常靑'의 不變의 理를 얻는 것은 사실은 쉬운 일이 아닐 것이다. 그런데 '愚夫'도 하는 쉬운 일이라고 했다. 그것은 우리가 일상생활 가운데 매일 겪고 부딪히는 일이기 때문이다. '聖人'도 다 하기는 어렵다고 했다. 그것은 변함없이 평생을 지속하기가 어렵기 때문이다. 『中庸』에서는 이를 '中'이라고 했고 夫婦를 예로 들었다. 부부가 되는 것은 결혼하면 누구나 할 수 있

는 일이다. 그러나 부부간의 본분을 다하고 올바른 관계를 완벽하게 지속적
으로 이루어 나가는 것은 성인도 다하기 어려운 일이다. 日常을 주재하는
理는 일상 어디에나 있기 때문에 쉽게 알 수 있는 것이기도 하지만, 일상을
규범 있게 지속적으로 이끌어 나가는 것은 끝없는 수양을 필요로 하는 것이
기에 어려운 일인 것이다. 12연은 그 길로 매진하자는 권면이다. 쉽기 때문
에 누구도 자포자기하여 그 길에서 멀어져서는 안 된다는 것이며, 어렵기
때문에 누구도 자만하여 그 길을 가벼이 여겨서는 안 된나는 것이다.

　결국 「言志」 여섯 연은 自然 즉 四時의 질서와 '한가지'가 되는 '뜻'을 말
하고, 「言學」 여섯 연은 그 '하나됨'이 성현을 공부하는 길에서만 얻을 수
있다는 것을 보였으니 제목이 적절하다 하겠다. 그리고 그 '뜻'은 日常의 진
폭 내에 있는 것이지만 일상을 지속할 수 있게 하는 힘이 된다는 점에서 일
상을 넘어서는 것이기도 하다. 그러나 그 넘어선 일상도 또한 일상의 범위
내에 존재할 때만 의미가 있다는 것을 잊어서는 안될 것이다.

(3)

　이제까지 살펴본 「陶山十二曲」은 自然과 道學을 기본 축으로 삼고 있다.
이현보의 자연은 도학이 필요 없는 것이었다는 점에서 이황과 다르고, 주세
붕의 도학은 자연과 무관한 것이라는 점에서 이황과 달랐으니, 이황이 이
두 선배 문인을 융합한 것으로 느껴지기도 한다. 그러나 이황의 자연과 도
학은 서로가 서로를 필요로 하는 충족이유의 관계에 있었다는 점에서 그 두
사람과 질적으로 다른 것이라는 점에 더 관심을 기울여야 한다고 생각한다.

　이황이 자연과 도학을 융합한 것은 생각보다 쉬운 일은 아니었을 것 같
다. 이 둘은 어떤 면에서는 서로를 배제하거나 또는 아무런 관계도 없는 것
이기 때문이다. 배제한 사람이 이현보였고 무관하게 본 사람이 주세붕이었
다. 자연에의 귀환이 어지러운 정치에서의 避禍에 기인한 것이었다면 그것

은 도학과 관련이 없어야 하는 것이다. 이현보가 세속을 백안시하고 자연을 찬양한 것처럼 이황도 자연만을 택하고 도학은 버렸을 수 있다. 오히려 세속을 유지시키기 위한 도학을 버리고 자연으로 숨는 것이 상식적으로 옳았을 것이다. 1545년 乙巳士禍의 현장에 있으면서 벼슬살이에 대한 회의를 심하게 갖게 되고 더구나 그의 사형 瀣가 결국은 귀양길에 杖毒으로 별세하는 일까지 겪은 터였다.

　退溪는 전반기의 삶을 사화와 함께 산 사람이다. 그가 태어나기 삼년 전에 무오사화가 있어서 그의 출생시는 士林의 사기가 뚝 떨어져 있었던 때였다. 네 살 때 갑자사화가 일어났다. 연산군은 성균관을 놀이터로 만들어 버렸고 經筵 강의를 폐지해 버렸다. 그 해 가을에는 무오사화를 추급해서 김굉필과 정여창이 처형 유배당하였다. 사간원 대제학도 없애고 간언도 받지 않았다. 한창 공부할 열아홉에는 기묘사화가 발생했다. 45세 때에는 을사사화가 있었다. 왜구와 여진의 침입이 끊이지 않기도 했다. 退溪의 主理的 학설은 이태진이 지적한 대로 性理學派가 가장 수난을 받던 시기에 在野的 역할에서 형성되었던 것이고 따라서 道와 理에 관한 원론과 근본을 끝까지 따지고 들어가 이에 極端的으로 충실한 모습을 보였던 것이다.36)

　더 오랫동안 벼슬을 많이 지낸 이현보는 아예 세속을 버리고 자연만을 택하는 시를 지었는데, 벼슬살이의 핍박을 받고 물러나기를 거듭한 이황은 오히려 자연과 함께 도학을 아우를 수 있었던 이유가 무엇일까에 대해서는 지금으로서는 명백히 답하기 어렵다. 우선은 이현보에 비해 이황이 성리학을 체화한 사람이라는 차이를 지적할 수 있을 뿐이다. 같은 고향 사람으로 향리를 비슷하게 이끌어 나가던 두 집안이었고 교류도 왕성했다. 다른 차이를 말하기 어렵다. 이현보에게는 성리학 관계로는 특별한 자료가 없는 것에

---

36) 이태진, 「조선 성리학의 역사적 기능」, 『조선유교사회사론』, 지식산업사, 1990. 143쪽.

반해 이황은 조선 성리학의 한 정상에 있는 것이다. 이황이 겪은 을사사화의 재화는 그가 이미 50살이나 되었을 때의 일이니, 그가 젊어서부터 섭렵한 성리학 이론을 버리는 데까지 이르게 하지는 못했다고 할 수 있을 것이다.

그렇다면 이 이율배반적이기까지 한 자연과 도학을 이황은 어쨌거나 나름대로 융합하지 않을 수 없었을 것이다. 이황의 체험과 기질은 세속을 떠나 자연을 찾을 구실을 주었고 그의 학문은 세속을 포용하여야 할 의무감을 심어주었다. 儒學의 전제는 어떤 일이 있어도 세상을 벗어나 버리지 않는 것이다. 이황에게 이 두 범주를 이어주는 매개고리는 질서와 규범일 터이다. 자연을 수용하면서 그 질서를 부각시키고, 세속에 그 질서 규범을 부여하는 것이다. 그리고 문학에서 이 두 가지를 함께 구현하는 것을 '溫柔敦厚'라고 부를 수 있다. 그것은 그가 李鼈의 「六歌」를 언급하면서 개념화한 말이다.

> 「陶山十二曲」은 陶山老人이 지은 것이다. 노인이 이를 지은 것은 무엇 때문인가. 우리 동방의 노래는 대체로 淫哇하여 족히 말할만 하지 못하다. 「翰林別曲」과 같은 것들도 文人의 입에서 나왔지만, 矜豪放蕩하고 褻慢戲狎하여 군자가 숭상할 바가 아니다. 오직 근세에 李鼈의 「六歌」라는 것이 세상에 널리 전하는데 오히려 이보다 낫다. 그러나 玩世不恭의 뜻이 있고 溫柔敦厚의 내실이 적어 안타깝다. …… 일찍이 이별의 「육가」를 略放하여 「도산육곡」 둘을 지었다. 하나는 言志이고 하나는 言學이다. …… 또한 아이들에게 이르러 스스로 노래하고 기뻐하며 뛰고 춤추게 하여 거의 더러움과 인색함을 씻어버리고 感發融通하여 歌者와 聽者가 서로 유익함이 없을 수 없다.[37]

이별의 「六歌」는 '玩世不恭'의 뜻이 있어 취하지 않고, '溫柔敦厚'의 내실을 기려 「陶山十二曲」을 지었다는 것이다. 그러나 이별의 「육가」를 완전히

---

37) 『退溪集』 권 43, 「陶山十二曲跋」.

배척하지는 않고 '略放'한 것은 自然을 취한 것을 긍정한 것이고, 「육가」를 결국은 인정하지 않은 것은 그것이 자연만을 취한 것을 부정한 결과이다. 자연만을 지향한 결과는 「육가」에서 '功名作弊屨/ 脫出遊自適' 즉 '공명은 해진 신이니/ 벗어나서 즐겨보세'라는 구절에서 분명해 진다고 볼 수 있다. 위에서 언급한 바 있는 대로, 세상을 '脫出'하고 '自適'하는 것은 '새 짐승의 무리에 섞여도 부끄러움을 모르는' 행위와 같다고 여기기 때문이다.

'感發融通하여 歌者와 聽者가 서로 유익함이 없을 수 없다'는 것은 바로 세상과 맺은 끈의 强度를 말해준다. 시는 사람 사이의 유익함을 그 내용에 포함해야 하는데 그것은 자연에 대한 상찬 만으로는 얻을 수 없는 것이다. 이황은 「도산십이곡」에서 특별히 그 점-유익함-을 부각시켰던 것이다. 그래서 유감스럽게도 정서적인 면의 배려에 부족을 드러냈다는 문제점을 지적하게 된다. 조규익이 지적한 대로 주자학적 이념을 개입하지 않는다면, 「육가」가 「도산십이곡」보다는 더 서정적이고 좋은 작품으로 평가될 수 있는 것이다.[38]

그래서 이황의 「陶山十二曲」은 전체적으로 자연을 노래한 서정시라기보다 도학을 개진한 경향문학의 한 종류로 여겨지게까지 된다. 자연은 그 자체로 의미를 띠기보다 도학을 드러내기 위한 매개항으로 사용되었다. '泉石膏肓'의 자연을 사랑하는 병도 자연에 대한 순수한 사랑이 아니라 그 속에서 허물을 없애고 인성을 기르고 淳風을 진작하기 위한 목적성을 띠게 된다. 그러나 이렇게 해서라도 자연과의 일치를 얻어낼 수 있다면 그 또한 만만한 경지는 아닐 것이다. 그러나 그 길은 도달하기 어려운 목적지를 가졌다.

이 점은 물론 당대 부패한 훈구세력에 반발해서 상대적으로 士林의 도덕적 결백과 순수성을 드러내는 사림의 의식에 접맥해 있을 것이다. 훈구세력

---

38) 조규익, 『가곡창사의 국문학적 본질』, 집문당, 1994. 168-177쪽.

은 이미 자신들만의 이익을 찾는 일에 몰두하고 있었고 이에 따라 부패하게 되었으며 초기 이념이었던 性理學的 道學에 대한 관심에서는 멀어져 있었다. 이들의 재산과 권력 획득은 비도덕적이었고 지방의 백성을 수탈해서 가능한 것이었다.

收奪의 전형은 서해 연안 지역의 堰田開發事業 즉 서해안 간척사업이었다. 堰田은 대규모의 인력이 강제로 소요되는 사업으로 훈척들이 막대한 재산을 쌓을 수 있는 수단이었다. 그들은 중앙권력을 이용하여 강제로 농민을 동원하여 수탈을 자행했다.39) 또한 軍役의 布納化를 통해서도 거대한 부정이 저질러지곤 했다. 實役을 納布로 대치하는 것은 명백한 불법이었지만 중앙 훈척들은 이를 축재의 수단으로 이용하였다. 납포를 많이 받을 수 있는 지역의 인사권을 쥐고 있어 공공연히 뇌물로 인사가 이루어지는 실정이 되었다. 이에 대립가는 점점 올라가고 백성들은 감당할 수가 없어서 노비, 중이 되거나 도망가는 일이 비일비재하게 되었다.40)

훈구세력의 부정의 확산은 곧 士林 자신들의 근거지인 향촌을 위협하는 것이었으므로 士林은 훈구세력을 신랄하게 비판한다. 도덕성을 전제로 한 士林의 비판에 훈구세력은 궁지에 몰렸고 이 때마다 사화를 일으켜 士林을 향리로 몰아내었다. 향리에서 士林들은 修己의 道德的 側面에 더 큰 관심을 가졌고 이의 구체화인 소학을 근본 경전으로 숭상했으며, 간간이 중앙에 진출하여서도 왕과 훈척들에게 修己를 요구하며 性理學的 公道에 입각한 政治를 주장하였다.41)

士林들에게는 중앙이란 향촌과 정확한 대척적 대응을 이루는 곳이다. 중

---

39) 『명종실록』, 9년 5월 庚戌條.
40) 『중종실록』, 33년 11월 甲戌條
41) 이상의 역사적 정황에 대한 논의는 주로 이태진, 『조선유교사회사론』, 지식산업사, 1990. 『한국사회사연구』, 지식산업사, 1986. 정치사적 정황에 대하여는, 최이돈, 『조선중기 사림 정치구조 연구』, 일조각, 1994.에 의거.

앙에는 官이 있고 향촌에는 自然이 있다. 중앙에는 훈척세력이 있고 향촌에는 士林들 자신이 있다. 중앙은 修己的 도덕이 없는 부패한 곳이고 향촌은 명분과 道가 있는 곳이다.

이런 여건에서 이황은 修己의 근거인 '心學'에 더욱 마음을 쏟았고 理를 만물의 근저에 놓는 철학을 구상했다. 평생을 한결같이 『心經』 공부에 힘썼다. 體用을 논하며 理氣를 연관지을 때 體인 理를 그만큼 강조하게 된다. 이 때 理의 순수성이란 도덕성 확보에의 한 學問的 形而上學的 表現이다.

> 理는 …… 지극히 허하고 지극히 실하며, 지극히 없고 지극히 있으며, 움직이면서 움직이지 않고 고요하면서 고요하지 않으니, 순수하고 깨끗하여(潔潔淨淨地) 한 터럭도 더하거나 뺄 수 없어, 능히 음양오행 만물만사의 근본이 되면서도 음양오행 만사만물의 안에 사로잡히지 않으니 어찌 氣와 섞어 一體로 앎이 있겠는가? 보매 일물일 뿐이다.42)
>
> 理는 본래 極尊無對하여 物을 명하고 物에게서 명해지지 아니하니, 氣가 마땅히 이길 바가 아니다.43)
>
> 四端의 發은 純理인 고로 선하지 않음이 없고, 七情의 發은 氣를 겸한 고로 선악이 있다.44)

이와 같이 理를 氣에 앞서 중시하고 그 순수성 자발성을 매우 강조하는 것은 바로 사회적 실천적 필요성과 연관이 있다고 볼 것이다. 물론 그 이유가 전부라고 말하는 것이 아니라 시대적 환경에 따른 연관성을 찾아낼 수 있다는 것이다. 그의 시조 「陶山十二曲」은 이 순수함을 찾아 자연으로 귀환

---

42) 『退溪集』 卷16 「答奇明彦別紙」
　　所謂理字 …… 至虛而至實 至無而至有 動而無動 靜而無靜 潔潔淨淨地 一毫添不得 一毫減不得 能爲陰陽五行萬物萬事之中 安有雜氣而 認爲一體 看作一物耶
43) 『退溪集』 卷13 「答李達李天機」
　　理本其尊無對 命物而不命於物 非氣所當勝也
44) 李滉, 『退溪集』 卷16 「與奇明彦」
　　四端之發 詢理 故無不善 七情之發 兼氣 故有善惡

한 이황이 자연을 매개로 정립한 도를 세속을 포용하기 위한 방법으로 - 이를 '온유돈후'라고 그는 말했다 - 제시한 문학형식이라고 할 수 있는 것이다.

그러나 그 자연으로부터 추출된 理는 모든 사람들에게 쉽게 다가설 수 있는 것이 아니기에, 그는 성현의 길에 대한 학습을 강조했다.「言學」여섯 수는 그에 따라 자연의 理 대신에 성현의 도를 제시한 것이다. 즉「언학」여섯 수는 그의 理를 학습하는 방법을 제시한 것이다. 이 점이 표나게 드러나기에 이황의 시조는 자연보다는 도학을 드러내기 위한 것이라는 평가를 받는 것이다.

(4)

이제까지 우리는 이황의「陶山十二曲」이 자연과 도학을 아우르려고 한 모습을 살펴보았다. 그것은 단순히 선배 사인들인 이현보의 자연이나 주세붕의 도학을 접붙이기를 한 것이 아님을 알 수 있었다. 또한 이황이 자연과 도학을 아우르려 했으나 결과적으로 자연이 매개수단이 되어 도학을 드러내게 되어, 도학쪽의 비중이 훨씬 크게 된 점도 알 수 있었다. 이것은 그의 시대와 사상과 밀접한 연관을 가지고 있다는 점을 언급했다.

그러나 도학에 지나친 비중이 놓여진 점은, 문학이 비록 小技 또는 餘技에 지나지 않는다는 이념이 지배적인 시대이기는 했으나, 문학으로서는 항상 불균형을 느끼게 하는 소이가 된다. 그렇다고 자연을 위한 자연, 문학을 위한 문학이라는 개념은 아직 나타나지도 않았고, 유학의 이념 속에서는 나타날 수도 없는 것이었을 터이다. 나만 도학을 염두에 두면서도 자연과 문학이 더 비중을 가질 수는 없었는가 하는 점이 이황 이후 시조의 한 과제였을 것 같다.

그것은 이황의 시조가 아직 생활의 자연이 아니라는 점과 관계가 있다. '泉石膏肓'과 '太平聖代'를 접맥시키려 하고 있지만「陶山十二曲」에 나오는 자연은 아직 일반 사람들이나 또는 士人階層에게도 일상의 생활로 녹아들어 있는 것은 아니다. 자연은 아직도 이상적 자연이고 제시된 삶은 이상적 삶이다. '四時佳興이 사람과 한가지'인 것은 이루어야 할 목표이지 현재 삶의 실상이 아니다. 사대부 시조는 초창기에 현실에서 출발했던 것에서 떠나가지 않고 지속적으로 생활의 문제로 돌아오고자 하는 과제를 떠맡고 있었던 것이다.

그리고 그 과제에 대한 하나의 시도가 李珥의 「高山九曲歌」였을 것으로 상정해 보고자 한다. 孤山 尹善道가 뒤를 이어 나타났으나 그의 시조에는 유학적 이념에서 멀어진 양상을 노정하고 있어 우리의 논의에서 벗어난다. 그것은 다른 계열의 시조로 설명되어야 할 것이다. 본고는 아직 다른 계열까지 논의할 여력은 갖고 있지 못하다. 그것까지 포함해야 전반적인 사대부 시조의 틀이 짜여지겠지만, 우선은 유학 특히 성리학을 기반으로 하고 있는 사대부의 시조문학 계열만을 대상으로 논의하는 것으로 만족하기로 한다. 다음 항에서 이이의 「高山九曲歌」를 위에서 한 바와 같은 요령으로 검토해 보자.

6) 自然과 道學의 合— — 李珥

(1)

이이는 42세인 1577년 처가가 있는 황해도 해주로 퇴거하여, 선적봉과 진암산 사이를 흐르는 계곡에 隱屏精舍를 세우고 「高山九曲歌」를 지었다. 「고산구곡가」는 이황의 「도산십이곡」과 정신적인 목표와 경지에서 유사하다고 할 수 있다. 그것은 그들이 당대 성리학의 양봉우리였다는 점에 기인하는 것일 수 있다. 그러나 또한 그들의 사상이 구체적인 점에서는 차이가 있었던 것처럼 이 두 편의 노래들은 차이를 노정하고 있다. 공통점은 상대적으로 더 명확히 드러나므로, 차이점에 더 관심을 기울이고자 한다. 문면의 차이가 빚는 의미의 차이를 살펴보는 것이 사대부 시조의 흐름을 규명하는 데 더 긴요하기 때문이다.

홍미로운 것은 이들에 대한 평가가 시이소오와도 같이 오르내린다는 점이다. 가령 김혜숙은 '퇴계식의 직설적 언설이 아니라 내포적이고도 함축적인 언어 형상화 기법으로 조화의 경지에 들어선 한 정신경의 실존적 실체를 구현해 내고 있다는 점에서 「고산구곡가」는 그어느 작품도 뒤따르기 어려운 예술로서의 시의 경지를 획득하고 있다'45)라고 이이를 높이 평가하고 있다. 조규익도 이황이 서정성을 희생시켜 온유돈후의 詩道를 구현하는 도학자적 사명감을 표출했다고 했다.46) 조동일은, 이황의 「도산십이곡」에서는 산수를 보고 홍취를 느끼며 마음을 바르게 하는 일이 하나로 연결되어 있어 그만큼 긴장되어 있는 반면에 이이의 「고산구곡가」는 '바깥의 그림은 잘 그렸다 하겠으나, 산수를 즐기면서 마음을 바르게 하는 도리를 찾겠다고 안으로 다짐하지는 않아 홍취가 그리 크지 않고, 작품의 긴장이 긴요하지 않았다'47)고 대조적으로 평가하고 있다.

이러한 상반되는 평가는 모두 일리가 있고 또한 작품에 그 근거가 있는 것이다. 그래서 이를 하나로 연결시켜 이해해 볼 수도 있을 듯 하다. 조동일이 이이의 시에서 문제로 삼는 것은 홍취와 긴장이 없다는 것이다. 김혜숙이 이이의 시를 고평히는 것은 정신경의 실체를 구현한다는 점이다. 이황의 시에 긴장감이 있는 것은 자연에서 본 이치에 자신이 아직 동참하시 못

---

45) 김혜숙, 「고산구곡가와 정신의 높이」, 『백영정병욱선생10주기추모논문집』, 집문당, 531쪽.
46) 조규익, 『가곡창사의 국문학적 본질』, 177쪽.
47) 조동일, 『한국문학통사 2』, 지식산업사, 1994년 3판. 350쪽.

하는 것을 자각하고 그 완성된, 그러나 다가서기 어려운, 세계를 지향하는 데서 오는 것이다. 그러나 이이의 시에서는 자신은 이미 그 세계에 서 있는 자아임을 보인다. 다른 사람을 초대하는 자아는 이미 그 세계의 안방에 거주하고 있는 사람인 것이기 때문에 자아가 긴장할 필요가 없다. 그대신 그 자아가 속해 있는 그 세계의 아름다움을 제시하는데 치중하게 되는 것이다. 그것이 김혜숙이 말한 바, '정신경'의 구현이다.

이러한 이해가 타당한지, 그리고 이러한 이해는 사대부 시조의 흐름에서 어떤 의의를 갖는지 작품을 통해서 살펴보아야 할 것이다. 역시 전체 작품이 10수가 되어 많으므로 그때그때 필요한 작품을 들어가며 설명을 진행하도록 한다.

(2)

1연은 序章이다. 종장에서 '武夷를 想像ᄒ고 學朱子를 ᄒ리라'라고 한 것이 작품 전체의 방향을 틀잡아 주었다. 이이가 高山石潭에 은거한 이유가 이곳이 朱熹가 있었던 武夷九曲과 유사하다고 생각했기 때문이고 제 5곡에 隱屛精舍를 지은 이유가 또한 주희의 武夷大隱屛을 염두에 둔 것이다. 그리고는 직설적으로 '주자를 배우겠다'고 했다. 전체적으로 「고산구곡가」 자체가 주희의 「武夷櫂歌」를 의방하여 지은 것이라 한다.48) 그 점을 서장에서 명백히 드러냈다. 그래서 서장은 서정적이지 않고 교술적인 성격이 강하다. 이황이 「도산십이곡」에서 儒學의 용어를 그대로 드러낸 것과 같은 느낌을 준다.

그러나 그 점은 서장에만 국한된다. 2연부터 10연까지는 그와 달리 유학

---

48) 그러나 「무이도가」 서장은 풍류와 경물만을 읊고 있는데 반해, 이이의 서장은 道友를 모으고 주자학을 배운다는 도학적 성격이 강한점은 큰 차이이다. 이에 대해서는 이민홍, 『사림파문학의 연구』, 형설출판사, 1987.

적인 용어나 관념을 문면에 내세우지 않았다. 자연경관을 제시한 것으로 독해해도 전편의 이해가 가능한 것이다. 이 점은 시조문학 작가로서 이황과 크게 다른 점이 된다. 하지만 고산구곡담의 아름다움을 모르던 사람을 불러 모은다는 것은 이황과는 같고 이현보와는 다른 점이다. 또한 자연을 통해 삶의 지향점을 모색하려는 점에서는 셋이 모두 같다. 궁금한 것은 서장에서는 '주자를 배우겠다'고 문면에 명시해 놓고 나머지 시에서는 주자학적 관념어를 하나도 보여주지 않는다는 점이다. 이 점을 어떻게 이해할 것인가가 「고산구곡가」를 이해하는 하나의 눈이 될 것이다.

2연에서부터 1曲이 시작된다. 주희의 「무이도가」가 매연마다 처음에 1曲, 2曲, 3曲 등으로 시작되는 것과 같은 방식이다.

> 一曲은 어드미오 冠巖에 히 비췬다
> 平蕪에 니 거드니 遠山이 그림이로다
> 松間에 綠樽을 노코 벗오는 양 보노라

'관암'은 우리말로 '갓바위' 정도였을 듯 하다. 해가 비치자 내가 걷힌다 했으니 밤사이 내린 안개가 아침볕에 사라지는 모양을 말한 것이다. 따라서 이 시에서 보인 시간은 하루 중 아침이다. 遠山이 그림과 같이 아름다운 것도 이 一曲에 서 있기 때문에 바라볼 수 있는 것이다. 그래서 벗이 굳이 이곳까지 온다. 맑은 날, 아름다운 경치, 술과 벗을 차례로 보여주어 부족함 없이 조화로운 모습을 구현하고 있다. 이러한 조화로운 세계는 이황도 추구하던 것이다. 그러나 이황에서는 자연의 완벽함에 대해 인간을 대조시켜, 두 세계는 이상적으로는 하나가 되어야 하지만 현실에서는 대립되어 있는 모습을 떠나지 못했다. 이이는 이제 벗(사람)까지 포함해서 완벽한 조화를 이룬 경지를 제시하려 하는 것 같다.

그러나 2연에서 말하는 벗은 모든 사람을 가리키는 것은 아닌 듯 하다. 그것은 3연에 보이는 사람의 모습이 다르게 나타나기 때문이다. 2연의 벗은 1연의 '벗님'과 같은 사람이다. 그들은 '學朱子'를 하는 사람들, 즉 도학을 아는 사람들이다. 그들은 완벽한 자연과 어울려 조화를 이루어 낼 수 있다. 그러나 성리학을 모르는 일반사람들은 그 조화에 아직 참여하지 못하고 있다.

> 二曲은 어드미오 花巖에 春晩커다
> 碧波에 곳츨 띄워 野外로 보내노라
> 사람이 勝地를 모로니 알게혼들 엇더리

3연에 보이는 사람은 '勝地'를 모르는 사람이다. 이 연에서는 자연의 아름다움을 아는 화자의 부류와 그렇지 못한 일반 사람을 나누고 있다. 이황은 자신도 일반 사람도 모두 자연의 완벽함을 지향하자는 권유를 하기 때문에 '우리도'라는 어휘를 사용했지만, 이이는 자연의 아름다움을 아는 사람과 그렇지 못한 사람을 나누고 있다. 그렇지만 화자는 그 모르는 사람들에게 勝地를 알려주고 싶어한다. 그 승지는 늦은 봄, 꽃이 가득 핀 바위가 있고 맑은 계곡물이 흐르는 곳이다. 이곳은 화자가 있는 곳이다. 계곡물에 꽃을 띄운다는 것은 도연명의 무릉도원을 떠올리게 한다. 무릉도원으로 상정될 만큼 완벽한 자연이 화자가 있는 곳이고, 이를 모르는 사람을 안타깝게 생각하는 화자는 사람들을 꽃을 통해 초대하고자 한다.

4연 5연은 자연의 아름다움을 극대화해 나타내고자 했다. 4연에서 병풍바위에 잎이 퍼진 이 철은 여름이다. 여름에 자연에 가득 찬 기운을 중장에서 '綠樹에 山鳥는 下上其音한다'고 했다. 산새가 위아래로 날아다니며 소리를 낸다는 말이다. 여름은 자연의 생명력이 가장 충만한 계절이다. 그것이

산새의 즐거움으로 형상화되었다. 이 생명력 가득한 여름에 유일하게 부정적으로 여겨지는 것은 더위이다. 그러나 여름은 또 바람을 마련해서 이 더위를 씻어낸다고 했다. 이렇게 해서 다시 자연이 갖고 있는 완벽한 조화와 기능을 보여줄 수 있었다.

5연은 해 넘어갈 무렵이다. 연못 가운데 바위 그림자 비치는 곳에는 온갖 빛이 비친다. 사람이 인위적으로는 만들 수 없는 다양하고 깊이가 있는 자연의 빛깔들, 그 속에 빠지는 만큼 자신의 내직인 깊이도 깊어만 지는 듯하다. 이 깊은 자연의 맛을 알수록 자신의 興도 커진다. 興은 外物과의 접촉에서 마련되는 것인데, 여기서는 그 외물이 林泉인 자연으로 설정된 것이다. 자연의 맛을 알아야 흥취가 생긴다는 것이다. 그 자연의 맛은 이황이 이미 보여준 바 있다. 그것은 단순히 한 순간의 낭만이 아니라, 자연의 조화와 규범과 생명력인 것이다. 그것은 바로 앞의 4연에서 '下上其音'으로 보여주었던 것이며, 다음 6연에서는 '講學'이 들어설 자리를 마련하는 것이다.

한 순간의 낭만적 감정이라면 가르침도 배움도 필요치 않다. 그 자연의 맛은 자연스럽게 저절로 깨달아지는 것이 아니다. 그래서 이이는 제 5曲에 은병정사를 짓고 사람들을 모았다. '講學'과 '咏月吟諷'이 다른 두 가지 길이 아니라 여기서 한가지로 엮어지는 것이다. 이 둘은 모두 자연의 맛을 알기 위한 공부 방법들이다. 자연을 알기 위해 강학이 필요하고 자연을 안 것을 강학으로 정리한다.

이렇게 해서 얻어진 자연의 맛에서 비로소 자연과 자아가 하나가 되는 경험이 값이 있다. 그 점을 7연에서 다시 한번 강조했다.

六曲은 어드미오 釣峽에 물이 넙다
나와 고기와 뉘야 더옥 즐기는고
黃昏에 낙더를 메고 帶月歸를 ᄒ노라

이 낚시터는 사욕을 갖고 고기를 낚겠다는 장소가 아니다. 과거 선배시인들의 「漁父歌」의 전통에서 자연을 찾은 뜻에 우선 찬성하고, 나아가 자연과의 物我一體에 동참한다는 뜻이다. 그러나 이 시는 이현보가 '一生에 시름을 잊고 너를 좇아 놀리라'라고 한 것과는 차이가 있다. 세상을 벗어나 세상과 대립되는 자연이 아니라, 세상을 포용하기 위해, 원론적 측면에서, 세상과 하나가 되는 이치의 즐거움을 말하고 있다. 이 즐거움은 4연의 산새가 '下上其音'하는 것과 짝을 이루고 있다.

그러나 이 즐거움을 얻기가 쉽지 않음을 그 뒤이어지는 세 연에서 거듭 말하고 있다. 7곡에서는 단풍과 서리 물든 錦繡 풍광을 보여주고 있지만, 화자는 결국 '혼자 앉아서 집을 잊고 있'을 뿐인 것이다. 8곡에서도 달 밝은 밤 거문고 소리와도 같은 계곡의 물소리를 들려주지만, 결국은 '古調를 알 이 없으니 혼자 즐겨 할' 뿐이다.

마지막 연인 9곡에서도 눈 속에 묻힌 기암괴석의 아름다움을 혼자 볼 수밖에 없는 안타까움을 노래하고 있다. 奇巖怪石이 눈 속에 묻혀 있다는 것은 상징적이다. 자연의 진실한 아름다움은 가려져 있는 것이라는 말일 터이다. 이이가 자연의 아름다움이라고 우리에게 보여준 것은 선배인 이황이 이미 보여준 것과 같은 것이다. 그것은 산을 올라와야 볼 수 있는 경지이다. 이이는 우리가 그 경치를 볼 수 있기를 바라고 있는 것인데, 그것은 그리 쉬워 보이지는 않는다.

「高山九曲歌」의 또 하나의 미덕은 전체적으로 잘 짜인 시간구성을 보여주는 점이다. 서장을 제외하고 보면, 1曲은 아침의 모습, 2曲은 봄, 3曲은 여름, 4曲은 해 넘어갈 무렵, 5曲은 무시간, 6曲은 황혼, 7曲은 가을, 8曲은 밤, 9曲은 겨울로서 4계절과 하루의 시간을 교차하면서 보여준다. 5曲을 중심으로 해서, 하루-계절-계절-하루-5曲-하루-계절-하루-계절 순이다. 즉 하루의 어느 시간과 4계절의 하나를 섞어가며 전개한다. 1曲은 하루의 경치

를 말하고 벗이 온다 하고 2曲은 계절의 경치를 말하고 사람이 알게 한다고
했다. 1曲 2曲은 사람을 청하는 언사를 두었는데, 3曲 4曲은 자연의 기운
과 흥취를 강조했다. 3曲은 계절의 경치이고 6曲은 하루의 경치인데, 두 연
모두 자연의 생명력을 보여주는 것이 주제이다. 7,8,9曲은 계절, 하루, 계
절의 경치를 바꾸어가면서 혼자 자연을 즐기는 모습을 그렸다. 이런 점들은
이이가 계절과 하루의 경치를 섞어가면서 자연과 사람의 관계를 얽혀놓는
기법으로 사용한 것이 아닌가 한다. 그리고 5曲은 그 중심에 있다. 5曲은
講學과 咏月吟風을 섞어놓고 있는 연이다. 5曲 이외에는 하루와 4계의 객관
적 풍광을 말하는데, 5曲을 중심으로 놓고 보면, 시 전체가 객관적 풍광만
이 아니라 강학과 음풍영월을 섞어놓고 있다는 것을 알게 된다. 강학은 물
론 5曲 이외에는 표면으로 드러나 있지 않다. 다시 말하면 이이는 영월음풍
쪽만을 보여주는 것 속에서 강학의 측면을 섞어놓고 있는 구조라는 것이다.
이를 김혜숙은 '영월음풍만을 확장해도 강학은 영월음풍의 확장세를 타고
내포적으로 확장되는' 기법이라고 평하기도 했다.49)

(3)

「高山九曲歌」에서 그 특징으로 첫 번째로 꼽히는 것은 외관의 경물만을
담담하게 제시한다는 것이다. 이 점 때문에 무미건조하다느니 흥취가 없다
느니 하는 평을 듣는다. 최진원은 이를 묘사와 수사의 배제, 감정이입의 억
제라고 말했다.50) 조동일은 작품이 긴장되어 있지 못하다고 했다. 필자는
이에 대해 개인적 흥취보다는 전체적 조화를 추구했기 때문이라고 생각한
다. 개인이 세계와 대립을 첨예하게 의식했을 때 긴장이 생기는데, 이 시에
서의 화자는 세계를 이분법적으로 나누어 놓지도 않았고 자신과 세계가 맞

---

49) 김혜숙, 위의 논문, 위의 책, 522쪽.
50) 최진원, 『한국고전시가의 형상성』, 성대출판부, 1988. 42-62쪽.

서 있는 것으로 생각하지도 않았기에 긴장이 생기지 않는 것이 당연하며 그
점이 오히려 작자가 의도한 바가 아닌가 한다.

  이에 비해 이이는 이황과 의도에 있어서는 같은 점이 있었으면서도 거의
그것을 드러내지는 않았다. '관암에 해 비친다'와 같은 일견 무미건조해 보
이는 사실적 풍경의 나열로 그치려고 했다. 이 무미건조함은 다른 시각을
통해 보면 독자의 참여의 폭을 넓히는 개방적인 특성으로 인정될 수 있지
않을까 한다. 그저 보여주는 경치에 취하는 것은 자기 상상력의 힘으로 풍
경을 그려가며 읽는 개개의 독자들인 것이다. 이렇게 되면 이황의 시에 비
해 독자가 숨쉴 수 있는 여유 공간이 커진다. 이 공간을 좋아하는 독자는
'內包的이고도 含蓄的인 언어 형상화 기법으로 조화의 경지에 들어선 한 정
신경의 實存的 實體를 구현해 내고 있다'는 극찬을 하게 되는 것이다.
  그러나 이 무미건조함은 사실은 철저히 계산된 것임을 주의할 필요가 있
다. 이이가 『精言妙選』을 편찬하면서 여러 종류의 詩品을 매긴 바 있는데
그 중 '閒美淸適'과 함께 가장 높이 평가한 '冲淡蕭散'이 바로 꾸미고 장식하
는 것을 힘쓰지 않고 自然스러운 데서 묘취가 있는 것이었다. 한미청적은
'마음은 평화롭게 되고 기는 온화하게 되어 마치 소거를 타고 꽃길과 풀이
우거진 길을 기분 좋게 노니는 그것과 같아서 인간의 勢利와 芬華가 저만치
아득히 멀리 있는 것처럼 보인다'고 평했다. 그 꽃과 풀의 길을 한가로이 가
는데 아무리 예쁜 꽃이라도 그 꽃이 입을 열어 道學的 견해를 펼치고 우리
의 상상과 사색을 막는다면 산책의 흥과 맛은 싹 달아나고 말 것이다. 대상
은 그냥 가만히 있어야 한다. 그 대상의 가치를 인식하는 사람이라면 누가
말하지 않아도 알 것이다. 오히려 말을 하면 그 가치는 반감된다. 그것이
화사하게 눈을 끄는 수식을 피하고 작가의 감정을 드러내지 않는 창작법으
로 나타나며 이를 한마디로 한다면 담박이 되는 것이다.

이 이이의 淡泊에 비하면 이황의 敬은 독자를 몰아가는 점이 있는 것이 사실이다. 그것이 아무리 좋은 것이지만 읽는 사람의 입장에서 보면 난처할 수 있겠다. 마치 조광조가 王道政治를 너무나 강조하며 왕의 마땅히 해야 할 일을 다그쳤을 때 급기야는 중종이 짜증을 내고 질려하였던 심정과 같은 것일 수 있다.

이황은 이 사실을 몰랐을까? 왜 이황은 이이보다 더 사람을 다그치는 느낌을 주면서까지 시를 지었던 것일까? 이것은 그들의 철학사상의 내용과도 직접적인 맥이 닿는다. 이황은 道學的 근거와 기초에 강한 집착을 보였다. '어찌 理가 하나라는 이유 때문에 마침내 천하의 사물이 모두 내 안에 있다고 하겠는가' 하여 자신의 이론에 대한 반론을 충분히 의식하면서도 退溪는 理發을 내세우지 않을 수 없었던 것이다. 이에 비해 이이는 훨씬 여유 있는 모습을 보인다. 理發로 도덕성의 근거를 확보하지 않아도 현실에서 확보할 수도 있다는 여유를 보이는 것이다. 發하는 것은 氣라는 생각이 그것이고 人心 중에서도 바르게만 하면 道心이 될 수 있다는 주장이 그것이다. 그것은 人心과 道心은 본원적으로 나뉘어 있으며 각각 惡과 善을 본질로 한다는 이황식의 생각과는 전혀 다르다. 이러한 생각은 그대로 그들의 시에 투영되었다.

이러한 생각의 차이는 또한 그들이 처한 사회적 정치적 차이의 반영의 소산이기도 한 것으로 보인다. 李珥는 相對的으로 한결 士林의 위치가 안정된 때에 학업을 하고 政治활동을 했다. 자신이 가난 때문에 할 수 없이 과거에 응하고 벼슬을 살았다고 변명하기도 하였지만, 사실은 이이도 유산을 상속받았으며 처가도 여유 있는 집안이었다. 해주도 처가가 있던 곳이다. 정치적으로도 그다지 큰 변란을 겪었다고 할 수 없다. 보다 순탄한 환경 속에서 세계를 바라보며 성장하고 학문을 닦았다. 그가 겪은 가장 큰 심리적 위기는 어머니의 별세에 기인한 것이었다. 그래서 1년 정도 불문에 의탁하

기도 하였다. 이것은 세속을 벗어나려는 태도였지만 바로 유학으로 복귀했
다. 불문을 택했던 것을 생각해 보자. 그것은 세속과 세속 아닌 것으로 형
이상학적 초월을 꿈꾼 것이기는 해도, 세속을 선악으로 구별한 것은 아니라
는 점을 주목해야 할 것이다. 이 경우 초월적인 곳과 세속은 선이나 악으로
구분될 수 있는 것은 아니다. 세속을 꼭 악으로 규정해야 할 이유가 없는
것이다. 다시 세속으로 복귀하자 세속은 선악이 섞여 있는 것이지 선하기만
하거나 악하기만 한 것이 아니라는 점을 부각시켰다.

　이것은 이황의 선행 이론이 있었기에 가능했을 것이다. 이황의 학설의 정
립이 끝난 위에 그 이론을 비판하면서 李珥의 性理學說이 태동했던 것으로
보아야 할 것이다. 또한 이제 사림의 수난기가 어느 정도 끝나고 사림이 현
실 문제를 해결하기 위한 자리를 차지하게 된 사정도 이에 함께 고려되어야
한다. 原論 위에서 현실을 운용할 수 있는 여유를 갖게 되었다고 할 수 있
다. 이에 대해 李泰鎭은 다음과 같이 評釋하였다.

　'그의 氣에 대한 관심의 표명은 退溪學이 批判的, 在野的 입장으로 인하여
치우치지 않을 수 없었던 일방성에 대한 反省的 입장으로 해석될 수도 있다.
退溪에게서는 사실 時政에 대한 비판은 적지 않으나 具體的인 대안의 제시
는 그다지 발견되지 않는다. 이는 그의 일생이 在野的 입장의 기간이 길었던
것과 무관하지 않은 것으로, 이기문제에서 主理的 입장을 취한 것과 일맥상
통하는 점이 있는 것으로 간주된다. 栗谷은 이러한 退溪의 입장을 경륜에 積
極的이던 조광조와 비교하여 그 소극성을 지적하기도 하였다. 退溪學의 단점
을 바로 이와같이 비판할 수 있었던 입장이 그의 학문체계에서는 氣 즉 현
상계에 대한 더 큰 관심으로 나타난 것으로 보여진다. 그의 활동 시기는 性
理學파의 집권 이후였으므로 退溪보다도 與的 입장의 활동 기회를 훨씬 더
많이 누린 것 또한 사실이다.'[51]

---

51) 이태진, 『조선유교사회사론』, 지식산업사, 1989. 143-144쪽.

이 둘의 공통점과 차이점은 時調에 그대로 반영된다. 이황의 시가 더 道學的 觀念을 강요하는 느낌이 드는 것에 비해 이이의 시는 심하게는 무미건조함으로까지 오해될 수 있을 정도로 현상인 풍경의 나열에 그치는 觀照的 傾向을 갖는다는 것이다. 시대와 사상과 문학이 근접하는 경우를 여기서 볼 수 있다.

우리의 입점에서 더 부각시키고자 하는 것은 「고산구곡가」가 더욱더 생활시의 면모를 갖는다는 점이다. 이현보처럼 세상을 등지고자 하는 것이 아님은 물론, 이황과도 달리 세상을 선과 악으로 서로 배타적으로 구분하는 이상주의적 이분법도 아니어서, 이 세상 안에서 세상의 현실을 있는 그대로 받아들이되, 그 안에서의 내적인 질서와 조화를 구현하고자 하는 특성을 지니게 되었다는 것이다. 그것은 우선 기의 양상만을 제시하고 그 해석은 각자에게 맡기는 것으로도 나타났고, 5곡을 중심으로 좌우 균형 있는 배열을 하면서도 봄 여름 가을 겨울의 순차를 지켜나가고, 하루에 있어서도 그 순차를 지켜나가는 질서를 보여주는 것으로도 나타났다.

또한 이황 등이 유학의 관념어를 그대로 노정하는 데 반해 이이는 같은 관념을 일상어로 풀어쓰려는 노력을 보이기도 한다. 그 중 대표적인 것으로 주목하고 싶은 것이 '山鳥 下上其音'과 '나와 고기와 뉘야 더옥 즐기는고'라는 3곡과 6곡의 표현이다. 이황은 이를 '鳶飛魚躍'으로 『詩經』에 있는 말을 그대로 썼던 것이다. 이황은 이를 궁극적인 도에 있어서의 자연과 인간의 일체성을 드러내는 것으로 사용했겠지만, 이이는 특히 이 유학의 어구가 일상의 도에 기인한다는 점을 강조하는 의의가 있다. 이를 알 수 있게 해주는 자료가 「풍악산에서 조그만 암자의 노승에게 주다(楓岳贈小菴老僧(幷序))」라는 詩와 그 일화이다. 조금 길지만 필요한 부분을 발췌해 인용한다.52)

---

52) 인용은 한형조, 「율곡사상의 유학적 해석」, 『율곡의 사상과 그 현대적 의미』, 한국정신문화연구원, 1995. 220-223쪽을 이용한다.

(上略)李珥 : 불교의 핵심적 교리가 우리 유학을 벗어나지 않거늘 굳이 유
　　　　　학을 버리고 불교를 찾고 있소?
老僧 : 유가에도 '마음 그것이 곧 부처다'라는 말이 있소?
이이 : 맹자가 인간의 본성이 선함을 말하면서 입만 열면 요순을 들먹였는
　　　데 이것이 '마음이 곧 부처라는 것'과 무엇이 다르오? 그렇더라도 우
　　　리 유학의 견해가 훨씬 적극적(實)이오.
노승 : (수긍하지 않고 한참 있다가) '色도 아니고 空도 아니다.'가 무슨 소
　　　리요?
이이 : 이 또한 상대적 의식의 특정한 양태(前境)일 뿐이오.
노승 : (빙그레 웃다)
이이 : '소리개가 하늘에서 날고 물고기는 연못에서 뛴다.' - 이것은 色이요
　　　空이요?
노승 : 色도 아니고 空도 아님은 眞如의 體요, 이런 詩로 어떻게 빗댈 수 있
　　　단 말이오?
이이 : (웃으면서) 언어적 표현을 거쳤다면 바로 상대적 인식의 지평(境界)
　　　이니 어떻게 體라 할 수 있겠소? 허면 유가의 핵심(妙處)은 언어를
　　　통해 전할 수 없는데 불교의 진리는 문자 언저리에 있는 셈이오.
노승 : (놀라서 손을 잡고 詩 한 수를 청했다.)
이이의 詩 : 물고기 뛰고 소리개 날아 아래 위가 한가지
　　　　　　이는 色도 아니오 空도 또한 아닌 것
　　　　　　무심히 한 번 웃고 내 몸을 둘러보니
　　　　　　노을지는 숲, 나무들 사이에 홀로 선 나

　佛僧을 설득하기 위한 방편이었는지는 몰라도, 이이는 불교나 유교나 지
향하는 궁극의 상태는 같은 것이라고 했다. 마음이 부처라는 말이나 인간
본성이 선하다는 말이나 같다고 했고, 진여의 체나 어약연비나 같은 상태를
가리킨다고 했다. 그러면서 유교가 불교와 달리 '實'하다고 했다. 그것은 불
교가 일상의 삶을 버리고 세상을 초월하는 방법에 의해 그 구극점을 좇음을
가리키는 것이다. 그에 비해 유교는 일상의 삶 속에서 그 상태를 지향한다

는 것이다. '鳶飛魚躍'으로 상징되는 창조적 생명력은 私心의 여지가 없는 본원적 우주적 구현태라는 점에서 불교의 眞如와 다르지 않다. 불교가 色卽是空과 非色非空을 통해서 絶對의 地平을 구한다는 점을 인정하고, 그 절대적 지평은 유교에서도 구하는 바임을 '연비어약'으로 드러낸 것이다.

그러나 문제는 불교는 절대 지평을 언어도 격절한 초월적 초세간에 의해서만 얻을 수 있다고 말하는 점이다. 이이는 유학은 그 지평을 日常의 삶을 통해서, 日常의 언어를 통해서 이루어내려 한다고 노승에게 말하고 있다. '日常을 떠나지 않고 얻으려 하기에 불교보다 더 차원이 높다고 말하고 있는 것이다.'53)

우리의 시조 논의에 좀더 직접적으로 연결시켜 보자. 불교의 언어는 일상의 언어의 어법을 깨뜨리는 것에 특색이 있다. 그것은 언어에 사로잡히면 진여의 체를 볼 수 없다고 생각하기 때문이다. 그러나 이이는 '연비어약' 곧, '하늘 멀리 소리개가 날아가고 물고기가 힘있게 연못에서 뛰어오른다'와 같은 일상의 언어(즉 노승이 배척한 詩句)를 통해서도 그 창조적 생명력의 절대 지평을 얻을 수 있음을 말하고 있는 것이다.

「고산구곡가」에서 이이가 '鳶飛魚躍'을 우리말로 풀어서 사용하고 있음은 주목하여야 할 일이다. 이황이 같은 말을 그대로 시에 사용했던 것과 대조되는 점이다. 한자어를 그대로 쓰지 않고 우리말 식으로 풀어써서 비로소 우리의 일상어가 되었기 때문이다. 이 일상의 언어를 통해서, 그리고 일상의 생활을 통해서 자연의 생명력을 알아가는 행위가 '講學'이라 할 수 있다. 따라서 이이의 시는 일상생활에 대한 전폭적 긍정의 시인 것이다. 그 궁극적 지향점이 절대 지평이라 해도 그 과정은 일상을 떠나서는 안되는 것임을 시조를 통해 다시 보여준 것이다.

이러한 일상은 그저 되어가는 대로 살아가는, 매일매일이 반복과 무신경

---

53) 한형조, 위의 논문, 위의 책, 242쪽.

과 지루함으로 영위되는 일반적 의미의 일상과는 전혀 다른 것이다. 절대지평을 향해 촉수를 열어놓지만, 그래서 매일의 삶이 내재적 반성의 대상이 되지만, 절대지평을 위해 '絶對'로 비약하지 않고 일상의 범주 내에 머물어야 한다는 것이다. 이러한 반성적 일상을 잠정적으로 '일상성'이라고 부르고자 한다. 「高山九曲歌」에 와서야 사대부 시조는 '일상성의 시조'의 개념의 틀을 만들 수 있었던 것이다. 그러나 이것도 아직 사대부의 틀 내에서의 효력이 있는 것일 뿐이다. 의도적으로 드러내지 않으려고 애를 썼음에도 불구하고 性理學的 道學에 대한 해석의 여지를 너무 많이 드러내고 있는 것이다. 그것은 성리학적 소양이 없는 현대인의 경우 특히 이해하기 어려워 처음부터 일반인의 접근을 제한하는 요인이 되어왔다고 말할 수 있는 것이다.

(4)

위에서 몇 가지로 분산되었던 논점을 다시 종합해 보면 다음과 같다.

「高山九曲歌」는 氣의 범주로 설명할 수 있는 객관적 경물의 제시를 주로 보여주었다. 그것은 그 氣의 제시만으로 시인이 보여줄 수 있는 것은 다 했으며, 그에 대한 理는 무엇이라 정해 말해 줄 수 없다는 이이의 사상에 근거하는 것이다. 理가 존재하는 것은 분명하지만 氣의 현실을 떠난 이는 존재하지도 않고 존재해도 무의미한 것으로 상정했다. 그리고 그 理는 中庸의 '中'과 같아서 객관적으로 규정할 수 있는 것이 아니고 그 기의 현현에 따라서만 말해질 수 있는 것이라는 것이 이이의 생각이다. 따라서 그의 시조에서 이황과 달리 성현의 규정된 도를 강압적으로 제시하지 않고 단지 암시하기 위한 경물 만을 보여준 것은 타당한 방법이라 하겠다.

자연의 기인 경물 만을 제시하면서 이이는 자신과 벗은 勝地를 아는 무리이고, 다른 한편에는 遊人, 勝地를 모르는 사람들이 있다는 구도를 설정했다. 이것은 위의 설명에 연결해 보면, 기 자체는 같은 하나인데, 여기서리를 보는 사람이 있고 보지 못하는 사람이 있다는 구도이다. 그의 인성론으로 말해 보면, 사람은 누구나 같은 人心에서 출발하지만 그것을 도심으로 전환하는 사람이 있고 그렇지 못한 사람이 있다는 것과 같다. 도심과 인심이 별도로 격절되어 존재하는 것이 아니라 인심이 리에 맞으면 도심이 되는 것이라는 말이다. 기 자체는 선도 악도 정해지지 않았다. 거기서 리를 보고 선을 택하는 것은 각 개인이 하기에 달린 것이다. 화자가 독자와 한편이 되어 도로 매진하고자 하는데서 보이는 긴장감은 떨어진다 할 수 있지만, 이이가 드러내고자 하는 주제의식을 위해서는 이러한 시적 구도를 이용할 수밖에 없었던 것이다. 그러나 그것은 반대로는 도를 아는 화자가 보여주는 도의 완벽한 조화의 세계에 대한 아름다움으로 느껴질 수도 있는 것이다.

그리고 이러한 구도는 이이의 사상이었던 성리학의 내용과 일치하는 것으로, 일상의 삶에서 절대지평을 추구한다는 반성적 사고의 한 방법으로 정리할 수 있다. 일상의 삶을 떠나지 않는 생활시의 방식을 통해 궁극적으로는 절대 자유의 세계에 도달할 수 있을 것이다. 그러나 그때까지는 일상의 범주의 규범 속의 삶에 대한 성찰이 필요하고 일상적 삶의 규범의 실천이 중요하다. 이러한 일상적 삶의 규범을 다시 직접적으로 제시한 것은 이이의 동료이기도 했던 松江 鄭澈이다. 그의 「訓民歌」는 이러한 연결된 맥락 속에서 이해되어야 할 것이다.

기 道學과 敎化 — 鄭澈

(1)

오륜가 또는 훈민가 류에 대한 관심은 상대적으로 미미한 편이다. 시조연구 초기부터 문학성이 결여되어 있다고 평가되어 연구자의 관심 밖에 머무르곤 했다. 조윤제는 주세붕, 김상용, 박인로 등의 訓民時調에 대하여 '의식적으로 詩歌를 사회 교화에 두어서 너무 교훈적이며', '시가로서는 그다지 찬사를 올리고 싶지 않은 것이다'[54]라고 낮게 평가했다. 그런 중에서도 정철의 시조는 상당히 긍정적인 평가를 얻고 있다. 윤성근은 訓民時調를 총괄 검토한 끝에 '내용면에서 作者群의 가장 중요한 관심사인 유교 도덕의 작품화로서 가치 있는 것이며, 이것은 양반에게는 긍정적, 평민에게는 부정적 이바지를 했고, 또 안정된 사회에서는 질서 유지에 공헌이 있는 반면, 변화하는 시대에서는 현실 파악에 방해가 되었다'고 하고, 정철의 訓民歌가 가장 좋은 작품이라고 결론을 내렸다.[55]

이이와 동갑내기 벗이기도 했던 송강 정철이 「訓民歌」 16수를 지은 것은 45세 강원도 관찰사로 부임해서 1년 동안의 일이다. 첫 外職이어서였는지 몰라도 정철은 고을수령으로서 백성을 교화시켜야 한다는 사명감에 가득 차 있었던 듯하다. 道內의 邑宰들에게 '백성을 야박하게 대하지 말고 교화를 통해 열복하게 해야 한다'는 내용의 「諭邑宰文」을 쓰고, 일반 백성을 향해서는 「洪川舘板記」라고 해서 사람으로 지켜야 할 윤리적 준칙을 촌락에 게시하는 글을 썼다. 「議送題辭」에는 도내에 사는 형제가 재산다툼한 것을 처결한 내용이 들어 있다. 시조로도 「훈민가」 이외에 백성을 교유하는 내용을 여럿 지었다. 풍류가사인 「관동별곡」에도 백성에게 은혜를 입히는 정치를 베풀고 싶어하는 마음을 여러 번 드러냈다. 「훈민가」도 또한 백성을 가르치기 위해 지어진 시조이다.

그런데 교화의 성격을 본질로 하면서도 정철은 한문구를 배제하고 일상

---

54) 조윤제, 『한국시가사강』, 을유문화사, 1954. 도남학회 영인, 267, 310-323쪽.
55) 윤성근, 「훈민시조 연구」, 『한매 김영기 선생 고희기념 논문집』, 형설출판사, 1971. 309-351쪽.

의 일에서 일상의 언어를 이용해 「훈민가」를 지었다는 사실은 크게 주목받
을만한 것이다. 정철은 다른 국문시가작품에서 뛰어난 창작능력을 보였던
것처럼 「훈민가」에서도 그 능력을 유감없이 발휘했다는 평을 받게 되는 이
유이다. 주세붕이나 박선장, 김상용, 박인로 등의 五倫歌와 견주어 보면 그
장점이 뚜렷이 드러난다. 주세붕 등의 시조는 유학의 내용을, 한문으로 되
어 있는 것을 한글로 바꾸어 표현했을 뿐이다. 그리하여 부부유별을 소재로
한 시조처럼 구체적 내용이 體感되기 어려운 生澁한 어구의 나열이 되거나
총론격인 첫 수의 작품처럼 '사람'이 생활에서 보는 사람과 동떨어진 관념화
된 것이어서 정작 훈민의 대상자인 백성에게는 실감이 결여되었던 것이다.
정철은 이점을 불식하고 탁월한 진전을 이루었다.

그것은 쉬운 말을 써서 백성에게 가까이 갔다는 평가에 그칠 일이 아니
다. 필자가 생각하기에 그것은, 이황의 시조가 이이에 와서 더 우리말로 순
화된 것처럼, 주세붕 등의 시조가 정철에 와서 순화된 것이면서 동시에 이
황과 이이의 도학적 시조를 더욱더 일상화하였다는 시조사적 의의를 갖는
것이다. 그러나 물론 대상이 무지한 일반 백성이라고 생각했기 때문에 자연
의 질서와 조화로부터 인간사의 그것들을 이끌어내는 과정을 보여주지는 않
고 있다. 그 점이 생략되어 순수히 인간관계의 질서와 조화를 구현하는 내
용을 이루어져 있다. 이들은 결국 하나로 종합되어야 할 것이겠지만 아직까
지도 사대부 시조는 그 둘을 융합하지 못하고 있는 것이라 할 수 있다. 그
것은 그 다음 세대에 와서야 가능해지는 일이다.

(2)

「훈민가」는 16수로 되어 있다. 『송강가사』 소재 작품을 이용하도록 한다.
그 내용을 보면, 오륜과 이웃과의 관계, 농사일 등 농촌에서의 생활 가운데
일어날 수 있는 일을 대부분 다루고 있다. 그 첫 수는 부모의 은혜에 대한

것으로 『시경』의 것을 풀어쓴 것이다. 주세붕도 「오륜가」에서 같은 내용을 쓴 바 있다. 시를 발췌번역한 것이므로 초중장은 서로 거의 같다. 종장도 내용은 같지만 어법에 약간의 차이가 있다. 주세붕의 작품에서는 시경 시를 직역한 것에 비해 정철은 상대적으로 의역을 하고 있다. 그 부분에 대한 『시경』의 원문은 '欲報之德 昊天罔極'이다. 이를 주세붕은 '이 德을 갑흐려 흐니 하늘 ᄀᆞ이 업스샷다'라고 했다. 원문을 그대로 직역한 것이다. 정철은 '하늘ᄀᆞ튼 ᄀᆞ업슨 은덕을 어디 다혀 갑스오리'라고 했다. 원문에서처럼 '덕이 큰 것'과 '하늘 끝이 없다는 것'을 나란히 놓는 것은 논리의 시적 비약이 개재되어 있는 것이다. 그 비약을 독자가 채워 읽어야 하는 만큼 어떤 의미에서는 더 시적 충만감을 준다고 할 수 있다. 가없는 하늘을 바라다보는 사람의 모습은 그만큼의 서정성의 아우라를 확보하게 해 준다. 그러나 일반 백성을 상대로 보다 더 내용을 명확히 풀어준 것은 정철의 시조이다. 가없는 하늘을 바라다보는 것으로 서정성을 마련하는 대신, 가없는 하늘만큼이나 큰 부모의 덕이라 하면 좀더 구체성을 띠게 된다. 이 구체적인 상황을 설정해서 백성들의 감정에 파고드는 것이 정철의 「훈민가」의 특징인 것이다. 1연이 『시경』에 보이는 다소 公的이고 관습적인 내용이기 때문이었을까, 정철은 4연에서 부모에 대한 효도를 다시 노래하고 있다. 거기서는 부모가 돌아가신 후면 느낄 그 애달픔을 지적하고 있다. 이것은 1연의 그것에 비해 몸으로 느껴지는 것이다. 설명이 필요 없이 몸으로 느끼는 것을 통해 윤리를 전달하려는 것, 그것은 이황이나 이이가 자연에서 질서와 규범을 찾아낸 것처럼 전체 자연의 한 부분이기 때문에 일어나는 일임을 말하는 것이다.

　「훈민가」가 구체성을 목표로 하고 있다는 단적인 증거는 '序詞'를 두지 않았다는 것이다. 주세붕은 「오륜가」를 지을 때는 전체 작품을 통괄하는 내용의 '序詞' 부분을 두고 있다. 전체를 담아야 하기 때문에 序詞는 필연적으로 추상성을 띨 수밖에 없다. 정철은 그러한 추상성을 요구하지 않는다. 전체 작품의 첫 행이 '아버님 날 나으시고 어머님 날 기르시니'이다. 근원을 어머니보다 아버지에게 두는 것은 유교적 반영이겠지만, 낳고 기른다는 데에는 관념이 개입할 여지가 없다. 누구나의 구체적인 체험이 강하게 개입하고 나서 비로소 일반성을 얻게 된다. 이것은 권두환이 말한 것처럼, '훈민가의 내용은 유교의 근본사상이라 할 수 있는 바이지만, 송강의 탁월성은 이 유교를 넘어선 인간관계의 설정에 있다고 할 수 있는 것'56)에 해당하는 것이다. 형체의 우애를 부탁하는 3연에서 그점은 '훈 졋 먹고' 자란 점을 강조하는 것으로 나타났다. 인간의 본성적 정에 호소함으로써 윤리의 근거를 확보하려는 것이다.

君臣을 말한 2연도 벌이나 개미 사회를 들어 주종관계를 받아들일 것을 회유하지 않고, 농촌의 일상생활에서 일어남직한 상황 설정, 곧 살진 미나리와 같은 맛난 음식을 나누어 먹으려는 생각이 바로 군신의 정이라고 말하고 있다. 또한 주세붕은 군신 관계를 종과 상전으로 설정하여, 실제 현실에서 백성들이 매일 부딪히는 계급문제를 해결하려 하였는데 반해, 정철은 단순히 임금과 백성만으로 나누었다. 전통 왕조사회에서는 임금을 제외하고는 모두가 신하이므로 이 시조의 보편성이 그만큼 커지게 된다. 보편적 질서로서의 군신관계를 제시함으로써 백성들에게 더 쉽게 수용될 수 있는 길을 찾았다 하겠다.

부부관계를 말하는 5연에서도 그 점을 보여준다.

    훈 몸 둘헤 눈화 부부룰 삼기실샤
    이신 제 흠끠 늙고 수그면 훈뎌 간다
    어디셔 망녕의 쩌시 눈 흘기려 훈느뇨

---

56) 권두환, 「송강의 훈민가에 대하여」, 노촌김동준박사회갑기념논문집, 『시조학의 좌표와 그 전개』, 동간행위원회, 1992. 376쪽.

주세붕이 아무리 우리말로 풀어썼다고는 하나 이 땅 서민의 실제 삶에서 '擧案齊眉'의 관념이 얼마나 실천가능한 것이었을까 의문스럽다. '친코도 고마오시니 손이시나 다르실까'는 하나의 이상에 불과하다. '어디셔 망녕의 쩌시 눈 흘기려 ᄒᄂᆞᄂᆄ'가 실제 현실이었을 것이다. 싸우고 눈 흘기는 것이 실제 부부의 생활이었겠지만, 함께 살고 함께 죽는다는 情을 생각하면 서로가 서로를 불쌍히 여기고 아껴줄 수 있지 않겠느냐고 설득하는 것이다. 일방적 가르침이 아니라 작가가 그들의 삶 한가운데로 들어와 있는 것 같다. 가르침이 아니라 본성에 호소하는 것인데, 정철은 이 본성이 자연 그대로 발현되는 것임을 계속 강조하는 것이다.

이하의 시는 오륜을 넘어서 이웃이나 벗과의 인간관계를 주제로 하고 있다. 여기서도 정철은 자신을 목민관의 높은 위치에 두지 않고 백성들의 이웃으로서 생활의 한 가운데 들어와 있는 듯한 설정을 지속한다.(실제로 정철이 그러한 삶을 살았느냐 하는 문제는 여기서는 의미가 없다.)

> 네 아돌 孝經 닑더니 어도록 비환ᄂᆞ니
> 내 아돌 小學은 모리면 므출로다
> 어니제 이 두 글 비화 어딜거든 보려뇨

『小學』과 『孝經』은 기본적인 바른생활 교과서이다. 이것은 국가에서도 장려했고 사림측에서도 향촌질서 확립을 위해 일반에 보급했던 것이다. 이 시에서는 그 책을 당연히 읽어야 할 것으로 상정해 놓고 있다. 그 내용을 '읽고 공부해라'라고 지시하지 않으면서 그 내용에 관심을 갖게 한다. 그런 점에서 이 시에서 돋보이는 것은 '네 아들, 내 아들' 하는 아버지의 마음이다. 이웃간에 동년배 아들을 둔 비슷한 또래의 젊은 아버지들이 자기 아들을 자랑이라도 하는 듯한 말들이다. 지금도 '우리 애가 반에서 1등 했다네' 하고 자랑하고 싶어하는 부모의 마음에 통해 있는 것이다. 이러한 일상으로 화자를 끌어내린 것은, 제목은 「訓民歌」이지만, 일방적인 훈민을 제시하는 것이 아니라 인간의 보편적 자연스러운 정서에 호소한다는 큰 의의가 있다.

이외에도 11연에서는 '어와 저 조카야/ 어와 저 아저씨' 하는 대화체를 이용하고 있고, 12연에서는 '네 집/ 내 딸', 13연에서도 '내 논/ 네 논', 16연에서는 '이고 진 저 늙은이 짐 벗어 나를 주오'하는 식으로 대화를 이용해서 상황의 한 가운데 들어가 있는 화자를 보여주고 있다. 이것은 화자가 그만큼 백성의 위치로 내려서 있는 것을 말한다.

8연부터는 가족관계를 넘어서 마을 사람들과의 관계를 보여준다. 그것은 '마을 사람들아 옳은 일 하자꾸나'로 시작된다. 그 '옳은 일'의 내용은 9연부터 구체적으로 제시되었다. 향사음례를 통한 어른에 대한 존경, 벗에 대한 신의, 혼인과 상사에 서로 돕기, 농사와 누에치기 돕기, 남의 것 뺏지 않기, 노름 송사하지 않기, 마을 노인 대접하기 등을 소재로 구체화시키고 있다. 하나하나 구체적인 상황을 보여주고 그때마다 어떻게 해야 할 지를 제시하고 있는 것은 백성을 가르치는 가장 확실한 방법으로 이용되고 있다. 일반적 원리를 말하지 않고 구체적 상황에서의 할 일을 가르치자는 것이다.

> 오늘도 다 새거다 호믜 메고 가쟈스라
> 내 논 다 미여든 네 논졈 미여주마
> 올 길헤 뽕 따다가 누에머겨 보쟈스라

조카와 아저씨가 서로 의식주를 염려해주어야 한다는 것을 말한 11연이나 이웃집의 喪事나 婚事를 돌봐주어야 한다는 12연에 이어 이웃과 농사일을 서로 돕고 누에도 치자는 것을 말하고 있다. 특히 위의 시조는 '오늘도 날이 밝았다, 호미 메고 논으로 나가자'고 하고 있는데, 이는 해가 날마다 떠오르는 자연 규범을 앞에 둠으로써, 호미 메고 나가는 사람의 행동도 규칙화 규범화하고 있는 것이라 할 수 있다. 자동으로 연결되는 동작으로 설정해 버리는 것이다. 자신의 가족에 대한 배려가 각자 사람으로서의 자연스러운 본성에 입각한 것임을 말한 전반부 시조와는 조금 다르게, 이웃에 대한 배려는 각자의 본성에서 직접 나오는 것은 아니지만, 자연의 규칙성에 연결시켜 보편화를 꾀하고 있는 점을 지적할 수 있다. 그것은 중장에서 확대되어 이웃 사람의 논도 매 주겠다는 말로 구체화된다.

즉, 시조의 초장 처음에는 자연의 규칙성을 말하고, 초장 후반에는 각개인의 규칙성으로 전이한 후, 중장에서는 이웃에 대한 배려로 옮아갔다. 초장에서 중장으로의 전이에는, 초장에서 자연에 의해 규범화된 개인이 그 규범성을 이웃으로 확대한 것이다. 그리고 중요한 것은 이웃에 대한 배려가 자연의 규칙성에 촉발된 개인의 내적 자발성에 의한 것이라는 점이다. 이것은「훈민가」전반부에서는 주로 가족간의 규범을 각 개인의 내적 자연스러운 본성으로 풀어간 것의 한 변형이다. 이웃에 대한 배려는 각 개인의 무조건적 본성으로만 설득할 수 없으므로 객관적 자연의 규범성에 의한 내적 촉발을 유도한 것이다.

이러한 내적 촉발은 다음단계로는 14연과 15연에서와 같이 '남의 옷/밥을 앗지 마라'나 '상육 장기 하지 마라 송사 글월 하지 마라'라는 식의 당위적 규범으로 발전하게 되는 것이다. 그러나「훈민가」의 마지막 연인 16연에서는 다시 당위적 규범이 아니라 자연적 본성에 호소함으로써 시 전체의 통일성을 회복하고 있다. 16연은 널리 알려진 다음 시이다.

> 이고 진 뎌 늘그니 짐 프러 나롤 주오
> 나는 졈엇써니 돌히라 므거올가
> 늙기도 셜웨라커든 지믈조차 지실가

늙음에 대한 동정은 자연과 인성이 동화되는 접점이다. 자연에 의해 늙는
것을 인성에 의해 동정한다. 자연과 인성은 본래적으로는 격절되어 있는 것
일 수 있다. 전체 동물 세계에서 늙음이라는 과정에 의해 약해진 존재를 배
려하고 존중해주는 것은 인간밖에 없다. 인간세계에서도 상대로 올라갈수록
늙은 사람에 대한 배려가 없기 쉬웠으며 현대에도 그런 일이 간혹 발생하고
는 한다. 이 시조는 그러한 객관적 자연을 부정하고, 인간적 자연의 세계를
구성한다. 늙음이라는 자연이 자연스러운 것이듯, 늙음에 대한 동정도 인간
의 마음에서 자연스러운 것이라고 설득하는 것이다. 그것은 당위를 자연으
로 전환한 것이다. 역으로 말하면 자연에 의한 당위의 확보이다.

결국 종합해 정리하면, 정철의 「훈민가」 16수는 자연의 규범성을 내면화
한 인간의 내적 본성이라는 전제를 선험적으로 확보하고, 그 위에서 현상세
계에서의 인간사이의 규범성을 자연스럽게 이끌어 내고자 했던 문학적 시도
라고 할 것이다.

(3)

그러나 그러한 전제가 시조 전면에 명백히 드러나 있는 것은 아니다. 그
것은 우리가 이제까지 「훈민가」 이전의 시조들을 살펴왔기 때문에 볼 수 있
었던 감추어진 장치이다. 자연에서의 질서와 조화와 규범성을 확보하려는
노력은 이현보에서 비롯해 이황과 이이의 시조를 거쳐 정리된 시조의 이념
이다. 주세붕의 직설적 당위가 정철에 의해 '낮은 목소리'[57]로 전환된 것은
이러한 내면화된 이념의 매개가 있었기 때문이다. 직설적 당위를 자연에 의
한 당위로 전환함으로써 공감과 설득력을 배가할 수 있었다.

그러나 역시 이 점은 시조 문면에 명백히 드러나지는 않는다. 그것은 대

---

57) 권두환, 위의 논문, 위의 책.

상이 일반 백성이라는 초기 조건 때문이었을 것이다. 그것은 '백성이란 시켜서 일을 하게 할 수는 있지만 원리를 알게 할 수는 없다'라는 오랜 유교의 봉건적 생각 때문이었을 수도 있고, 현실적으로 일반 백성들이 원론의 학습을 위해 시간을 낼 여유도 없었기 때문이었을 수도 있다. 실제로 정철은 「洪川舘板記」에서 자신의 생각을 이렇게 말한 바 있다.

> 백성을 교화시켜 아름다운 풍속을 이루게 하는 것이 비록 기대하기는 어렵다 하더라도, 개유하고 지도하며 권장하고 경계하는 것은 그만둘 수는 없는 일이다. 그래서 여기 서산 진선생의 두 권유문에서 그 요지만을 가려뽑아 하나로 합쳐 만들어서 촌락에 게시하노니 너희들 백성에게 바라는 바는 父慈, 子孝, 兄友, 弟恭, 夫和, 妻順, 言必忠信, 行必溫恭, 族黨有恩, 鄕閭有禮, 敬奉公上, 矜恤孤窮 등이니 한 道가 변해서 도의가 있는 나라로 되게 하여 위로 성군이 백성을 위로하시고 신하를 공경하시는 덕화를 받게 되면 어찌 아름다운 일이 아니랴, 오직 너희 백성들은 각각 마땅히 힘쓸지어다.[58]

백성을 교화시키는 것이 기대하기는 어려운 일이지만 그만둘 수도 없는 일이므로 규범의 요지만을 직접적으로 전달하는 것이 효과적이라는 말이다. 그래서 한편으로는 촌락 게시문을 통해 윤리 규범의 요지를 전달하고, 다른 한편으로는 시조를 통해 그 일을 감당하고자 했던 것이다. 그래도 시조에서는 그 정서적인 측면을 십분 배려해서, 보편적이고 내재적인 본성과 자연에 근거를 둔 설득을 하고자 했던 것이다.

전달해야 할 규범의 요지는 성리학 이론에 의해 이미 마련되어 있는 것이었다. 그 윤리 규범이 도출되는 전 과정을 보여주어 깨닫게 할 수 없었으므로 그 결과만을 보여준다는 것은, 이미 외적인 세계로 자리잡은 내용을 시 작품 내로 끌어들였다는 뜻이다. 그러한 문학작품은 서정적 자아의 주체

---

58) 『국역 송강집』, 上, 삼안출판사, 1974. 153쪽.

적 역할이 중요하지 않고, 오히려 자아가 세계의 객관적이고 보편적인 원리 쪽으로 수렴하여 세계화한다. 이러한 작품을 교술이라 한다면 훈민시조는 대개 교술시조라고 할 수 있다. 따라서 교술시조는 주세붕의 것에서 보는 바와 같이 '교술적인 의도를 서정적인 표현으로 살리고자 했기에 부조화를'59) 지닌다는 일반적인 경향을 갖는데, 정철의 훈민가는 이와 달리, '내세우고자 하는 덕목은 전례와 같이 구비했으면서 순탄하게 이어지는 말로 인징과 세태를 생동하게 그려'60)냈다는 평가를 받을 수 있다. 이는 우리가 앞 항목에서 자세하게 살펴본 바, 주세붕의 시조와 정철의 시조의 차이에서 쉽게 알아낼 수 있는 것이다.

그러나 여기서 우리의 관심을 끄는 것은 주세붕의 시조가 정철의 시조로 변환되는 것이 이황의 시조가 이이의 시조로 변환된 과정과 서로 대응된다는 점이다. 이황이 자연을 통해서 理의 규범을 선험적인 것으로 내세웠던 것을 이이는 자연의 있는 모습을 그대로 드러내기만 할 뿐으로, 기만을 제시하는데 중점을 두었던 것을 위에서 고찰한 바 있다. 훈민시조에서는 이와 같은 양상을 주세붕과 정철이 보인다. 주세붕은 전제 없이 규범적 理의 세계인 當爲만을 제시한다. 그러나 정철은 구체적인 생활의 예를 드는 것이다. 그것은 이이가 자연을 그저 내보이면서 도학으로 유도하는 것과 같다. 다른 축으로 말하면, 이황과 주세붕은 각각 자연의 理와 인간의 理를 앞세워, 구체적인 인간 현실이나 객관적 자연보다는 연역적이고 이론적인 당위와 순수의 세계를 중시한 것이라면, 이이와 정철은 객관적 자연세계와 구체적인 현실에서 출발하여 그것을 도의의 세계로 틀 잡아나가는 귀납적이고 실천적인 자세를 강조한 것이라고 대조해 보일 수 있는 것이다.

물론 이와 함께 우리가 잊어서 안 되는 것은 정철과 이이의 시조는 이황

---

59) 조동일, 『한국문학통사 2』, 1994년 3판. 345쪽.
60) 조동일, 위의 책, 355쪽.

과 주세붕의 것과 달리 매우 실천적인 현실 문제 해결의 단계에서 출현한 것이라는 점이다. 이이가 현실 정치에 참여하여 당위적 이상보다는 현실적 실천의 문제에 가까이 있었기에 理보다는 氣에 대한 관심이 증폭될 수 있었던 것처럼, 정철도 주세붕보다 당대의 현실 문제에 더 가까이 있었다고 말할 수 있다. 그의 시조에 나타나는 '小學'이나 '향음주'같은 어휘는 그 단적인 증거일 것이다. 小學보급 운동을 벌이고 향사음례를 실행하는 것은 향촌 질서 확립을 위해 사림이 힘을 기울이던 것이었다. 당시 향촌은 훈척세력의 수탈과 장시의 발달로 농촌인구는 유랑과 이동을 거듭하곤 했다. 게다가 고려말부터 내려오던 낭비적 축제와 마을 제사로 때로는 식량까지 고갈되어버리는 행태가 반복되었다. 이를 막기 위해 사림은 훈척세력을 도덕적으로 공격하고 자신들의 도학적 이념을 공고화했으며 동시에 중국 남부지방의 선진 농업 기술을 수용하는 실천적 운동을 벌여나가기도 했다. 또한 '신분의 위계를 인정하면서도 서로를 인간적으로 배려하도록 하며 향촌을 자치적으로 운영해야 한다'61)는 의식 하에 小學을 보급하고 향사음례를 운영하였다. 그 연장선상에 정철의 「훈민가」가 있다.62)

이황과 같은 사람이 훈척세력에 대해 사림의 도덕적 우위를 확보하는 이론적 기틀을 놓았다면, 정철과 같은 사람의 시조는 그들이 향촌을 자치적으로 운영해 나가고 나아가 중앙정치에서의 현실적 문제를 해결해 나간다는 실천적 과제에 대한 반응이었던 것이다. 이것은 성리학이 관념적 유희처럼 알려진 후대의 인식과는 전혀 달리, 현실적 필요에 의한 구체적 실천의 문제로 수용된 것이라는 점과 일치한다.

정철은 철학자로 평가되는 사람은 아니다. 그러나 그는 주세붕의 주제를,

---

61) 이순형, 「조선시대 가부장제의 유학적 재해석」, 『한국학보』 71집, 1993년 여름호. 일지사.
62) 이에 대하여는 신연우, 박사학위논문.

이이의 主氣論的 方法으로 백성에게 제시했다. 물론 이이의 자연 규범에 대한 원론적 이해를 수용한 것은 아니지만, 구체적 현상을 드러내는 것을 중시하는 방법을 이용했다. 결과적으로 그는, 의도한 것은 아니었겠지만, 우리가 살펴본 앞의 시조들을 종합하고자 하는 시도를 보였다고 평가할 수 있다. 그래서 내적 규범을 일상에서 드러낸다는 사대부 시조의 맥을 이었다. 물론 「훈민가」는 自然은 드러나지 않고 人事와 윤리의 문제에 치우쳐 있다. 자연과 인사 이 둘을 다시 합하는 것은 다음 세대 작가의 몫이었던 것 같다.

「훈민가」가 도학적 규범을, 일상생활의 구체적 상황에서의 일상어를 통해 '낮은 목소리'로 풀어서 표현해낼 수 있었던 것은, 한편으로는 그가 호남시단의 풍류를 이었기 때문일 수 있다. 가까운 고장에 살던 선배인 송순에게서 볼 수 있는 풍류 시조는 난해한 이론이나 관념어를 사용하지 않는다. 정철은 이러한 경향을 이었다고 볼 수 있다. 그런 점에서 송순의 한역시에 이미 나타나는 「오륜가」·일부를 정철이 그대로 이용해 썼을 수도 있다.63) 그 당시는 물론 저작권이나 독창성의 개념은 존재하지 않았으므로, 그리고 창작의 목적이 순수한 문학이 아니라 목민관으로서의 백성의 교화였으므로, 정철이 그의 오륜가를 갖다 썼을 가능성은 얼마든지 있다. 이런 관점에서 송순의 것까지 포함해서 정철의 「훈민가」는 도학을 일상으로 끌어내리는데 큰 구실을 담당했던 것을 아는 것이 중요하다.

(4)

정철의 「훈민가」는 예로부터 교화의 수단으로 지어진 어느 누구의 교훈 시조보다 더 사랑을 받아왔다. 김정국이 편한 『警民編』을 孝宗7년(1656년)

---

63) 정익섭, 「〈경민편〉과 〈훈민가〉」, 『노촌김동준박사회갑기념논문집』, 백산출판사. 1992.

完南府院君 李厚源이 다시 펴내면서 부록으로 정철의「훈민가」를 실으면서 '백성들로 하여금 늘 외고 익히게 하여 입에서 줄줄 나오게 한다면 사람의 성정을 감발시키는 데 도움이 되겠기로 여기에 붙여 싣는다'고 했다.64)『경민편』은 이후 英祖 때 다시 3차로 간행되었다. 이런 과정을 거쳐 정철의「훈민가」는 세상에 널리 알려지게 되었다.65) 지금도 다른 작가의 교훈시조보다는 정철의 것이 널리 알려져 있다.

이것은 물론 백성을 교도하려는 목적에 따라 의도적으로 보급되었기 때문이기도 하겠지만, 또 한편으로는 그만큼 설득력을 얻는 방식이 탁월했기 때문이기도 하다. 즉 자신의 풍류시에서 시도한 바 화자를 청자와 같은 선상에 두어 공감을 얻고, 추상적 일반 원리를 앞세우지 않고 구체적 생활 현장을 부각시킴으로 피부에 와 닿게 했다. 그래서 정철은 주세붕의 뒤를 직접 이으면서도, 이황이 마련한 理와 道心의 원리를 이이가 생활 속에서 人心의 제어논리로 구체화시킨 것을, 다시 한번 백성의 구체적 생활 현장으로 끌어내렸다는 평이 가능하다. 정철의 훈민시조가 사랑을 받아 온 것은 이러한 역사적 맥락 속에서 그 무게를 얻고 있기 때문이라고 보고 싶다. 단순히 정철의 시조만으로 얻어지는 것이 아니라 이러한 역사의 무게가 작품의 질을 높이고 무게를 더하는데 큰 구실을 했다고 보는 것이다.

물론 오늘날에 와서 정철의「훈민가」같은 것은 초등학교 학생의 바른생활 교육에나 쓰이는 것으로 격하되었다. 빤한 윤리를 표나게 내세우는 문학 작품이 인정받기 어려운 시대이기 때문이다. 그러나 그 당시로부터 근대에 이르기까지 일반 백성을 계도한다는 것이 목민관의 큰 임무 중 하나였을 때에는 평가가 달랐을 것이다. 지금은 일반인 모두의 교육수준이 매우 높기

---

64) 세간에 이 말을 思齋 金正國이 『경민편』을 펴내면서 한 말이라고 알려진 것은 잘못이다. 이에 대하여는 정익섭,「〈경민편〉과 〈훈민가〉」, 앞의 책, 394쪽.
65) 정익섭은 위의 논문에서 『松江歌辭』의 最古本인 '黃州本'의 간행도 『경민편』의「훈민가」출간에 자극된 때문이 아닌가 추측하였다.

때문에 그러한 단순한 윤리로 치부되는 것이 평가를 받지 못하지만, 근대에 이르기까지 국민교육이랄 것이 별로 없었을 때에는 이런 노래의 구실은 생각보다 컸을 것이다. 그러나 다른 한편으로는 「훈민가」를 단지 그 작품 문면의 교훈성으로만 보기 때문에 오늘날의 평가가 더 박해졌을 것으로 본다. 그것이 가지고 있는 역사적 전통을 고려하면, 즉 자연에서 찾은 질서를 인간 내면의 규범으로 정립해 개체의 내적 질서를 확립하고 그것을 사회화하려는 노력을 보아낸다면, 그 문학적 정서와 의의가 커질 수 있다.

그러나 어쨌거나 작품 문면으로는 정철의 「훈민가」가 지나치게 교훈성을 드러낸다는 점을 부인할 수는 없다. 그래서 작품에 대한 일반적 폄하도 부정할 수 없다. 그래서 이에 대한 지양으로 우리는 이휘일이나 남구만의 시조에 착목하게 된다. 이들은 자연의 질서를 농촌의 현실 생활로 수렴하면서, 교훈성을 직접 드러내지 않고 내적 질서를 존중하는 시조를 남겼다. 조선 전기 사대부 시조는 이들에 와서 '현실에서 자아의 내적 질서와 그 사회화'라는 방향성을 일단락 짓게 되는 것으로 보인다. 이후의 시조는 이들의 아류이거나 아예 다른 길을 찾는 시도로 흘러가게 된다.

8) 田家의 日常 — 李徽逸과 南九萬

(1)

정철과 이이의 시조가 나온 이후 사대부의 연시조는 거듭해서 창작되었다. 그러나 대부분은 도학으로 치우치거나 자연으로 치우친 경향이 있다. 또 임병양란을 당해서 현실의 고난을 말하는 시조도 나왔다. 그 중에 辛啓榮의 「田園四時歌」나 金光煜의 「栗里遺曲」은 사대부가 마음을 인간과 떨어진 자연에 두지 않고 농촌생활에 두는 설정을 했다는 점에서 관심을 끈다. 이것은 어떤 면에서 이황 이이와 정철의 시조의 맥을 이어나가는 도정을 보여주는 것이다 그러나 그 시조들에서 농촌은 사대부가 자연으로 은거할 것을 농촌에 은거하는 방향으로 바꾼 것일 뿐, 도학에서 얻은 성과까지 수용하지는 못하고 있다.

이런 면에서 李徽逸의 「田家八曲」과 南九萬의 「東窓이」 시조는 주목할 만 하다. 이휘일(1619-1672)은 영남의 농촌에 거주하며 孟子를 심독하며 道學에 精進한 사람이다. 그는 學行으로 參奉에 천거되었으나 부임하지 않았다. 42세 경에는 楮谷이라는 곳에 살면서 전체 8수로 이루어진 「田家八曲」을 지었다. 남구만(1629-1711)은 소론으로 정승까지 지낸 사람이다. 그의 시조는 단 한 편이지만 너무나 널리 알려진 유명한 시조이다. 우리가 다루는 시조로는 유일하게 연시조가 아닌 홑시조이다.

필자는 이들 시조에 와서 우리가 이제까지 살펴본 전대의 시조의 두 가지 경향이 하나로 융합된다고 보고 있다. 그리고 이들이 얻은 성과를 재평가할 필요가 있다고 본다. 그것은 자연을 통해 발견한 질서와 규범을 내재화한다는 원리이다. 내적 질서라는 말은 오늘날에는 잊혀진 어휘일 것이다. 그것은 기껏해야 개인이 노력해야 할 개인적 단위의 것이다. 그러나 당대에는 그러한 노력이 사회단위로 이루어졌던 것이다. 개인이 중시되는 현대에서는 수용되기 어려울 수 있지만, 개인도 사회에 의해서 자기 구현이 가능한 것이라면, 사회단위의 내적 규범의 자발적 확립은 당시로서는 큰 의의가 있었던 것이다. 때로는 지금도 어느 정도는 그러한 노력이 필요하지 않은가 하는 생각이 든다.

(2)

첫 연은 序章이다. 언뜻 보면 종장에서 자기의 憂國誠心과 풍년을 말한 것이, 고려가요에 보이는 바와 같이, 본문과 어울리지 않는 서장처럼 여겨지기도 한다. 그러나 이 시조의 서장은 그렇게 무의미한 것은 아닌 것 같다. 화자는 초장에서 세상, 바깥 일과 자신을 대립시켰다. 이러한 대립은 거의 필연적으로 화자를 세계가 아닌 곳으로 인도하게 마련이다. 세속에 대한 부정적 견해를 노정하고 자연으로의 회귀에 대한 찬사로 귀결되기 쉽다. 그러나 이 시에서는 그러한 대립이 있음에도 불구하고 풍년이라는 현상을 매개로 해서 자신과 세계를 연결시키고자 하는 점이 두드러져 보인다. 현상 세계에서 존재하는 대립 자체를 부정할 수는 없다. 대립을 부정하면 어느 한쪽으로만 돌아가게 된다. 이 시는 대립을 인정하면서 그 융합을 꾀하고 있다. 또한 농사일이라는 것은 자연현상이면서도 인위적인 현상이기도 하다. 자연과 人事를 접합시키는데 이보다 더 좋은 제재는 없을 것이다. 이 시조는 서장에서부터 한 축으로는 화자와 세계의 문제를, 다른 축으로는 자연과 인사의 문제를 융합하고자 한다는 점을 알 수 있는 것이다.

8연을 먼저 볼 필요가 있다. 작품은 『存齋集』에 있는 것을 보인다.

> 西山에 히 지고 플 긋테 이슬난다
> 호뮈를 둘너 메고 둘 듸여 가쟈스라
> 이 中의 즐거운 뜻을 닐러 무슴ᄒ리오

이 시조는 하루 일을 마치고 집으로 돌아가는 모습을 그린 것이다. 해지고 풀에 이슬 맺히고 달을 등에 지고 돌아가는 모습이 긍정적으로 그려져 있다. 자연과 농사일을 융합시켜, 자연의 시간질시에 맞추어 살아나가는 모습을 보였다. 그것은 '즐거운 일'이다. 이 '즐거움'은 이황이 먼저 드러냈던 것이다. 그는 「도산십이곡」 6연, 7연에서 '春風에 花滿山ᄒ고 秋夜에 月滿臺라/ 四時佳興이 사ᄅᆷ과 한가지라' '萬卷生涯로 樂事 無窮ᄒ애라/ 이 중에

往來風流를 닐러 무슴홀고'라고 했다. 자연의 질서에 대한 인식과 그것을 내면화한 성현을 배워나가는 것이 '즐겁다'고 한 것이다. 이이는 이 표나게 드러나는 교훈성을 감추고 자연의 경물만을 주로 제시하면서 '나와 고기와 뉘야 더옥 즐기눈고'라고 했다. 이휘일의 경우에는 '즐거움'은 같지만, 그 내용에 변이가 왔다. 그는 자연의 질서를 표면에 부각시키지도 않고 더구나 성현을 배우는 책과 공부를 말하지도 않았다. 자연만을 부각시키지도 않았다. 그는 그러한 모든 것을 '생활' 속으로 수렴시켰다. 생활에서만 질서의 인식이 보람있게 되는 것이다. 그것은 특별히 교훈을 내세우지도 않는다. 질서에 맞추어 생활을 잘 하는 것이 교훈인 것이다. 그것이 바로 이 '생활'이 '즐거움'과 더불어 존재할 수 있는 비결이다. 즐거움을 자연이나 성현에서 찾지 않고 생활에서 찾는 것, 이것은 그 질서 개념이 이제 사람들의 구체적인 생활에까지 침윤되어 내재화되었음을 말해주는 것이다. 사대부 시조가 이렇게까지 변이를 하게 된 것은 놀라운 일이다.

2연부터가 본사이다. 2연은 봄을 노래했다.

> 農人이 와 이로디 봄 왓니 바틔 가새
> 압집의 쇼보잡고 뒷집의 따보 내니
> 두어라 내 집부더ᄒ랴 놈 ᄒ니 더옥 조타

봄이 온 것과 밭에 나가는 것은 이제 하나의 질서 위에 존재한다. 자연의 질서라는 관념적 개념이 생활로 구체화되었다. 자연의 질서가 내면화되고 나자 그것은 바로 사회적 질서로 질적 전환을 했다. 정철의 것과 같은 직접적 교훈을 하는 설정이 아닌 것이라는데 큰 의미가 있다. 내면화된 질서의식은 이웃과의 공동생활의 기초가 된다. 정철이 '내 논 다 미여든 네 논졈 미여주마' 하면서 백성에게 바랐던 이웃과의 협동이 여기서는 현실이 되었다. 그것은 '나만 먼저'라는 생각을 넘어설 수 있다. 이러한 자발적 협동은 '즐거움'의 원천이 될 것이다. 내면화된 질서의식이 外化 즉 사회화되었을 때를 종장에서 말했다. 나부터가 아니라 '남 하니 더욱 좋다'인 것이다.

이황과 주세붕, 이이와 정철 등이 성리학을 사상적 배경으로 하여 시조에서 전개시킨 흐름이 여기에 와서 비로소 완결된다고 할 수 있다. 그들이 개인적으로 의도하거나 의식한 것은 아니었겠지만, 결국은 이러한 자연과 개인과 사회의 통일된 질서감을 향해 사대부 시조가 흘러왔던 것이다.

여름을 노래한 3연에서는 불같이 달아오른 밭에서 땀 흘리며 일하는 모습을 그렸다. 곡식 알갱이 하나하나가 모두 辛苦의 노동의 결과임을 말했다. 그리고는 바로 이어 가을의 풍성한 곡식을 보였다.

> ᄀ을희 곡셕 보니 됴흠도 됴흘세고
> 내 힘의 닐운 거시 머거도 마시로다
> 이밧긔 千駟萬鍾을 부려 무슴ᄒ리오

여름의 땀이라는 '내 힘'과 여름 지나 가을이라는 계절의 질서가 곡식을 이루었다. 자연의 질서인 가을은 저절로 오는 것이지만 그 질서를 따라야 하는 '사람'은 그 질서에 맞추어 땀을 흘려야 한다. 그러나 그렇게 하는 것이야말로 '먹어도 맛'이 나는 보람있는 행위이다. '땀'은 자기 개인의 무질서한 생활에서는 나오지 않는다. 놀고 싶을 때 놀고 쉬고 싶을 때 쉬는 본능을 이겨내고 객관 세계의 질서에 자기를 맞추어 나가는 데에 땀이 나오는 것이다. 그러나 이 땀이야말로 결과적으로는 보람을 가져오는 것임을 말하고 있다.

종장에서 '千駟萬鍾'은 벼슬살이를 말하는 것이다. 농촌에서의 삶이 벼슬살이가 부럽지 않다는 것이다. 이현보가 세속의 벼슬살이를 버리고 자연으로 돌아갈 것을 소망한 것처럼 벼슬살이에 대한 대립의식을 보여준다 할 것이다. 그렇지만 여기서는 돌아가는 곳이 자연이 아니라 농촌이다. 자연에는 휴식이 있지만 농촌에는 노동이 있다. 이황이 돌아간 자연에는 관념이 있지만 이휘일의 농촌에는 살갖에 흘러내리는 땀이 있다. 십장홍진의 대립항으로 자연이 아니라 농촌을 택한 것은 관념이나 도피가 아니라 현실이고 참여라는 점에 의의가 있다.

<blockquote>
밤의란 스츨 꼬고 나죄란 쒸를 부여
草家집 자바미고 農器졈 츠려스라
來年희 봄 온다 ᄒ거든 결의 從事ᄒ리라
</blockquote>

겨울에는 논밭에 나가 하는 일은 없다. 그러나 새끼 꼬고 띠를 엮어 草家를 매고 농기구를 점검해 두는 일을 한다. 이것은 내년 봄을 위함이다. 봄은 다시 '밭에 나가서 이웃집 일을 먼저 하자'는 2연으로 돌아가는 계절이다. 그것은 위에서 본 바, 내면화된 질서의식의 외화가 구현되는 계절이다. 이러한 방식으로 계절이 순환된다. 삶은 이 순환 속에서 생산과 질서를 얻는다. 이휘일의 시조는 이러한 내용을 표면에 드러내지 않고 친숙한 어휘로 포장해 제시한다.

1년의 계절의 순환을 보여준 뒤 이어서 하루의 순환을 보여준다. 그것은 새벽, 낮, 저녁의 세 연으로 이루어져 있다. 새벽 연을 주의해 볼 필요가 있다.

<blockquote>
새배 빗 나쟈 나셔 百舌이 소리ᄒ다
일거라 아희들아 밧 보러 가쟈스라
밤ᄉ이 이슬 긔운에 언마나 기런는고 ᄒ노라
</blockquote>

봄 연에서 봄이 오자 밭으로 나간다는 생각과 유사하게, 새벽이 오자 밭 보리 가자 한다. '일거라 아희들아' 하는 것은 아이들도 그 질서를 받아들일 것을 종용하는 것이다. 아이들은 자연의 질서를 저절로 내재화하지 못한 사람들이다. 자연의 질서를 체화하기까지는 이렇게 '온 사람' 즉 어른이 일러주어 함께 나가야 한다. 새벽빛이나 밤 사이 자란 밭곡식은 자연이 제공하는 질서이다. 이 안에 끼어 살아가는 인간은 순수한 자연이 아니다. '자연히' 일어나지 못하고 깨워야 일어나는 것이다. 그러나 그렇게 깨어 밭으로 나가서 보리밥 먹고 일하는 낮을 지내면, 곧 자연의 질서를 받아들이고 자신의 본능을 이겨 땀을 흘리면, 가을 곡식의 '됴흠'도 볼 수 있고 '이 中의 즐거운 쯧'도 볼 수 있는 것이다. 그 '즐거운 뜻'은 8연에서 말하고 있고 이미 위에서 살펴보았다.

그리고 보면 하루의 일과를 말한 것은 1년 계절의 순환을 말한 것과 유사하다. 하루는 1년의 축소형이다. 봄이 오자 밭에 가고, 새벽이 되자 밭에 간다. 땀 흘려 밭을 매고, 배고프기까지 일을 한다. 가을 곡식을 보고 좋듯이 고픈 배에 보리밥 먹고 즐긴다. 겨울에 농사일 끝내고 다음 봄을 준비하듯이, 하루 일을 끝내고 집으로 돌아간다. 그리고 이 모든 과정을 8연 종장에서 '이 中의 즐거운 쯧을 닐러 무슴ᄒ리오' 하는 전면적 긍정으로 끝맺고 있다.

여기서 우리는 南九萬의 널리 알려진 시조를 함께 살펴볼 필요가 있다.

> 동창이 볼갓느냐 노고지리 우지진다
> 쇼 칠 아희는 상긔 아니 니러느냐
> 재너머 스래 긴 밧츨 언제 갈려 ᄒ느니

이 시조는 「田家八曲」 새벽 연과 닮아있다. 동창이 밝았다 하고 아이 보고 일어나라고 하는 점이 매우 유사하다. 그래서 이 시를 이휘일의 시조와의 연장선상에서 보고 싶다. 단순히 시골 마을의 풍경을 소재로 지은 것이라고 하고 말 것이 아니다. 더군다나 북녘에서 하듯이 이 시조를 계급갈등의 적대적 감정으로 해석하는 것은 타당하지 않다. 이 시조는 이휘일의 것과 마찬가지로 오랜 기간의 사대부 시조의 전통 위에서 나타난 것으로 평가하는 것이 옳을 것으로 안다. 그 전통은 자연의 질서를 빌어서 개인이 내면화한 규범을 사회로 확대하는 것이다.

　이 시조의 미덕도 그러한 점을 표면에서는 전혀 드러내지 않는 것이다. 이 시는 표면에서는 전원시의 모습을 하고 있다. 東窓은 해가 떠올라 밝아 오는 창문이다. 그러나 그것은 눈으로 보기 전에 노고지리의 울음으로 알게 된 것이다. 아직 잠이 덜 깬 눈에 들리는 것은 노고지리 울음이다. 아직 사물의 밝은 모습이 눈에 선명히 드러나지 않은 상태를 나타낸 것이다. 그것은 중장에서 '아이'의 모습으로 겹쳐진다. 아직 일어나지 않은 아이, 아직 잠에서 깨지 않은 모습을 나타내면서, 우리의 눈에는 막 일어나는 아이의 모습이 초장보다 선명하게 그려진다. 그러다가 종장에 와서 '재 너머 사래 긴 밭'에 오면 그 선명함이 배가된다. 하루 해야 할 일이 구체적으로 잡힌다. 창문의 시각성과 노고지리의 청각성으로 제시해 아침의 경쾌함을 보여주지만, 소 칠 아이의 잠 덜깬 모습은 그와 대조적으로 일을 통해 영위되는 생활의 무게를 느끼게 한다. 아이는 자연인 해와는 달리 매일 아침 그 시간에 일찍 일어나지 못한다. 그러나 깨우는 주인 어른은 이미 깨어 있어서 아이를 재촉한다. 이 주인은 사람이면서도 자연의 부지런함과 행동을 같이 하는 사람이다.

　그래서 이 시에는 햇볕과 노고지리의 자연, 자연화된 주인, 아직 자연화되지 못한 아이, 이렇게 세 가지의 세계를 설정했다. 그렇게 보면 이 시조는 '반복되는 자연과 그 자연을 닮은 일상이, 자연이 아닌 아이의 늦잠으로 인해 깨뜨려지는 한 작은 에피소드를 제시하고 있는 것이라 할 수 있다. 아이의 비자연스러운 늦잠은 거부하고, 자연의 반복되는 일상성으로의 복귀를 촉구하는 것이라 할 수 있다.'66)

이휘일의 시조나 남구만의 이 시조를 단순히 농촌생활의 한 모습을 그린 것으로 보는 것이 일반적이지만, 앞 시대의 사대부들이 지은 선행시조와의 연관선상에서 볼 때, 이와 같은 무게를 실어보는 것이 무망한 일만은 아닐 것이다. 사람들이 이들 시조를 그토록 오래 즐긴 것은 단순한 문학적 수사나 오락거리였기 때문이 아니라면, 그 이유를 해명해야 할 필요가 있다. 이런 작업이 그 길로 나아가는 하나의 실마리일 수 있을 것이다.

(4)

이휘일과 남구만의 시조는 당대의 농촌 생활을 소재로 하고 있다. 그러나 농촌 전원시의 모습만을 보이고 그치는 단순한 작품은 아니다. 이들 시조는 선대의 여러 시조 작품이 있었기에 가능한 것이었다. 선행 시조들과 견주어서 다음과 같이 정리해 볼 수 있을 것이다. 이 시조들은 고려말에 등장한 시조들처럼 현실 안에서 문제를 제기했고, 여말시조와 달리 나름대로 문제에 대한 해답을 제시했다. 이현보가 자연으로 간 것처럼 자연을 택했으면서도, 그와 달리 세상을 버리려 하지 않았고 세상과 자연을 함께 어우르려 했다. 이황처럼 자연을 매개로 세상을 어우르려 하면서도, 그와 달리 구체적 생활과 동떨어진 관념적 이치를 강요하지 않았다. 이이처럼 생활의 모습을 보여주면서도, 학문적인 느낌을 완전히 불식하고 그보다 더욱 현실의 구체적 생활에 도달했다. 주세붕의 시조는 이현보의 시조와 함께 이황의 시조로 흡입되는 방식으로 우회적으로 이들 시조와 관련이 있다. 정철의 시조처럼 사람들의 구체적인 생활을 제시하면서도, 그와 달리 자연을 포함하고 그 속

---

66) 신연우, 『조선조 사대부 시조문학연구』, 박이정, 8쪽.

에서의 삶에 의의를 두고 있다.

이와 같은 여러 선행시조들에 연관을 맺고 영향을 받은 후에야 이들 시조의 출현이 가능했다. 짧은 단형시조로 처리하기에 그 결과물만 나타내게 되었고, 그 때문에 표면적으로는 전가시, 농촌시의 모습을 하고 있지만, 그 이면에 숨어있는 전통을 보아내야 할 것이다. 그것은 세상에 대한 실천적 관심 속에, 자연을 매개로 한 인간사의 질서 정립, 인간사를 위한 자연의 상찬을 함께 보유하고 있는 것이다. 그리고 이것에는 각 개인의 자발적 내재적 질서에 대한 감각과 인식이 간여하고 있다. 학문과 교훈을 내세우지 않고도, 사회질서를 구현하는 개인의 내면적 질서의식을 자각하고 실천할 수 있는 기제를 정립해 나갔던 것이다.

이것을 우리는 '日常性의 시조'라는 말로 자리매김을 해 볼 수 있지 않을까 한다. 여기서 말하는 '일상성'이란 그저 매일 반복되는 무의미하고 지루한 생활을 말하는 것이 아니다. 일상은 양면성을 가지고 있다. 하나는 표면적인 것이다. 반복과 무의미함이 그것이다. 그래서 일상에서의 탈출을 꿈꾸는 사람이 나타난다. 대부분의 문학도 이 탈출과 초월을 주제로 한다. 문학을 이른바 '낯설게 하기'로 읽은 사람들은 이 점을 강조하는 비평가들의 한 부류이다. 일상의 다른 면은 우리가 절대로 그것에서 벗어날 수 없다는 것이다. 우리의 삶의 대부분이 일상에서 이루어지고, 일상이 유지되기에 가능하다. 한 때 벗어날 수도 있겠지만 그것은 그야말로 '한 때'에 지나지 않는다. 탈출과 초월을 이루어도 그 차원에서 다시 일상이 되어버리는 것이다. 끊임없이 순간마다 초월하는 존재도 있겠지만 그것은 사람의 일은 아니다.

이 때 우리에게 필요한 것은 그 일상에서의 삶을 잘, 충실하게 하는 것이다. 그것은 일상에서의 탈출이나 초월을 꿈꾸지 않고 일상을 의미 있게 하는 것이다. 이것이 성리학을 기조로 하던 조선전기 사대부의 지표이고 이념이었으며 시조문학은 그를 위한 가장 좋은 실험도구였던 것 같다. 이를 위해 현실 내에서의 문제 발견과 해결에의 의지를 갖고, 자연에서 질서를 찾고 그 질서를 내면화하여 인간사회에 필요한 규범을 마련하며, 다시 생활 속으로 돌아오는 일련의 시조의 과정을 구현하였던 것이다. 이 모든 과정 - 고려말부터 이이와 정철을 거쳐서 이휘일과 남구만에 이르기까지, 앞선 시조의 영향을 받고 접붙이기며 융합의 과정 -을 거쳐, 겉으로는 생활과 전원만이 드러나는 시조로 돌아왔으며 그것으로 하나의 순환고리의 마디를 이루었던 것이다. 더 이상 순수한 자연만을 드러내는 시조도 아니고 교훈만을 내세우는 시조도 아닌 것으로, 그 둘을 하나로 내재한 시조를 만들어냈던 것이다.

특히 이들 시조에는 사대부가 백성을 일방적으로 가르친다는 생각을 버린 점이 의미가 있는데, 여기에는 물론 조선초기의 사회실정과 달라진 시대 분위기가 큰 영향을 끼쳤을 것이다. 주세붕으로 대표되는, 백성을 가르친다는 사대부의 입장이 이휘일에 오면 완전히 사라진다. 가장 큰 영향을 미친 것은 아마 壬辰 丙子 兩亂이었을 것이다. 양반들이 마련한 제도와 성리학적 규범이 조선전기에는 신뢰를 받을 수 있었겠지만, 양란 이후는 지속될 수 없었다. 나라를 지키지 못한 지배층에 대한 불신과 곳곳에서 일어난 민중영웅과 의병운동은 백성의 역량에 대한 믿음을 쌓아나가게 했다.

이에 대한 하나의 방증은 사상사의 흐름이다. 양란 이후 성리학계는 점점 더 공고해지지만 그로 인해 더욱 융통성 없고 현실성 없는 방향으로 굳어졌다. 송시열로 대표되는 지배층은 성리학 이외의 학문은 인정할 수 없었고 이지에 의해 기질세계를 다스려 나가야 한다는 발상을 더욱 굳건히 했다. 이에 따라 전혀 현실성이 없는 북벌론이 부상했고 그럴수록 백성의 생활과는 동떨어져 나갔다. 人物性同異論은 同論이건 異論이건 이이의 체계 내에서의 논쟁이었고 그 틀을 깨지 못했다. 그 틀을 깬 사람들은 새롭게 氣論을 펼쳤지만 그 세력은 미미했다.

이원론적 주기론이 역사의 방향과 어긋난 점에서 힘을 떨치고 있을 때, 문학에서는 사회적 변화를 대거 수용하기 시작했던 것으로 보인다. 박지원, 홍대용 등이 서민적 문학을 창도해 나가기 시작했다. 『兩班傳』『虎叱』『醫山問答』 등 이들의 작품에서는 양반 사대부가 백성을 이끌어 나가는 정신적 지도자이기는 커녕, 허세와 위선과 부패의 담당자로 조롱과 비난의 대상이 된다. 『임진록』이나 『박씨부인전』과 같은 고전소설에서는 양반사대부는 무기력하기만 하고, 전쟁에서 이긴 사람은 민중에서 나오거나 여성에서 나오는 것으로 설정되어 있다. 이러한 것들은 이미 사대부가 백성을 지도할 능력도 이념도 없음을 서민편에서 증거한 것이다. 더욱 흥미로운 것은 양반 시조 작가들에서도 서민적인 취향을 따라 창작을 한 사람들이 나타난 것이다. 그 대표자는 노론 명문가 출신으로 대제학까지 지낸 李鼎輔(1693-1766)이다. 이정보의 시조는 전혀 양반적이지 않고 서민적 풍류와 애정을 표나게 드러낸다. '사대부 시조의 종말을 예고해준다'는 평가67)까지 있는 정도이다. 이러한 경향의 문학작품들은 사회의 주된 흐름은 아니었지만 사회가 변화하고 있음을 나타내는데는 부족함이 없다.

물론 그 후로도, 또는 조선시대 전반에 걸쳐서 이황이나 이이의 것과 같은 시조, 주세붕이나 정철을 따른 시조들은 수없이 많이 양산되었다. 앞 시대의 이념을 추수하는 사람들은 언제나 있는 법이기 때문이다. 특히 김수장 등의 중인층 시조는 전시대의 양반사대부의 시조 경향을 추수하는 작품들을 많이 찾아볼 수 있다. 그러나 그것들은 사회현상, 문학활동 상으로는 중요한 고찰대상이 되겠지만, 창조성, 창의성과 역사적 구실 면에서는 조선전기의 시조들에 자리를 내주게 된다. 문학성의 면에서까지도 사대부 시조와 동일한 평가를 받기는 어렵지 않은가 한다.

이런 점에서 이휘일 등의 시조는 바로 사대부 시조의 '정점'에 있었던 것

---

67) 조동일, 『한국문학통사 3』, 305쪽.

이라 할 수 있다. 그 이후로 사대부 시조는 방향을 잃고 하향길을 가게 되었던 것이다. 그것은 고려말 조선초기 사대부가 사회를 만들고 이념을 정립하는 오랜 기간의 정신 사회 운동의 결실이었으나, 그 사회는 그 결실을 만들어내자 곧 붕괴되기 시작했던 것이다.

(4)

이상에서 길게 살펴본 바에 의하면, 결국 시조는 오늘날에 와서는 그 시대적 구실을 할 수 없는 문학갈래라고 할 수 있다. 그것은 조선전기의 사대부의 이념을 구현하는 것이었으며, 그 이념이 오늘날에는 역사적 역할을 담당하고 있지 않기 때문이다. 따라서 오늘날에 지어지는 시조는 이념 없는 형식만의 시조가 되기 쉽다. 시대가 달라졌으므로 이제 시조 형식의 이념을 새로 찾기는 어렵다. 또한 새로운 이념이 정립된다 해도 그것은 시조와는 다른 형식을 필요로 할 것이다. 그것이 시조와 같은 정형시가 될 것인지는 심히 의심스럽다.

그러나 시조는 조선 전기의 시대적 사명을 다하는 데에는 더할 나위 없이 알맞은 갈래이기도 했다. 조선전기 사대부의 시조는 임진왜란까지 조선이라는 사회의 이념-실천적 구현의 문학적 담당물로서 그 구실을 다했던 것이다. 그것은 그때까지의 사상사와 사회사의 전개 과정과도 맥을 같이 하는 것이다.

그것을 우리는 '일상성의 시조'라는 말로 정리해볼 수 있었다. 일상에 대한 전폭적 긍정 위에서 그 긍정의 근거를 쉼 없이 살펴 이루어낸 정신의 구현물이었던 것이기 때문이다. 이것은 우리가 오늘날에 와서 오히려 일상성의 긍정의 근거를 잃어버리고 있다는 점과 좋은 대조가 된다. 일상성 긍정의 사회적 필요를 철학적으로 따지고 문학적으로 펼쳐 보이는 노력은 조선전기 이후 찾아볼 수 없게 되었고 그런 이념의 정초도 언급되지 않고 있다.

이것은 단순히 '행복한 생활'이니 '삶의 질의 향상'이니 하는 말과는 의의와 깊이가 다른 것이다.

개인적 삶의 확보나 새로운 것에의 동경을 특성으로 하는 자본주의 삶의 양태에서는 일상성의 개념 자체에 변이가 생겼을 것이다. 그것은 도리어 개인의 삶에서는 무의미와 반복을 낳는 역설적 기능을 갖기도 한다. 사회와 개인 모두에게 의미 있는 일상성의 삶에 대한 문학적 탐구는 아직 이루어지지 않은 듯 하다. 이러한 거시적 조망과 문제의 탐구가 필요하다면, 우리가 위에서 길게 살펴본 조선전기 시조의 흐름이 의미가 있다. 그러나 이런 근대적인 현상에 대하여는 더 상세한 고찰이 따로 필요할 것이다.

4

사대부 일상성 시조의 배경론

1) 이론적 배경

조선시대 사대부의 일상성의 시조문학은 전기에는 주로 도학적 자연시조와 훈민경학시조, 중후기에는 전가시조로 나타난다. 그것은 모두 현실 내에 기반을 둔 것으로 현실을 초월하거나 현실의 무질서함에 매몰되어 버리거나 하지 않고, 현실 내에서 현실을 의미있게 살아내고자 하는 의식의 표현이다. 그것은 사회를 이루는 공통의 질서 의식을 개인이 내면화함으로써 얻어지는 내적 승화를 지향하는 것이다.

이 중에서 전기의 도학적 자연시조와 훈민시조는 특히 퇴계 이황의 사상과 밀접한 연관이 있지 않나 생각된다. 시조작품에서는 이황과 이이가 어느 정도 차이가 나지만 그 큰 범주의 이념에서는 이이와 정철까지 포함해서 동시대의 사대부들의 시조가 이황의 틀에 포괄된다는 것이다. 이런 점에서 조동일이 말한 대로 이황의 성리학은 시조의 논리라고 할 수 있다.[1] 이에 대

---

1) 조동일, 『한국소설의 이론』, 지식산업사, 1977.

해 상론하기로 한다.

이것은 우리의 눈으로 보기에 어긋나 보이는, 때로는 당대인에게도 오해를 받은 바, 이황 사상이 갖는 두 가지의 경향성에 대한 의문을 지적하는 것으로 시작하는 것이 옳겠다. 하나는 이황은 현실세계의 윤리도덕을 열심히 강론하면서도 자신은 물러나(退) 은거하려 하고 신선과 매화를 찾는 시를 짓는 일을 당연하게 여겼다는 점이다. 후자는 간혹 자신의 제자들에게도 의심을 받기도 했다.2) 둘째는 이황은 도학은 모두 日用處에 평범한 데 있다고 제자들을 가르쳤는데3), 만년의 이황은 남명 조식으로부터 일상의 참의미를 가르치지 않고 天理를 논하고 있다는 비난4)을 받은 일이 있다는 사실이다.

이 두 가지는 모두 우리가 보기에는 논리적으로 어긋나 보인다. 그러나 이황의 견해로는 어긋나 보이지 않았던 것 같다. 그 두 경향성의 중간을 지키고 하나로 파악하는 것이 天理를 아는 길이라고 생각했다. (그것은 마치 입자와 파동이라는 개념만을 가진 사람은 빛이 그 둘 모두이기도 하다는 것을 이해하기 어려운 것과 같다.)

이 두 가지 의문 또는 경향성은 본고에서 우리가 논하고 있는 일상성의 시조와 연관이 있다. 아니 그 배경이 된다.

우선 첫 번째 의문과 관련하여 사대부 시조의 자연에 대한 경도를 설명할 필요가 있다. 물론 조윤제와 최진원이 일찍이 지적한 바와 같이 그것이 '黨爭 하의 明哲保身과 致仕客의 閑情'5)에서 필연적으로 선택되어진 것일 수 있다. 그러나 그 자연에서 일상성의 이념을 얻어낸 것이 사대부 성리학

---

2) 『퇴계선생문집』 권11, 「答李仲久」.

3) 도산전서 3, 141쪽, 「答李平叔」.

4) 『국역 남명집』, 이론과실천사, 135쪽.

5) 조윤제, 『국문학개설』, 탐구당, 1973년 수정 4판. 390-415쪽.
   최진원, 『국문학과 자연』, 성균관대 출판부, 1977. 1장. 강호가도

이었다.

 그것은 단적으로 '자연도덕주의'라고 말해질 수 있다.6) 자연과 도덕이라는 말은 어울리지 않아 보인다. 그러나 자연이 도덕의 근본이라고 생각하는 것이 성리학의 입장이다. 노장사상이나 불교사상은 자연에서 도덕을 연결시키지 않는다. 오히려 인위적 도덕을 제거해야 자연의 본질을 찾을 수 있다고 한다. 이 점이 바로 이들과 성리학이 갈리는 핵심일 것이다.

 이황이 53세에 그린 「天命圖」와 「天命圖說」에는 그 기본적인 생각이 들어있다. 거기서는 인간의 머리는 하늘을 닮아 둥글고 발은 땅을 닮아 모난 형상으로부터 해서 天圓의 중심은 天命이고 인간의 중심은 性인 점을 보여주고 있다. 하늘에는 원형이정의 理와 음양오행의 氣가 있듯이 인간의 마음에는 인의예지의 性과 氣質이 있다. 인간은 자연과 다른 것이 아니고 자연과 똑같은 리와 기로 구성되어 있는 것이다. 따라서 '인간에 앞서는 인간 이상의 자연세계가 인간을 선천적으로 규정하고 있으며, 인간의 도덕적 본성은 자신의 작위적 활동을 통해 형성되는 것이 아니라 인간보다 앞서고 인간보다 더 큰 대자연으로부터 부여받은 것이다.'7) 율곡 이이는 이를 '천지의 조화는 곧 내 마음의 發함이다'8)라고 표현했다.

 그래서 사대부들은 자연을 통해 자신의 본성을 찾는 노력을 시로 보였다. 이황 뿐 아니라 李彦迪도 자연을 '도의 함양을 통하여 존심양성과 법성현을 하고 자아성찰을 통한 심성도야와 도학적 홍취를 느낄 수 있는 곳으로 보았다.'9) 이황은 이에서 더 나아가 때로는 佛家的, 탈세속적이라는 의문을 들

---

 6) 최진덕, 「퇴계 성리학의 자연도덕주의적 해석」, 김형효 외, 『퇴계의 사상과 그 현대적 의미』, 한국정신문화연구원, 1997.
 7) 최진덕, 앞의 논문, 앞의 책, 161쪽.
 8) 『율곡전서』, 「답성호원」, 성대대동문화연구원, 198쪽. 天地之化卽吾心之發
 9) 장도규, 「晦齋 李彦迪의 自然認識」, 『국어국문학』 124호, 국어국문학회, 1999. 171쪽.

을 수 있는 시를 짓곤 했던 것이다.

이것은 그가 자연에의 깊이 있는 몰입과 탐구를, 禮로 차별화되는 일상의 근원으로 보았기 때문이다. 현실은 예에 의해 구성되어야 하지만, 그 근거에는 자연의 본성이 있기 때문이다. 자연의 본성에서 현실이 나오기 때문에, 또는 자연의 본성과 현실의 구성요소는 같은 것이기 때문에 자연의 본성을 천착하는 것이다.

이 점은 때로 현실을 넘어서는 초월적인 것으로 여겨지기도 하는 것이다. 이황은 물론 이것이 초월적이지 않고 현실을 구성하는 일관된 논리라고 생각했다. 자연의 본원적 원리를 찾아 현실에서 적용하는 것이기 때문이다. 이것이 초월적이지 않은 것은, 이황이 하늘(天)을 외재적인 대상으로 파악하지 않고 각자의 인성 속에 실재하는 내재적 대상으로 이해하고 있었다는 점10)과 관련된다.

현실 자체는 기의 작용이 두드러진다. 그것은 무질서하고 파편화되기 쉬운 것이다. 그것에서 질서를 찾고 禮를 완성하자면 자연의 원래의 본성을 깨닫고 현실에 옮겼을 때 만인 것이다. 그러나 그것은 초월에 의해 이루어지는 것이 아니라 현실 안에서 각자의 내면의 질서로 정립되었을 때 의미가 있는 것이다.

이 논리가 바로 사대부의 일상성의 시조에 원용된다고 본다. 그것은 파편화되고 무질서한 현상을 그대로 받아들이거나 현실을 부정하고 다른 세계를 꿈꾸는 것이 아니라, 현실의 질서를 위해 현실을 넘어서는 근원적 질서를 자기 안에서 깨달아 나가자는 것이다. 도학적 자연시조의 자연의 근거는 바로 여기에 있다.

둘째의 의문도 이황에게 있어서는 일관된 논리 위에 있는 것이었다. 그것

---

10) 정순우, 「퇴계사상에 있어서의 일상의 의미와 그 교육학적 해석」, 김형효 외, 『퇴계의 사상과 그 현대적 의미』, 한국정신문화연구원, 1997. 251쪽.

은 下學而上達의 문제인데, 조식은 이황이 하학을 충분히 가르치지 않고 상달을 말한다는 비난을 했다. 조식의 이 비난은 첫째 의문에서 제자들이 가졌던 것과 맥을 같이 하는 것이다. 조식이 보기에 이황은 청소하고 부모를 공양하고 임금에게 충성하는 현실 생활 너머의 것을 말하고 있기 때문이다. 이는 어느 정도는 이미 선초에서부터 우리나라 사림 성리학의 한 특색으로 발전해 온 바, 실천적인 수양론보다 심성론을 강조해온11) 이학자들의 경향과 맥을 같이 하는 것이나. 그러나 이깃은 위에서 밝힌 바와 같이, 현실에 질서를 부여하고 공고히 하기 위한 필연적인 탐구라고 이황은 생각할 것이다. 그 목적이 현실을 벗어나기 위해서가 아니라 현실 질서의 근거를 마련하기 위해서이기 때문이다.

그러나 그렇다고 하더라도 상달만을 강조하는 것은 비난받을 만하다. 그는 상달에의 관심을 져버릴 수 없었지만 그것이 하학과 연관을 맺어야 한다는 것도 지속적으로 강조했다. 그는 절대로 일상의 세계에서 발을 뗀 적이 없다고 생각했을 것이다.

여기서 우리는 68세의 이황이 17세의 갓 등극한 선조에게 올렸다는 『聖學十圖』의 9편과 10편인 「敬齋箴」과 「夙興夜寐箴」을 언급할 필요가 있다.12) 『聖學十圖』는 태극 이기 심성 등 유학의 기본 개념과 실천에 대해 말하고 있지만 그 요체는 이황 자신이 밝힌 대로 일상생활(日用)에 힘쓰고 敬畏의 태도를 높이는데 있다. 그 중에서도 「敬齋箴」은 공부하는 사람이 가

---

11) 文喆永, 「조선전기 유학사상의 역사적 전개」, 『전통과 사상』 4집, 한국정신문화연구원, 1990. 244-250쪽.
　　柳仁熙, 「퇴율 이전 조선 성리학의 문제 발전」, 『동방학지』, 연세대학교, 1983. 200쪽.
12) 『聖學十圖』가 이황의 일상성의 사상을 잘 드러내는 점과 자연시에 대한 고찰은 다음 두 논문에서 배운 바가 많다. 정순우, 「퇴계사상에 있어 일상의 의미와 그 교육학적 해석」, 김형효 외 『퇴계의 사상과 그 현대적 의미』, 한국정신문화연구원, 1997. / 최진덕, 「퇴계성리학의 자연도덕주의적 해석」, 김형효외 같은 책.

져야 할 敬의 자세를 공간 상황에 맞추어 기술한 것이고 「夙興夜寐箴」은 그 것을 시간 상황에 맞추어 기술한 것이다. 어찌 보면 지나치다 싶을 정도로 「경재잠」에서는 의관을 바르게 하는 일로부터 일거수일투족의 행동거지가 모두 경에 맞아야 한다고 했고, 「숙흥야매잠」에서는 닭이 울어 잠을 깰 때 로부터 잠들 때까지의 몸가짐을 상세하게 이르고 있다.

그런데 이 두 편의 글을 찬찬히 읽어보면, 모두 몸가짐에 대한 것이지만 그 근원으로는 마음가짐에 대한 주의가 거듭되고 있고, 조식이 말한 바, 손 으로 물뿌리고 비질하는 절도에 대해서는 구체적인 언급이 없다는 것을 알 수 있다. 이것은 이황이 일상의 구체적인 곳에서 출발한다고 하면서도 지속 적으로 上達의 측면에 대해 더 많은 관심을 기울이고 있음을 나타낸다. 그 렇지만 그가 하고자 했던 것은 일상의 의의를 부정한 것이 아니고, 일상의 근거를 보다 확실하게 제시하고자 했던 것임을 부인할 수는 없을 것이다. 그는 '사물은 이치를 갖추고 있지 않은 것이 없고, 어떤 곳에서도 그렇지 않 은 것이 없다'고 한 것은 도가 일상을 벗어나 있는 것이 아님을 강조한 것 이다.

그러나 모든 일상이 곧바로 도(이치)를 보여주는 것은 아니다. 사람은 가 진 기의 탁한 작용으로 인해 일상의 事와 物이 가지고 있는 이치를 언제나 확실히 파악할 수 있는 것이 아니다. 이 때문에 한편으로는 '일상의 주 무대 인 가정의 의미를 강조하게 되어 유가 특유의 가학교육'13)을 발전시켰고 다 른 한편으로는 그런 외면적인 윤리의 심적 뼈리로서의 敬이 필요하다. 경은 일상과 이치 깨닫기를 이어주는 매개체이다. 그래서 「敬齋箴」과 「夙興夜寐 箴」에서는 그림의 한 가운데 敬이 중심 위치를 차지하고 있다.

시조와 연관지어 우리는 두 가지 개념을 유의할 수 있다. 하나는 이황이 지속적으로 관심을 기울이고 있었으나 구체적으로 표현하지 않은 일상의 영

---

13) 정순우, 위의 논문, 위의 책, 249쪽.

역이다.(물론 이황은 「小學圖」에서 五倫을 말하고 있지만 그것도 오륜의 원칙이지 물 뿌리고 비질하는 등의 구체적인 응용에 대해서는 언급하고 있지 않다.) 다른 하나는 이황의 주된 관심이었던 敬의 영역이다. 이 일상의 영역을 다룬 것이 이른바 오륜가 등의 훈민시조이다.

> 간나히 가논 길흘 스나히 에도드시
> 스나히 녜논 길흘 계집이 칙도드시
> 제 남진 제 계집 아니어든 일홈 뭇디 마오려

정철로 대표되는 훈민시조는 이처럼 일상생활의 지침을 구체화하고 있다. 남녀가 서로 길을 묻지 말고 이름도 묻지 않는 것이 도리라는 것을 전혀 추상적인 원리의 제시 없이 보여주고 있는 것이다. 이런 시조는 이황보다는, 향촌의 질서를 직접 담당했던 지방관이나 재지사족의 작품으로 창작된 경향이 있었다.

다음으로 敬의 덕목을 직접적으로 제시하는 것이 이른바 경학시조이다.

> 萬物을 삼겨두고 日月업시 살리러냐
> 方寸神明이 긔 아니 日月인가
> 진실로 學問곳 아니면 日月食이 저프니라

고응척의 이 시조와 같이 유학의 이론적 덕목을 직접 제시하는 것이다. 이것은 생활의 구체적인 모습도 아니고 이치를 깨달은 경지를 말하는 것도 아니다. 천지의 일월과도 같은 깃이 우리의 미음이니 학문을 통해 일원을 밝히자는 것이다. 이런 시조는 황윤석, 조황 등 조선 후기 늦게까지 창작되었으나 문학적 의의는 그리 크지 못하다.

이황은 이렇게 건조한 시조를 짓지 않았다. 그는 경을 그대로 직접 제시

하지 않았다. 이황 문학에 있어서는, 敬의 위치에 해당하는 것이 自然으로
나타난다. 그의 문학의 자연은 그저 미적이거나 유흥을 위한 것이 아니라
도(이치)에 다가서는 수양의 의미를 갖는 것이다. 그렇지만 그것이 수양을
직접적으로 제시하지 않고 함축성을 갖기에 문학이 된다. 이 과정을 나타내
는 것으로 그의 漢詩 중 「觀物」을 한 편 보자.

> 수많은 뭇 물건들 어디에서 생겨났나
> 아득한 근원은 공허가 아니네
> 옛 현인이 감흥한 곳을 알고자 하면
> 뜰의 풀과 어항 고기를 보기 바라네14)

　　수많은 사물의 근원은 하나이고 그것은 태극이라고 말해 진다. 태극은 수
많은 사물에 모두 들어있지만 사물에서 태극을 알기는 어렵다. 이황은 이
둘을 잇는 매개항을 『성학십도』에서는 경이라고 했고 이 시에서는 뜰의 풀
과 어항의 고기라고 했다. 물론 이것은 程顥의 고사에 연원을 둔 것이겠지
만, 이황도 마찬가지로 그 아득한 태극의 실체를 알기 위해 제시한 것이 자
연이라는 것은 주목할 만 하다. 이 자연 중에서도 이황의 한시에 큰 소재가
된 것은 매화였다.15) 이들 한시에는 적지않이 仙風 또는 禪風에 접근하는
것이 있어 제자들의 의문을 자아내기도 하였다. 그러나 그렇지 않다는 뜻
을, "뜨락의 풀들은 한 閒物일 뿐이지만, 이를 볼 때마다 문득 주렴계의 一
般意思를 생각하게 된다"16)라는 이황의 말에서 짐작할 수 있다. 이황에게

---

14) 『文集』 권 3, 「觀物」. 芸芸庶物從何有/ 漠漠源頭不是虛/ 欲識前賢興感處/ 請看庭
　　草與盆魚
15) 최근덕, 「퇴계사상의 시적 조명」, 『한국유학사상연구』, 철학과현실사, 1992. 272-
　　289쪽.
　　최진덕, 「퇴계성리학의 자연도덕주의적 해석」, 『퇴계의 사상과 그 현대적 의미』,
　　한국정신문화연구원, 1997. 150-158쪽.
16) 『문집』 권11. 「答李仲久」

있어서 자연은 근원의 태허, 一般意思로 이끄는 매개항이었던 것이다. 이 자연은 바로 수양론의 측면에서 접근하면 敬이 하는 역할을 하는 것이다.

> 幽蘭이 在谷ᄒ니 自然이 듣디 됴해
> 白雲이 在山ᄒ니 自然이 보디 됴해
> 이듕에 彼美一人을 더옥 닛디 못ᄒ얘

「陶山十二曲」 넷째 수이다. 이 시의 蘭草는 바로 爲己이며, 이황이 말하는 敬과 상통하는 것이다. 이황의 다음 말을 보면 더 확실히 알 수 있다.

> 군자의 학문은 爲己일 뿐이니 위기라는 것은 장경부가 말한 바 '함이 없이 그러함'이다. 마치 깊은 산 숲 가운데 난초 한 촉이 있어, 종일 향을 뿜지만 스스로는 향기됨을 알지 못하는 것과 같다. 이 말은 군자의 위기의 뜻에 바로 들어맞는다. 마땅히 깊이 체득해야 한다.[17]

'함이 없이 그러함'을 강조한 것은 선불교에서 용맹정진으로 깨달음을 얻으려는 것과는 다름을 강조하기 위함이다. 군자가 위기의 학문을 하는 것을 가장 적절히 비유한 것이 숲 속의 난초라는 것이다. 그렇다면 위 시조의 난초 또한 그 듣기 좋은 향은 바로 군자의 학문하는 모습을 그려 보인 것이라 할 것이다.

이런 문맥 속에서 '彼美一人'도 그 의미를 더 잘 이해할 수 있다. 그것은 위에 보인 한시에서도 나타났던 바, 뜰의 풀과 어항의 고기의 생명력을 통해 보게 된 것, 이득한 그것 곧 태허의 이치인 것이다. 난초와 백운 속에 스며들어 있는 태허의 이치를 잊지 않는다는 것이다. 이황은 그 이치를

---

17) 「言行錄」 권2. 君子之學 爲己而已 所謂爲己者 卽張敬夫所謂無所爲而然也 如深山
茂林之中 有一蘭草 終日薰香 而不自知其爲香 正合於君子爲己之義 宜深體之

인격화하곤 했다. 밤에 일어나 달을 대하고 매화를 읊은 시에서 이렇게 말했다.

> 群玉山 꼭대기 제일 신선
> 얼음 살결 눈과 같은 빛 꿈에서도 고와라
> 달 아래 일어나 마주 보니
> 둘러싼 微風 한 번의 찬연함[18]

　이 시에서는 신선과 매화가 하나가 된다. 그것은 자연물인 매화에서 보는 찬연함이 꿈에서 본 신선의 깨끗한 이미지와 겹치는 것으로 나타났다. 이 신선을 도가적 사유라고 할 것인가? 이것이 퇴계의 시인 한 결코 그럴 수 없을 것이다. 이황 자신이 도가적 사유를 극력 배척했을 뿐아니라, 그의 天觀은 외재적인 대상이 아니라 '각자의 인성 속에 실재하는 내재적 대상'[19]으로 파악되기 때문이다. 이 시에서의 신선은 매화 속에서 그것이 매화이게 하는 이치를 인격화한 것으로 보는 것이 타당하다. 그는 도가적 자연으로 도피하는 경향을 극력 배격했다. '그가 자연으로 물러남은 일상성으로부터의 이탈이 아니라 일상성으로의 진정한 복귀'[20]이므로, 그가 신선이라는 말을 사용했다 해도 그것은 자연을 의인화한 것이고 자연의 이치를 의인화한 것이라 할 수밖에 없다. 그것은 자연으로 도피하기 위한 것이 아니라 자연을 확실히 이해하기 위한 것이고, 자연의 이해는 곧 일상의 이치의 근거를 확실히 하는 것이기 때문이다.

　신선으로나 표현할 수밖에 없었던 자연의 이러한 절대의 경지에서는 시간이 소거된다. 시간은 변화와 분별을 가져오는데, 이황이 추구하는 것은

---

18)「溪齋夜起對月詠梅」群玉山頭第一仙　氷肌雪色夢娟娟　起來月下相逢處　宛帶微風一粲然
19) 정순우, 위의 논문, 위의 책, 251쪽.
20) 최진덕, 위의 논문, 위의 책, 157쪽.

그 이면에 있는 太虛이며 天理이고 그것은 시간에 구애되고 변화되는 것이 아니다. 신선에게는 시간이 무의미하다. 그래서 그의 「陶山十二曲」에는 시간의 변화가 나타나지 않는다. 모든 것이 현재 시간으로 처리되어 있는데 그것은 현재를 나타내기 위해서가 아니라 시간이 흐르지 않는 세계를 나타내기 위한 것이다. 그것은 '古人'을 현재화하는 시간이고, 청산처럼 변화없이 '萬古常靑'하는 세계이다. 이는 다른 말로 하면, 그만큼 이황이 구체적 현실보다는 天理와 心學에 대한 설명에 경도되었다는 것이다.

그렇지만 그의 「夙興夜寐箴」에서는 시간 순서에 따라 몸가짐하는 것이 달라야 함을 구체적으로 적고 있지 않는가? 물론 그렇다. 거듭해 말하지만 이황이 구체적 일상의 세계를 벗어나 초월적인 세계로 날아가버리지 않고 일상과의 원칙적 연관을 끊임없이 지적하고 있기 때문이다. 그러나 그 시적 형상의 실상은 이황은 좀더 경과 그 결과인 천리의 체득에 관심을 둔 것으로 나타나고, 「숙흥야매잠」의 실천적 시간적 형상은 후배 성리학자인 李珥의 「高山九曲歌」와 더 친근하게 나타난다. (이황의 글과 이이의 시조를 연결시키는 것에 의문을 가질 수 있다. 필자는 이 둘의 사상과 시조가 차이가 있으며 사상의 차이가 시조의 작품적 차이로 설명될 수 있다는 점은 알고 있다. 그러나 다른 한편으로는 성리학이라는 보다 큰 틀의 측면에서 이황의 사상이 이이의 사상과 통하는 점도 많고 그 중의 어떤 면은 이이의 시조에 연결되는 것도 무리만은 아니다. 신선이라는 단어만 나오면 도가적이라고 하는 것이 오류일 수 있듯이, 이황의 사상은 이황의 문학만 설명해야 한다고 주장하는 것도 오류일 수 있다. 문학이 정치한 단계에까지 담당자의 사상과 일대 일로 연결된다고 생각하는 것이 어떤 면에서는 무리를 빚을 수도 있는 것이다.)

이이의 「고산구곡가」가 유기적 시간 구성을 보이고 있음은 잘 알려진 사실이다.21) 일년의 시간과 하루의 시간이 하나의 질서 속에서 잘 연결되어

있다는 평을 받는다. 필자는 이 중에서 특히 김대행의 분석에 주목한다. 그
는「고산구곡가」가 전반부의 동적인 이미지가 후반부의 정적인 이미지로 옮
아가는 면을 지적하고 있다. 그리고 그 의미를 다음과 같이 적절하게 지적
했다. 괄호 안의 말은 이해의 편의를 위해 인용자가 첨가한 것이다.

> 이와같은 태도의 형성은 그 시간적 배경이 황혼, 밤 그리고 가을 겨울로
> 되어 있는 것과 유기적인 연관성을 갖고 있는 것으로 볼 수 있다. (전반부
> 의) 아침과 낮이 흥겨움의 시간이라면 (후반부의) 저녁과 밤은 적막한 고독
> 의 시간이고 (전반부의) 봄과 여름이 희망과 정열에 뛰는 시간이라면 (후반
> 부의) 가을과 겨울은 內省의 고요가 와서 머무는 시간으로 보아야 한다. 그
> 같은 시간적 이미지는 6·7·8·9곡의 태도를 靜的인 것으로 드러나게 했
> 고, 그같은 태도가 5곡을 경계로 해서 전반부와 후반부의 태도를 확연하게
> 구분하고 있는 것이다.[22]

이어서 김대행은 이러한 정연한 질서와 유기성은 율곡이 모든 것에서 질
서와 조화를 추구했던 保合 調和論者였다는 사실에서 찾았다. 순환하는 자
연 질서와의 조화를 따라 사는 것을 삶의 가장 이상적인 모습으로 보았기
때문이라는 해명을 했다.

이러한 이해를 기초로 해서 우리는 김대행이 분석한 바 하루 사시의 이
행 모습이 이황이 보여준「숙흥야매잠도」의 그것과 유사하다는 점에 착목해
볼 수 있다.「숙흥야매잠도」는 하루 시간을 네 부분으로 제시한다. 첫째 단
계는 元의 단계라 할 수 있는데 이 시간은 마음의 근본을 세우고 몸가짐을
바로 하고 마음 이끌기를 떠오르는 해와 같이 맑게 하는 때이다. 亨의 시간

---

21) 김상진,『조선중기 연시조의 연구』, 민속원, 1997.
　　　김신중,「한국 사시가의 연구」, 전남대학교 박사논문, 1992.
　　　조창환,「퇴계 율곡의 시관과 시조」,『울산공대논문집』 9권 2호, 1978.
　　　김대행,『시조유형론』, 이대출판부, 1986.
22) 김대행, 위의 책, 320쪽.

은 일이 생겨 곧 응하게 되면 실천으로 시험하는 단계이다. 利의 단계에서
는 독서하고 남은 틈에는 틈틈이 쉬면서 정신을 놓아펴고 성정을 쉬게 하는
단계이다. 貞의 생각을 일으키지 말고 심신을 쉬게 하여야 한다. 이 밤의
쉬는 시간은 夜氣를 함양하는 시간으로써 다시 원으로 돌아갈 준비를 하는
단계이다.

아침과 낮이 생각을 모으고 일을 벌이는 시간이라면 저녁과 밤은 생각을
놓아펴고 정신을 쉬는 시간이라는 것이다. 이러한 생각은 「고산구곡가」에서
'아침과 낮이 흥겨움의 시간이라면 저녁과 밤은 적막한 고독의 시간'이라는
분석과 대응하는 것이다. 다만 「숙흥야매잠도」는 전체적으로 도학을 이루려
는 의도와 敬의 태도가 강하게 드러나고 「고산구곡가」는 그것이 자연 속에
서 찾는 興의 모습으로 詩化되어 있는 차이가 있을 뿐이다. 이황도 시조인
「도산십이곡」에서는 '사시가흥이 사람과 한가지'라고 하고 '이중에 왕래풍류
를 일러 무엇하리'라고 하는 등, 자연과 흥에 대한 관심을 보여주고 있다.
그러나 이것이 이이에게 더 적극적으로 드러난다는 것은 그의 사상이 이황
과 달리 주기론적이라는 점과 연관있을 법 하다. 그렇지만 보다 더 큰 틀에
서 하루를 대하는 태도는 이황의 「숙흥야매잠도」와 이이의 「고산구곡가」에
서 유사성을 언급할 수 있는 것이다. 이것은 이들의 사상의 차이보다는 사
상의 동일한 토대를 말해주는 것일 수 있다.

이렇게 보면 훈민시조와 이황과 이이의 도학적 자연시조가 모두 이황의
이론 틀의 세 모습과 연관성을 갖는다고 할 수 있다. 훈민시조는 이황에게
서 상대적으로 약하게 나타나는 下學의 실천 덕목을 집약적으로 시화한 것
이고, 이황의 시조는 그 자신의 주된 이론과 마찬가지로 변화의 원인인 시
간이 소거되는 형이상학적 上達의 표현이며, 이이의 시조는 이 두 세계를
연결하는 敬의 과정적 매개적 모습을 시간질서에 따라 제시하고 있는 것과
연관지어 볼 수 있는 것이다. 「고산구곡가」가 경치 이상의 의미를 갖는 사

상적인 시23)라거나, 修己와 兼善이라는 유학적 주제를 노정하고 있다고 본 견해24)가 가능한 것은 그 매개로서 경의 모습이 감추어져 있기 때문이다.

이러한 세 가지 시조의 모습이 사대부 시조의 일상성의 개념을 이루는 것이다. 개인의 일상이 파편화 무의미화되지 않으려면, 공동체적 질서 속에서 개인의 역할을 가져야 하고 형이상학적 의미의 세계와 연결을 통해서 무의미를 극복해야 할 것이다. 훈민시조는 그 가장 낮은 수준에서 공동체와의 연결을 직접적으로 추구하는 것이다. 그것은 수행의 기초단계이며 그 수행의 이론적 근거는 형이상학적 의미, 세계 질서와의 연관성이다. 이황의 시조는 그 결과의 상태를 집중적으로 보여주는 것이다. 그것은 자연의 옷을 입을 때 가장 잘 드러나는 것이다. 이이의 시조는 그 둘을 잇는 방법의 하나로 시간질서를 제시하고 있다. 자연의 옷을 입고 있으면서 보다 구체적인 시간질서를 제시하여 세계의 질서를 보다 구체적으로 드러내는 것이다. 사대부 시조가 보여주는 일상성은 이 세 가지 모습으로 구현되었다.

조선 후기의 시조가 이러한 틀에서 벗어난 것임은 쉽게 이해할 수 있다. 애정과 유흥 향락의 시조와 자연을 미적인 대상으로 고양하려는 태도, 도회적 삶의 직접적 반영물로서의 시조 등은 모두 이러한 성리학적 시조의 틀을 벗어난 것들이다. 그런데 이른바 田家時調는 성리학적 시조의 틀이 변형되는 모습을 보여줌으로써 전기와 후기 시조의 교량적 모습을 보인다. 그것은 훈민시조처럼 직접적이지는 않지만 공동체 윤리를 벗어나지 않고, 이이의 시조처럼 시간 질서를 지키며, 이황의 시조와 달리 자연에서 도학적 의미를 사상시켰다. 후기 시조란 공동체 윤리에서 벗어나 개인적 遊興과 美感을 읊고 세상에서 道를 보기보다는 處世를 보는 경향이 강해진다25). 공동체적

---

23) 조동일, 『한국문학통사 2』, 지식산업사, 1993. 7.4.시조의 정착과 성장.
24) 김상진, 위의 책, 71-79쪽.

도와 질서의 관념은 사라지는 것이다.

전가시조의 田家에서는 이황식 선험적 도가 나타나지 않는다. 이황은 임금과 신하가 있기 전에 이미 임금과 신하의 의가 있다고 했는데, 전가시조에서는 그런 식의 도를 제시하지 않는다. 또한 이황 시에 보이는 자연은 그의 도학과 실제 삶을 매개하는 것이었는데, 그의 도학이 부정되자 그런 자연도 사라지게 되었다. 그 자연이 사라진 자리를 메운 것이 전가인데 이것은 구체적 삶의 현장에 더 식접 언결되어 있다.

> 農人이 와 이로디 봄 왓니 바틔 가새
> 압집의 쇼보 잡고 뒷집의 짜보 내니
> 두어라 내 집 부터 ᄒ랴 눔 ᄒ니 더옥 조타
>
> 여롬 날 더운 적의 단 짜히 부리로다
> 밧고랑 미쟈 ᄒ니 쏨 흘너 짜히 듯네
> 어스와 粒粒辛苦 어늬 분이 알ㅇ실고

이휘일의 「전가팔곡」 2, 3연이다. 2연에 보이는 바, 남을 먼저 생각하는 마음은 선험적으로 구유되어 있는 자연이 아니다. 그것은 앞뒷집에서 공동으로 함께 논일을 해야 하는 데서 오는 것이다. 그것이 윤리적 선이라서라기보다 현실 생활 가운데 공동의 삶에 더 좋은 작용을 하는 것이기에 받아들인 것이다. 즉 일상생활 없이도 道가 따로 존재할 수 있는 것이 아니라 생활하는 중에 공동체에 합당한 것을 도라고 받아들이는 태도인 것이다. 2연의 윤리가 선험석인 섯이라면 그 도는 시 전편에 일관되게 나타나는 것일 텐데, 3연에서 보이는 불햇볕 속의 고통스러운 노동의 모습은 그러한 도의

---

25) 신연우, 「16세기 사대부 시조의 교술적 성격과 후기의 변모」, 『조선조 사대부 시조문학 연구』, 박이정, 1997.

모습이 아닌 것이다. 도란 그러한 고통 속에서도 사람들이 공동체의 유지를 위해 만들어 내는 윤리인 것이다. 이것은 내면 윤리의 외적 발현이 아니라, 공적이고 공리적인 윤리의 모습을 갖는다. 이것은 '17세기 전반 지방학인들이 지주적 경제기반 위에서 향촌사회의 안정에 초점을 맞추면서 도덕질서의 확립을 지향'26) 했다는 지적과 맥이 닿는 것이다.

그렇기는 하지만 그 윤리적 태도가 생활화되는 외면적인 모습은 훈민시조류의 윤리적 모습과 닮게 나타난다. 또한 작품 전체가 하루의 시간적 질서에 맞추어져 있는 것은, 사시가라는 문학적 갈래 습관 때문이겠지만, 한편으로는 세계를 질서라는 눈으로 바라보려고 하는 사대부적 관념의 소산이기도 할 것이다.

이런 현상은 공고했던 15-16세기 사대부의 성리학이 16세기 말부터 현실 지탱의 이론적 역할을 하는 데 부족한 점을 노정하기 시작했다는 점과 연관이 있을 터이다. 그리고 물론 이것은 임병 양란으로 말미암은 사회적 영향의 크기에 더 큰 원인이 있을 터이다. 이런 시각에서 芝峰 李睟光(1563-1628)과 같이 당대에 이미 성리학적 틀을 벗어나고자 하는 사상가27)가 여럿 있었다는 점은 이 시기 사대부 시조의 변이와 시대적 연관을 갖는 것이 아닌가 하는 생각을 하게 한다. 이수광같은 이는 특히 만년에 성리학을 정학으로 간주하여 연구하였으나 성리학의 본체인 사단칠정이라든가 이기 해석론에 대하여는 별 관심을 갖지 않았으며 그 당대의 시대적 주제였던 예설에도 별 흥미를 갖지 않았다. 그리고 이황이 爲己의 학문을 드러내 강조한 것과 대조적으로 이수광은 개인의 사사로운 입장에서는 위기가 중요하지만 집단을 위한 공인의 입장에서는 공공의 이익(致用)을 위한 爲人의

---

26) 한영우, 「이수광의 학문과 사상」, 『한국문화』 13, 1992. 429-431쪽.
27) 이민홍, 「지봉 이수광의 조선중기 사단인식」, 『조선중기 시가의 이념과 미의식』, 성대출판부, 1993. 393쪽.

공무에 힘써야 한다고 했다.[28] 그는 '道는 民生의 日用之間에 있다. 여름에 베옷을 입고 겨울에 갖옷을 입으며 배고프면 먹고 목마르면 마시는 것이 도다'라고 했다. 불가나 도가류의 발언처럼 들리기도 하지만 이수광이 강조하고자 한 것은 성리학적 사고의 틀을 벗어나서 도의 목적이 백성의 삶을 향상하는 것이라고 말하는 것이다. 이런 견해를 전가시조와 연관짓는 것은 우스운 일이겠지만, 당대에 전기 성리학의 틀을 깨는 새로운 경향의 사상이 나타나기 시작한 것과 선기의 도학적 세계관의 시조의 틀을 깨는 새로운 경향의 시조가 나타나기 시작한 것은 넓은 견지에서 함께 고찰해볼 필요가 있을 터이다. 17세기 초반 조선 사상계는 이황학파나 이이학파의 주자성리학과는 다른 면을 보이고 있는 다양한 사상조류가 존재했고 지역적으로도 다양한 편차를 보이고 있다[29]는 일반적 경향 속에서 제시되는 것이라면 그리 큰 무리 없이 사상사적 배경으로서의 최소한의 연관성은 인정될 수 있을 것이다.

2) 사회적 배경

일상성의 시조 문학의 배경에는 이론적인 것보다는 오히려 사회적인 배경의 문제가 더 깊이 관련되어 있을 것이다. 이론적인 것은 사회현실의 필요에 의해 변화되는 과정과 결과물을 체계있게 설명하는 후속작업일 가능성이 있다. 물론 사회현실과 문학을 직접 연관짓는 것은 오류를 범하기 쉬운 일이지만, 넓은 의미에서의 사회적 배경에 대한 고찰 없이는 문학을 제대로

---

28) 윤사순, 「지봉 이수광의 무실사상」, 『한국유학사상론』, 예문서원, 1997.
29) 고영진, 「16세기후반-17세기 전반 서울 침류대학사의 활동과 그 의의」, 『조선시대 사상사를 어떻게 볼 것인가』, 풀빛, 1999. 198쪽.

이해할 수 없는 것도 사실이다. 이런 점에서 성글고 거칠더라도 일상성의 시조문학에 대해서도 사회적인 배경에 대해 어느 정도 고려하지 않을 수 없다.

일상에서의 도덕적 외면적 질서를 직접적으로 제시하는 훈민시조류의 사회적 배경에 대해 먼저 생각해보자. 훈민시조 창작의 주역인 士林은 고려말 조선초에 건국파에 합류하지 않고 현실정치에서 물러난 사람들의 후예이다. 이들은 물러난 鄕村이 자신들의 경제 사회적 기반이었기에 지대한 관심을 가지고 鄕村을 돌보았다. 性理學을 들여온 것 자체가 중국 남부의 선진 농업기술의 수용과 직접적인 관련이 있었다. 性理學은 처음에 실천적 사회운동으로서 더욱 긴요한 구실을 했던 것이다.[30] 14세기 경 동양 3국은 모두 농업기술에 있어 일대 진전을 보게 된다. 우리의 경우 자체적인 발전과 함께 중국측의 자극으로 발달된 人糞을 사용하는 施肥法이 일반화되고 移秧法이 알려지게 된다. 士林은 선진 농업기술에 관여하여 元나라의 농서인『農桑輯要』의 보급판을 제작하기도 하고, 水田農業을 위해 水車를 제작해 시험해 보기도 하고, 삼남지방에서는 우리나라의 지형적 형편에 더욱 알맞는 川防을 제작해 사용하기도 하였다. 이들은 전시대의 귀족 지주와 달리 일반 농민 백성의 생활의 안정이 자신들의 안정의 기반이 된다는 점을 아는 소양이 있었다.

社倉制를 운영하고 鄕射禮와 鄕飮酒禮를 시행하고 鄕約을 보급하고자 했던 것도 전국적으로 鄕村사회를 儒敎的 秩序의 틀 안에 포섭하고자 한 시도였다. 義倉制度가 高利貸가 되어 백성이 鄕村에서 뿌리 박고 살 지 못하게 되는 것을 방지하기 위해 朱熹가 제안한 社倉을 운영하고자 했다. 鄕射飮禮

---

30) 이태진,「15-16세기 신유학 정착의 사회사적 배경」,『조선유교사회사론』, 지식산업사, 1990.
  최이돈,『조선중기 사림 정치구조 연구』, 일조각, 1994.

와 鄕約은 바로 小學의 윤리의식을 통해 鄕村의 질서를 도모하고자 했던 것이다. 이것은 또한 선초의 중앙집권체제 속에서 首領의 권한이 극대화되는 데서 오는 부조리와 그 결과 나타나는 首領 不信의 풍조 속에서 鄕村의 질서가 파괴되는 것을 재지 지주인 士林들이 막아보려는 노력이었다. 또한 그때까지도 고려의 遺風이 많이 남아 있어서 지방 조직인 鄕徒를 통해 각종 귀신에게 제사드리는 習俗과 돌아가며 잔치를 벌이는 풍조가 그대로 남아있어 심지어는 다음 해에 사용할 곡식의 종자까지 먹어버리는 행태를 유교적 절제 관념과 질서 의식으로 改修해 나가자는 의도도 있었다. 그리하여 鄕射飮禮와 鄕約을 통해 五倫의 윤리의식을 고취시켜 나갔던 것이다. 간단히 정리하면 士林은 '신분의 위계를 인정하면서도 서로를 인간적으로 배려하도록 하며, 鄕村을 자치적으로 운영해야 한다는 점에 대해서 적극적으로 동의했으며, …… 鄕民을 敎化하는 데에도 필요성을 느끼고 …… 그 교육은 적극적으로 소학을 보급하는 일로 실행'되었던 것이다.31)

이 점은 訓民時調의 창작동기나 보급의 변을 들어도 알 수 있다. 주세붕은 그의 「五倫歌」 註에서 '황해도 관찰사 시절에 백성들의 풍속이 무지함을 보고 이에 이 노래를 지어 널리 퍼뜨려 사람의 큰 윤리를 밝혔다32)'고 했다33). 김정국은 정철의 「訓民歌」를 언급하면서 '백성들로 하여금 늘 외고 익히게 하여 입에서 줄줄 나오게 한다면 사람의 性情을 감발시키는데 도움이 되겠기로 여기에 붙여 실으니 이름은 訓民歌이다'라고 했다. 이를 백성의 저항을 막기 위한 의도라기보다는 백성을 敎化시키려는 의도로 보는 편이

---

31) 이순형, 「조선시대 가부장세의 유학적 재해석」, 『한국학보』 71집, 104쪽, 1993년 여름. 일지사.
32) 주세붕, 「五倫歌幷序」 『愼齋全書』
　　按海西時 見民俗之貿貿 乃作此歌 布施一路以明人之大倫者也
33) 주세붕이 성리학의 연구, 실천, 교육에 진력한 점과 그의 시가 작품과의 관계에 관한 언급은 조규익, 「주세붕의 노래」, 『가곡창사의 국문학적 본질』, 집문당, 1994. 에서 찾아볼 수 있다.

합리적이고 순탄하다. 임꺽정의 난 같은 난리가 일어나는 급박한 형편에 권세가들이 訓民歌 같은 것을 지었다는 것은 그들이 평시에 백성을 다루던 모습과는 일치하지 않는 것이다. 또 백성들도 생존이 위협받는 상태에서 訓民歌 같은 것으로 순화될 수는 없는 일이다. 오히려 訓民歌는 어느 정도 生活의 安定이 가능한 상태에서 교화의 수단이 될 수 있었던 것이다. 士林들은 생존이 확보된 상태, 먹고 사는 문제가 해결된 상태에서야 예절이 가능하다는 것을 알고 있었다. 그리하여 심지어 퇴계 이황은 국가에서 금지하고 있는 '方外의 場市'의 현실적 필요성을 인정하여 '지금은 凶荒이 극심하여 백성들 사이에 有無를 交易함에 반드시 場市를 통해 相貿하고 있는데 지금 場市를 금한다면 백성들이 어떻게 自活할 수 있겠는가'라고 말하기도 하였다.34) 士林은 경제의 발전이 鄕村사회의 안정과 질서에 도움이 된다는 입장이었던 것이다.

士林이 이렇게 鄕村社會의 질서를 염려해야 했던 만큼 鄕村을 어지럽혔던 것은 두 가지를 들 수 있다. 하나는 시장이 생겨남에 따라 농촌인구가 移動이 심해지게 된 것이고 다른 하나는 勳戚勢力의 收奪로 인한 農村人口의 流浪이었다. 삼남지방에서부터 14세기 이래 休閑法을 극복하면서 連作常耕의 集約農業이 가능해지고 施肥術이 발전을 이룸에 따라 단위면적의 生産力의 增大가 있었던 것으로 보이며, 이에 따라 유통 경제가 발생하기 시작했던 것이다. 중종 때는 婚需, 服飾, 第宅 등의 사치풍조가 일어 '甘食鮮衣하는 자가 날로 늘어난다', '근검으로 이끌어도 奢靡가 그치지 않는다'와 같은 지적이 여러 차례 있었고, 또 '지금 사방의 백성이 十分의 九는 末(商業)을 좇고 1분이 本業(農事)를 한다'고까지 과장되게 지적되기도 했던 것이다.

---

34) 『明宗實錄』, 2年 9月 乙亥條
　　侍講官李滉曰 外方場市 民多逐末 盜賊亦繁 故國家禁之 今者凶荒已極 民間交易有
　無 必賴場市以相資 今又禁場市 民何以資活

또 훈척의 횡포는 앞의 항에서 언급한 바와 같다. 당시 전체적인 생산량은 증대되었으나 權臣이 독점하고 농민을 수탈함으로 농민이 농촌에서 遊離되는 일이 잦았던 것이다. 이와 같은 사태들은 鄕村의 인구를 안정시키지 못하는 所以가 되었던 것이고, 이에 따라 士林은 향사음례의 보급과 향약보급으로 鄕村秩序를 安定시키고자 했던 것이며, 訓民時調란 그와 같은 鄕村秩序의 안정이라는 맥락에서 지어졌던 것이다.

이런 운동은 후대에 性理學이, 완전히 관념적 유희에 지나지 않는 것으로 알려지는 것과는 달리, 전혀 관념적인 것이 아니고 오히려 現實的 必要에 의한 具體的 實踐이었음을 보여주는 예이다. 그리고 가장 좋은 것은 문제가 생기지 않게 하는 것이고 생긴 문제는 법률에 의해 해결하기보다 인간적이고 도덕적인 양보에 의한 화합을 권유하는 것이다. 도덕의식이 내면화되었을 때 사회문제가 가장 약화된다. 이에 따라 訓民時調에는 두 가지 성격이 마련된다. 하나는 인간은 짐승과 다른 윤리가 있다는 것이고, 다른 하나는 敎育과 修身에 의해 聖人에 가까워 질 수 있다는 믿음을 준다는 것이다.

> 형님 자신져줄 내조쳐 머궁이다
> 어와 뎌 아슥야 어마님 너 스랑이야
> 형제옷 불화ᄒ면 개도티라 ᄒ리라   (4600. 주세붕 『무릉잡고』)

> ᄆ올 사름들아 올ᄒ 일 ᄒ쟈스라
> 사름이 되여 나셔 올치옷 못ᄒ면
> ᄆ쇼룰 갓곳갈 삐워 밥먹이나 다ᄅ랴   (1376. 정철 『경민편』)

> 비ᄒ고 닛디마애 먼됫번 즐거오니
> 내게옷 이시면 너미아 아나마나
> 富貴룰 浮雲ᄀ티 보고 曲肱而枕ᄒ오   (1666. 주세붕 『죽계구지』)

아버님 날나흐시고 어마님 날기르시니
부모옷 아니시면 내모미 업슬랏다
이덕을 갑푸려 흐니 하눌ㄱ이 업스샷다   (2601. 주세붕『무릉잡고』)

강원도 백성들아 형제 숑스 흐디마라
죵쥐 밧쥐는 엇기예 쉽거니와
어디가 쏘 어들 거시라 흘긧할긧 흐는다   (151. 정철『송강가사』)

士林은 백성을 교육시키고 백성은 배운 바를 따라 자기를 닦으면 개, 돼지나 말, 소와는 다른 인간으로서의 가치를 갖게 된다. 그 배운 바를 잊지 말고 남이 알아주든 아니든 자기의 수양을 닦을 뿐이다. 그래서 얻게 되는 '富貴를 浮雲ㄱ티 보고 曲肱而枕'하는 경지는 聖人의 그것과 같게 되는 것이다.

이렇게 보면 五倫歌的 訓民時調는 士林들이 鄕村의 질서를 안정시키기 위해 백성에게 호소하는 시라고 말할 수 있다. 鄕村의 질서, 백성의 안녕이 자신의 존재 기반과 밀접한 관련을 가진다는 사실을 잘 아는 士林이 사회전체의 생산량이 늘어 사치 풍조가 생기고 시장이 생기는 등의 급격한 사회 변동에 대처하는 하나의 방책으로써 법률적 수단에 의하지 않고 양보와 화합이라는 내면의 윤리적 차원으로 풀어보려 했던 것이다.

우리는 위에서 사대부 시조의 자연은 이론적으로 파악하자면 도학과 현상적 일상을 매개하는 상관물이라고 했다. 그런데 역사적인 측면에서 보자면, 그 자연은 한편으로는 훈민시조와 마찬가지로 사대부의 현실 삶을 영위하게 하는 향촌사회에 대한 애착이면서 동시에 중앙의 훈구 부패 관료들과의 변별성을 드러내는 수단이 되기도 하였다.

自然에서 道를 찾는다는 것은 무엇을 의미하는가. 그것은 人爲的 現實에서는 道를 찾을 수 없다는 인식의 다른 표현이다. 朱子學的 認識의 특징 하나는 현실에의 끊임없는 참여이다. 修己로부터 시작해서 平天下의 경지에 이르러서야 끝이 나는 학문과 실천의 세계가 주자학이고 士林의 정신 세계였을 터이다. 이 과정은 일관되어야 하고 단절이 있어서는 안되었는데 전기 士林은 이 단절을 맛보았다. 이들은 治國 平天下의 길에서 좌절되었으며 그들이 할 수 있는 길로 남은 것은 修身뿐이었다. 그들을 좌절시킨 세력이 바로 勳舊派였는데 이는 道德的인 싸움에서의 패배가 아니라 現實的 힘, 권력 싸움에서의 패배였다.

고려말에 같이 性理學을 수용하였으면서도 이 둘의 경향은 달라졌다. 조선 건국을 이룬 집권세력은 고려의 불교세력을 축출하기위해 자신들에게 필요한 부분인 客觀的 觀念論으로서의 性理學의 基本的인 認識만 받아들였을 뿐 性理學의 본질과 學問的인 성과를 窮究하고 발전시키지는 않았다. 이들은 현실을 움직여 나가는 政治的 效用性이 있는 측면에 더 관심이 있었고 그것은 經學보다 詞章에 더 힘을 쓰는 추세로 나타나기도 했다. 士林도 性理學을 實踐的인 필요에 의해 받아들인 점은 마찬가지였으나 향촌 사회의 안정이라는 주자학 발생의 본연과 동일한 實踐的 필요성이 士林을 性理學의 正統的인 맥을 잇게 했다. 다시 말하면 고려의 대귀족에 대항할 때에는 다같이 性理學의 節義와 명분론을 追隨하였으나, 이제 집권세력이 되어 대귀족화 해가는 勳舊派에게는 性理學이 實踐的인 필요성이 떨어지는 것이었고 아직 在地의 中小地主였던 士林들에게는 性理學이 實踐的으로 필요했던 것이었다.

士林이 향촌에서의 안정을 도모하고 그 질서를 국가 경영에 응용해 보려는 의도를 갖고 중앙에 진출했을 때 이미 性理學的 관심에서는 멀어진 훈구세력이 자신들의 권력과 재산획득에 전념하고 있었다. 이들의 재산과 권력 획득은 전혀 非朱子學的인 것이었고 향촌의 백성의 수탈을 전제로 한 것이었다. 즉 士林이 받아들인 주희의 생각, 佃戶와 地主가 상호 道德的인 倫理的인 雙方 合議的인 관계를 갖는 것이 더 나은 사회를 만든다는 생각이 아니라 一方的인 수탈에 의한 상하관계가 지속되고 있었다.

勳戚勢力이 벌인 收奪의 전형은 서해 연안 지역의 堰田 개발 사업 즉 서해안 간척 사업이었다. 堰田은 그 자체로는 나쁠 것이 없었지만 문제는 대규모의 인력이 강제로 소요되는 점이었다. 堰田은 바다를 막아 둑을 쌓고 그곳을 논으로 만드는 것으로 당시 널리 보급되기 시작한 새로운 농법을 이용하여 훈척들이 막대한 재산을 쌓을 수 있는 수단이었다. 그리하여 그들은 중앙권력을 이용하여 강제로 농민을 동원하여 수탈을 자행했다. 명종9년 5월 庚戌條의 실록에는 '下三道는 海澤 가운데 다소 경작할 만한 곳이 있으면 다투어 서로 築防하여 餘地가 없게 되었으며, 그래서 금후로는 평안도로 옮겨 함으로써 民怨이 자못 심합니다'와 같은 기록이 남아있다. 이는 士林들이 안정시켜 놓은 자신들의 향촌 질서에도 영향을 끼치는 중요한 문제였다. 실제로 당시 집권세력의 횡포에 못견디어 도적과 流氓이 많이 생겨났던 것이다. 그 중 代表的인 것이 수탈이 가장 심했던 황해도 지역의 백성들이 流氓이 되어 일으킨 임꺽정의 난으로 나타나기도 했던 것이다.

또한 軍役의 布納化를 통해서도 거대한 부정이 저질러지곤 했다. 군역이 과도하여 농사지을 노동력까지 위협을 받자 백성들은 役의 대신으로 布를 代納하고 귀향하는 경향이 많아졌다. 나중에는 대립가가 높아지면서 관속들이 오히려 그것을 강요하였다. 實役을 納布로 대치하는 것은 명백한 불법이었지만 중앙 훈척들은 이를 축재의 수단으로 이용하였다. 납포를 많이 받을 수 있는 지역의 인사권을 쥐고 있어 공공연히 뇌물로 인사가 이루어지는 실정이 되었다. 이에 대립가는 점점 올라가고 백성들은 감당할 수가 없어서 노비, 중이 되거나 도망가는 일이 비일비재하게 되었다. 중종33년의 실록에는 이 현상에 대하여 '……심한 경우에는 일족 내에 두 사람이 도망하면 두

사람 몫을, 세 사람이 도망하면 세 사람 몫을 납부하여야 하니, 폐를 입음
이 첩첩이어서 이들도 지탱하지 못하고 결국 逃散하여버리고 만다. 이제 빈
이름만 남은 군사 몫의 가물을 채울 길이 없어 다시 일족의 일족, 이웃의
이웃에게 징수하게 되니 邑里는 날로 공허하여 갈 뿐이다'라고 하였다. 이밖
에도 지방의 유향소를 통해 상납물을 강제로 징수하고, 지방 특산물에 부과
된 공세인 貢納이 防納의 형태로 이루어져 백성들을 수탈해 가는 등 지방
수령과 유향소를 이용한 중앙 훈척 훈구세력의 부정부패가 극심했다.

   이런 속에서 政治圈에 나선 士林은 훈구세력을 신랄하게 비판한다. 훈구
세력의 부정의 확산은 곧 士林 자신들의 근거지인 향촌을 위협하는 것이었
다. 도덕성을 전제로 한 士林의 비판에 훈구세력은 궁지에 몰렸고 이 때마
다 사화를 일으켜 士林을 향리로 몰아내었다. 향리에서 士林들은 修己의 道
德的 側面에 더 큰 관심을 가졌고 이의 구체화인 소학을 근본 경전으로 숭
상했으며, 간간이 중앙에 진출하여서도 왕과 훈척들에게 修己를 요구하며
性理學的 公道에 입각한 政治를 주장하였다.35)

   性理學的 질서관은 修己에서 治人, 平天下까지가 연속선상에 놓이는 것이
지만 향촌에 물러나서의 士林들에게는 중앙이란 修己의 도덕성이 전연 없는
곳이었다. 이 때 이들에게는 중앙이란 향촌과 정확한 대척적 대응을 이루는
곳이다. 중앙에는 官이 있고 향촌에는 自然이 있다. 중앙에는 훈척세력이
있고 향촌에는 士林들 자신이 있다. 중앙은 修己的 도덕이 없는 부패한 곳
이고 향촌은 명분과 道가 있는 곳이다. 이런 생각은 勳舊와 士林의 極端的
단절을 가셔왔다.

---

35) 이상의 역사적 정황에 대한 논의는 주로 이태진, 『조선유교사회사론』, 지식산업
    사, 1990. 『한국사회사연구』, 지식산업사, 1986. 정치사적 정황에 대하여는, 최이돈,
    『조선중기 사림 정치구조 연구』, 일조각, 1994.에 의거.

> 심정이 기묘사화 후 '靑春扶社稷 白首臥江湖'의 시를 지으매, 꿈에 俠少가 칼을 들고 나타나 '네가 士禍를 일으켜 善類를 죽이고 宗社를 뒤엎어 놓고서 어찌 이런 시를 지을 수 있느냐'라고 꾸짖고 그 시를 '靑春傾社稷 白首汚江湖'로 고치도록 했다.36)

이는 士林이 훈구세력에 얼마나 적개심을 갖고 있는지를 보여주며, 그것이 실질 권력이 아니라 명분의 싸움이 되고 있음을 보여준다. 훈구세력은 권력은 강하고 명분은 약했으나 항상 명분까지도 가지려는 허세를 보였는데 이는 汚江湖 또는 盜名 시비로 번지기도도 했던 것이고 士林은 이에 대해서 극렬한 비난을 가했던 것이다. 이는 또한 退栗에까지 그리고 그후로도 계속 영향을 미쳐, 나아가는 것은 어쩔 수 없어 하는 것이고 眞樂은 물러나 自然에 있는 것이라는 태도를 갖는 것을 일반화했다. 聾巖이 漁父歌跋에서 '이 어부가를 얻어와 보이기로 내 보니 그 詞語가 한적하고 의미가 심원해서 읊고 나니 사람으로 하여금 공명을 벗어나 표표히 티끌 세상을 멀리 떠날 생각을 갖게 하더라' 한 것이나, 退溪가 농암의 어부가 跋文에서 '나는 ……벼슬살이를 하며 조정에 얽매어 있는 몸으로서 어찌 감히 강호의 즐거움을 말하고 고기잡이나 낚시질을 하는 俗外의 일을 논하겠는가'라고 한 것과, 栗谷이 '내가 과거에 응해서 求官함은 원래 祿을 타기 위한 벼슬에 불과한데 ……'라고 한 것이 모두 중앙의 벼슬살이와 향촌으로의 물러남을 양분하고 있고 후자에 精神的 價値를 둔다. 고기잡이나 낚시질 자체가 俗外의 의미를 갖는 것이 아니다. 그것을 出世하여 중앙에서의 삶과 비교했을 때 그 修己의 순수함과 도덕적인 맥락이 더해지기에 의미가 생기는 것이다.

결국 향촌에 속한 것은 士林 자신들, 自然, 道와 명분이었고 이것들은 士林 안에서, 士林을 축으로 하여 하나가 되었으며 그것이 時調로 표출되었을

---

36) 최진원, 『국문학과 자연』, 성균관대 출판부, 1986. 23쪽.

때 두 가지의 경향을 가지며 동시에 하나가 둘을 포섭하려 하게 된다.

自然 — 士林 — 道와 명분

여기서 士林派 時調의 두 경향이 같은 뿌리를 갖고 있음을 설명할 수 있다. 自然은 士林 자신들의 修己에 철저한 도덕적 순수함을 드러내는 매개인 것이다. 士林의 經學 時調는 학문의 근본원리의 확인보다는 실천적인 면모를 드러내는 것이었는데 이는 그 당시가 아직 性理學이 완숙하게 소화된 모습을 보이지 못한 때문도 있겠지만 그보다 훈구파의 비도덕적 행위에 대항하는 小學的 순수함은 이론보다 실천에서 찾아지는 것이기 때문이다.

이 두 가지 경향은 退栗에 와서 士林의 학문이 발전함에 따라 하나로 통일된다. 또한 이즈음의 단계가 되서야 비로소 性理學이 사회적 실천 사상의 수준을 크게 넘어서서 주자학 본연의 理氣의 本質的인 문제에 관한 이론을 정립하게 된다. 고려말에 주자학의 일단을 받아들여 鄕村으로 물러난 후 社倉制의 실시, 留鄕所 復立運動, 鄕飮酒禮와 鄕射禮 실천운동, 鄕約普及運動, 이 운동들의 저변에 깔려 잇던 小學普及運動 등의 향촌사회와 직결된 실천운동의 자기 소화과정을 거쳐 退栗에 이르렀다고 생각되는 것이다. 특히 이 운동들이 훈구세력의 부정을 비판하며 이루어지면서 士林 자신들에게는 修己의 自己 淨化 내지는 철저한 도덕의식의 함양을 요구하게 되는 것은 士林의 性理學이 心學化하는 것과 커다란 연관이 있다.37) 그것은 한편으로는 기듭되는 사화로 희생당하면서 그 반작용으로 임금에게도 治者로서의 修己를 요구하여 왕을 賢人化하려는 士林의 노력과 같은 맥락에 놓인다.

이것을 다시 도표화해 볼 수 있다. 자연은 본디 땅에 속한 것이지만 도와 연결되어 있다. 도는 하늘에 있는 것이지만 사람의 도로 화할 수 있다. 사

---

37) 박연호, 「조선 전기 사대부 교양에 관한 연구」, 한국학 대학원 박사 논문, 1994.

람은 하늘의 도를 저절로 알지 못하고 자연을 매개로 해서 그 질서를 내면
화해서 자기 규율적 도덕을 생성할 수 있다. 이러한 관계를 다음과 같이 명
료하게 보일 수 있다. 조선 전·중기의 사림이란 이 세 가지의 중간에서 이
들을 연관짓는 이론을 설정하고 그것을 구체적 현실로 실현하고자 했다. 아
래와 같이 도표화할 수 있는데 점선으로 보인 것은 자연적 상태에서는 서로
직접 연결되지 않던 것이 사림의 사상을 매개로 해서 연관을 맺는 것을 보
인다.

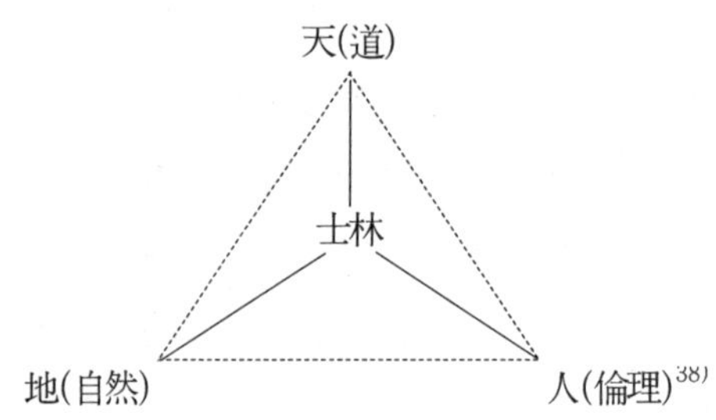

  이런 배경 속에서 이황은 『心經』을 중시하고 理를 만물의 근저에 놓는
철학을 구상했던 것이다. 그는 23세부터 『心經後論』을 지은 66세까지 43년
간을 한결같이 心經공부에 힘써왔고 자신의 학문이 이 『心經』으로 말미암아
분발되었고 이것을 평생 소중히 여겼으며 신명과 같이 믿었고 부모와 같이
높였다고 할 정도였다.[39] 『心經』을 근본으로 하여 體用을 논하며 理氣를
연관지을 때 體인 理를 그만큼 강조하게 된다. 심하게 말하면 理의 순수성
이란 도덕성 확보에 한 學問的 形而上學的 表現이다.[40] 이것은 바로 일상

---

38) 이 그림은 동학인 이강엽 선생의 의견을 따른 것이다.
39) 유정동, 「퇴계의 생애와 사상」, 『박영문고』 22, 1986 중판. 45쪽.
40) 『退溪集』 卷16 「答奇明彦別紙」, 所謂理字 …… 至虛而至實 至無而至有 動而無動
    靜而無靜 潔潔淨淨地 一毫添不得 一毫減不得 能爲陰陽五行萬物萬事之中 安有雜氣
    而 認爲一體 看作一物耶

에 내면화되는 형이상학적 근거를 마련하는 일에 다름아니었던 것이다. 이것은 또한 우리가 위에서 이황의 주된 관심으로 언급한 上達의 내용인 것이다. 그리고 그 시조문학의 표현이 바로 「陶山十二曲」이라 할 수 있는 것이다.

李珥의 시조와 이론은 李滉의 이론에 비해 기를 중시하고 현실적 상황을 李滉보다 더 많이 인정하는데서 논의를 시작한다.41) 李滉과 같이 李珥는 道心에 의한 질서 수립을 바라면서도 그와 달리 현실 현상과 더 관계 깊은 氣發만을 인정하고, 그와 같이 理氣 二元論者이면서도 그와는 달리 '氣 자체의 원리와 운동 과정을 인식과 실천의 주대상으로 삼은 主氣論者'42)인 것이다.

이 차이가 그들이 처한 현실의 차이에서 나왔음은 의문의 여지가 없다. 李珥는 이황보다 相對的으로 한결 士林의 위치가 안정된 때에 학업을 하고 政治活動을 했다. 退溪의 학설의 정립이 끝난 위에 그 이론을 비판하면서 李珥의 性理學설이 태동했다. 원론 위에서 현실을 운용할 수 있는 여유를 갖게 되었다.43) 退溪의 시가 더 道學的 觀念을 강요하는 느낌이 드는 것에 비해 栗谷의 시는 심하게는 무미건조함으로까지 오해될 수 있을 정도로 현상인 풍경의 나열에 그치는 觀照的 傾向을 갖는다는 점은 여기에 기인하는 것이다. 이를 김대행은, 이황의 자연에는 도구적 구실이 있는 반면 이이의 자연은 목적의식이 덜 드러난다고 지적했다.44)

卷13 「答李達李天機」, 理本其尊無對 命物而不命於物 非氣所當勝也
卷16 「與奇明彦」, 四端之發 詢理 故無不善 七情之發 兼氣 故有善惡
41) 『栗谷集』 卷 10 「答成浩原」 工中, 今人之心 直出於性命之正 而或不能順而遂之 間之以私意 則是始以道心 而終以人心也 或出於形氣而不咈乎正理則固不違於道心矣
卷31, 語錄 上, 本然之性 使之蔽者 氣也 使之復者 亦氣也
卷10, 「答成浩原」第3書,大抵發之者氣也 所以發者理也 非氣則不能發 非理則無所發 …… 天地旣無理化 氣化之殊 則吾心安得有理發氣發之異乎
42) 조동일, 『韓國文學思想史試論』, 지식산업사, 1978. 161쪽.
43) 이태진, 위의 논문, 위의 책, 143-144쪽.
44) 김대행, 『시조유형론』, 이대출판부, 1986. 323쪽.

이상에서 살펴 본 도학적 자연 시조는 조선조 유학적 세계관을 지닌 사대부 시조의 본령이었다. 도학을 안으로 품고 밖으로 주장하면서도, 자연을 매개로 해서 서정성을 확보하려는 노력의 소산이 문학적 성과로 나타났던 것이었다. 세계의 원리인 도학을 내면화하는 것은 개인이 세계의 원리에 동참한다는 의미를 준다. 그것은 개인의 일상이 파편화되고 무의미하게 진행되는 것을 막는다. 그것은 개인의 일상이 세계의 질서의 한 부분이라는 의미를 주어 존재의 충만함을 느끼게 하는 것이다. 이 점이 바로 다른 시가갈래에서는 이루어낼 수 없는 사대부 시조문학만의 특수성이자 본질인 것이다.

17세기 경부터 나타나기 시작하는 전가시조도 사대부의 향촌생활과 밀접한 관련을 맺는 것으로 보인다. 국가의 기틀이 흔들리기 시작한다는 지적은 이미 이이에서도 보이는 바이지만, 그것이 뚜렷하게 모습을 드러낸 것은 임진왜란이었다. 이로 인해 훈구관료지주층과 재지사족층에 의해 다스려지던 향촌질서는 완전히 붕괴되다시피 했다. 수많은 인명이 살상되고 전염병과 잇따른 흉년과 굶주림 속에 백성들의 삶의 기반이 무너졌다. 백성들은 왜적화, 도적화되고 노비들은 도망해서 농촌에 남는 사람이 없었다. 사학계의 연구에 따르면 마을의 인구가 난 이전의 6, 7분의 1에도 미치지 못했고, 전답의 전결수는 난전의 30-40%에 지나지 않게 되었다.45) 이것은 곧바로 이제까지 향촌사회의 유지기반이었던 공동체적 삶의 붕괴를 의미하는 것이었다. 사대부층 자체도 향안 등의 조직기반에 치명적인 영향을 받았다.

그러나 이것은 한편으로는 재지사족층에게는 관료지주층을 제압하고 향

---

45) 국사편찬위원회, 『한국사』31, 조선중기의 사회와 문화, 1998. 53쪽. 이하 역사적 사실에 대해서는 이 책과, 정진영, 『조선시대 향촌사회사』, 한길사, 1998.의 연구에 따랐음.

촌질서의 재건을 꾀할 수 있는 기회가 되기도 하였다. 이 향촌지배조직의
복구과정에서의 변화는 주목할 만한데, 그것은 사대부층은 서민층에 한 걸
음 물러나고, 서민층의 사회적 역량은 한 걸음 진전했음을 보인다. 그것은
다음과 같은 연구 결과로 요약된다.

> 그러나 농민의 계속적인 저항과 임란으로 인한 피폐와 혼란은 촌락 사회
> 에서 더 이상 사족 중심의 이해만을 강요할 수 없게 하였다. 촌락 내 농민의
> 안정, 즉 소농경제의 안정과 보호가 보다 적극적으로 모색되지 않을 수 없었
> 다. 사족의 농민 침학을 엄격히 규제하면서 동시에 농민 상호간, 또는 사족
> 과 농민 간의 상호 구휼과 부조를 강조하고 있었던 것은 이같은 사정을 반
> 영하고 있다.[46]

이것은 결정적으로 사족 중심의 일방적인 결사체였던 향약, 동계, 동약
등이 上下合契의 모양으로 나타나는 데서 알 수 있다. 향촌지배의 전반적 운
영 원칙을 담은 향규에 보이는 사족 자신에 대한 규정에서 사족층은 농민에
대한 침탈이나 무단토호적인 행위를 엄격히 규제하고 있다. 이것은 자기 규
제의 형태로 나타나지만 결국은 하층민에 대한 최소한의 양보였다.[47] 이것
은 이황의 「溫溪洞規」에서는 매우 고압적이고 권위적인 사족층의 입장을 보
이는데 반해, 17세기 전반이 되면 '강력한 통제나 지배의지가 무의미해졌다
고 할 만큼 완화되고 회유적인 것으로 바뀌었다'[48]는 것으로 잘 드러난다.

---

46) 정진영, 「16,17세기 재지사족의 향촌지배와 그 성격」, 위의 책, 243쪽.
47) 정진영, 위의 논문, 위의 책, 252쪽.
48) 이해준, 「향촌자치조직의 발달」, 국사편찬위원회, 위의 책, 45쪽. 다음 인용이 좋
   은 참고가 된다.
   '퇴계의 향립약조와 동중족계가 모두 좋은 법이나 변란 이후 인심이 날로 사나워
   져서 형장태벌로는 勸懲하기가 불가능하다.그런 까닭에 내가 부포동에서 별도로
   약조를 세워 인정으로 인도하고자 한다. 下人賤隷가 명분은 비록 다르나 천명을
   함께 받았으니 어찌 비천한 무리라 하여 권유하여 至善의 경지로 함께 돌아가지
   않을 수 있겠는가'(琴蘭秀, 洞中約條立議小職). 정진영, 「사족의 향촌지배조직 정

「전가팔곡」의 지은이인 존재 이휘일이 바로 향촌 사회의 질서에 힘쓴 사람이라는 점은 우연이 아니다.49) 그는 자신이 거주하며 「전가팔곡」을 지었던 梧村에서 「오촌동계」를 결성했다. 그 서문이 『존재집』에 남아있는 바, 그에 따르면 오촌동계는 위에서 본 바의 상하합계로 결성된 것이다.50) 그 글에서는 良家와 䝱戶를 이끌어 上下契를 약정하여, '널리 비옥한 땅에 빼어난 골과 숲이 있으니, 우리가 행실을 충실히 하고 예양을 숭상하고 자신을 수양해 남에게 미칠 것'을 다짐하고 있다.

이것은 곧 위로부터 아래로 일방적으로 제시되는 도덕률이 부정되고, 상하가 서로 자신들의 생활을 영위하기 위해 필요한 도덕을 용인한다는 것을 함축한다. 선험적이고 형이상학적인 도덕률이 부정되기 때문에 도학을 목적으로 하는 자연시조의 자연은 사라진다. 사대부가 일방적으로 제시하던 훈민시조처럼 직접적인 훈계의 모습도 사라졌다. 그러나 새로운 질서를 수립하기 위해서는 일정한 정도의 공동체적 윤리가 필요한 것이고, 그것은 권유와 협동의 모습으로 나타나는 것이다. 이것이 바로 「田家八曲」과 같은 田家時調가 '은거의 명분을 찾거나 교화를 베풀고자 하는 의도는 나타내지 않고, 농사일을 하는 수고와 보람을 어색하지 않게 표현'하는 결과로 나타나고, 위백규의 시조에 이르면 '그동안 사대부 시인은 농민의 처지를 노래한다 했지만, 손님의 자리에서 동정도 하고 간섭도 했을 따름이었는데, 여기서는 시인의 위치를 완전히 바꾸어 놓았으므로 손님의 관심이 도리어 우습게 된다'51)는 文學史的 評價를 낳은 이유일 것이다.

이상에서 본 바와 같이 전가시조는 그 속 내용은 전기 사대부 시조와 많이 달라졌으나, 향촌 사회를 영위하기 위한 공동체적 윤리를 지향하는 점에

비」, 국사편찬위원회, 위의 책, 72쪽에서 재인용.
49) 이상원, 「17세기 시조 연구」, 고려대학교 박사논문, 1998. 150쪽.
50) 『存齋集』 권4, 『韓國文集叢刊』 124. 민족문화추진회, 1993.
51) 조동일, 『한국문학통사』 3, 8.8.시조의 변이와 사설시조의 등장. 지식산업사, 1993.

서는 닮았다. 전기 시조에서는 그 윤리가 보다 형이상학적 근거를 마련하고 아래로 주어지는 교화성이 강했으나, 전가시조에서는 양보와 화합의 보다 생활적인 이유에서의 공동체적 윤리가 제시되었다.52) 그러나 사대부 시조가 이러한 공동체에 대한 관심을 지속시켰다는 점에 주목하는 것이 중요하다. 이것이 해체되면서 개인 감성 위주의 시조가 나타났고, 그것은 곧바로 사대부 시조의 해체, 나아가서는 고시조 문학의 해체로 이어졌던 것이다.

그리고 무엇보다 현대에까지 창작되는 시조문학이 이러한 원리를 수용하고 있지 못하기에 현대시조와 고시조는 질적으로 다른 것이다. 이광수나 최남선이 시조문학을 부흥하려는 노력을 기울였으나 그들의 시조는 바로 공동체적 의식을 각성하기보다는 개인적인 감성을 토로하는데 그쳤다는 점에서 고시조의 부흥은 난점을 갖게 된 것이다. 현대시조의 경우는 고시조보다는 최남선 등의 시조에 더 원류를 두고 있는 것으로 보인다. 공동체 윤리를 제시하고 그것을 내면화하는 단계까지 이르게 하는 문학의 역할은 사대부 시조문학의 존재 근거이자 특성이었던 것이다.

---

52) 이런 점에서 이들의 시를 생활시의 모습으로 이해하는 것이 타당할 수 있다. 김석회, 『존재 위백규 문학 연구』, 이회, 1995. ; 이상원, 「17세기 시조 연구」, 고려대학교 박사논문, 1998. 167쪽.
　　본고에서는 이런 점을 인정하지만, 전가시조가 아직 공동체 윤리 제시와 그 내면화라는 전기 사대부 시조의 잔영 속에 있다고 생각해서 '생활시'라는 용어를 사용하지는 않는다. 그러나 유학적 일상성의 시조의 한 범주로 조선후기의 전가시조류를 생활시로 묶어볼 수 있다고 생각한다.

5

일상성 시조의 진폭과 시조사적 의의

필자는 사대부 시조의 한 특성으로 二元的 要素의 對立이 나타난다는 점과 그 대립은 각기 독립적인 것이 아니고 중첩되어 나타나기도 한다는 것, 즉 自然을 소재로 하면서 理致 또는 興趣를 보이기도 하고, 理致를 드러내기 위해 自然을 소재로 하거나 人事를 소재로 할 수 있다는 것을 논한 바 있다.[1] 그 양상을 다음과 같이 정리할 수 있었다.

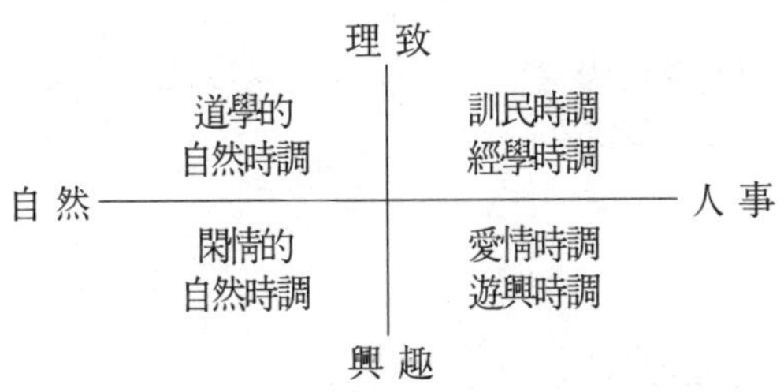

---

1) 신연우, 「조선조 사대부 시조의 이치-흥취 구현양상과 의미 연구」, 한국학대학원 박사논문, 1995.

이 중에서 본고에서 '일상성'이라는 범주 내의 논의 대상으로 삼은 것은 도학적 자연시조와 훈민 경학시조이다. 위에서 말한 바와 같이 유학적 의미의 일상성은 파편화되고 무의미하게 반복되는 일상을 제시하는 것이 아니다. 그것은 또한 현실을 초월해 버리거나 현실의 무질서를 그대로 반영하는 것도 아니다. 그것은 세계와 사회의 질서를 개인이 자신의 윤리로 내면화하면서 일상을 의미 있게 완성해 나간다는 뜻에서의 일상성이다. 그런 점에서 도학적 자연시조와 훈민 경학시조는 성리학자인 사대부의 일상성을 제시하는 전형적인 문학이다. 한정적 자연시조는 도학적 자연시조가 나타나기 직전의 이현보, 송순 등에 보였다가 임란 무렵부터 많이 나타난다. 이현보는 전체적으로는 도학과 관련을 갖지 않지만 「농암가」 같은 것은 연관지어 설명이 가능하다. 송순은 풍류를 위주로 하는 작품을 남겼다. 윤선도는 도학에서 멀어져 도가적 흥취를 드러낸다는 평을 받는다. 유흥 애정시조는 조선 후기의 사회 변화에 따라 양산되었을 것이다. 본고의 논의를 위해서는 훈민 경학시조와 도학적 자연시조 그리고 일부의 한정적 자연시조만이 대상이겠지만, 사대부 시조 내에서의 위상을 알기 위해서 전체 시조를 함께 놓고 논의하는 것이 유리하다. 그래야 표에는 보이지 않는 田家時調까지 논의할 수 있다.

각 항에 해당하는 시조를 들고 그 문학적 특성 특히 자아화의 정도를 중심으로 작품을 검토해 본다.

(가) 訓民時調
　　　몬져나니 後에나니 次序야 다룰지라도
　　　압뒤혜 둘녀셔 한 져즈로 기러낫다
　　　사룸이 이뜻들 모르면 禽獸마도 못ᄒ리(1493. 朴善長 『水西先生文集』)
　　經學時調
　　　니ᄆᆞᆷ 져버아 눔의 ᄆᆞ음 싱각ᄒ니

　　　나슬ᄒ면 늡슬코 늡됴ᄒ면 나도ᄒ니
　　　모로미 己所不念을 勿施於人 ᄒ리라　　　(791. 안서우『양기재산고』)

(나) 道學的 自然時調
　　　青山ᄂ 엇뎨ᄒ야 萬古애 프르르며
　　　流水ᄂ 엇뎨ᄒ야 晝夜애 긋디아니ᄂ고
　　　우리도 그치디마라 萬古常青 호리라　　　(4031. 이황『도산육곡판본』)

(다) 閑情的 自然時調
　　　山村에 눈이오니 돌길이 무쳐셰라
　　　柴扉롤 여지마라 날ᄎᄌ리 뉘이시리
　　　밤즁만 一片明月이 긔벗인가 ᄒ노라　　　(2075. 申欽.『악학습령』)

(라) 遊興時調
　　　곳픠면 돌싱각ᄒ고 돌붉음연 술싱각ᄒ고
　　　곳픠자 돌붉쟈 술잇스면 벗싱각하네
　　　언제면 곳알래 벗돌이고 翫月長醉 ᄒ련요　(295. 이정보.『해동가요』)
　　愛情時調
　　　이몸이 ᄭᅮᆷ이 되여 임의 침상 넌짓가셔
　　　분명이 현몽ᄒ면 놀나ᄶᅵ여 반기련이
　　　엇지타 수심의 못이른ᄌᆞᆷ이 그도어려　　　(3260. 이세보『풍아』)

　　(가)의 앞의 시는 훈민시조의 하나이다. 이 시는 형제간의 우애를 지킬
것을 교훈하는 것이다. 형과 아우가 세상에 나온 순서는 다르지만 한 어머
니의 젖을 먹고 자랐으니 마땅히 우애 깊어야 한다는 것이며, 그렇지 못하
다면 짐승만도 못한 사람이라고 꾸짖는 시이다. 이 시는 말하는 사람이 듣
는 사람에게 일방적으로 훈계를 전달하고 있다. 말하는 사람은 형제 우애라
는 도리를 아는 사람이며, 듣는 사람은 이치를 모르는 사람이어서 일방적으
로 전달하는 양식이 되었다. 듣는 사람 편에서 보면 이 시의 도리인 형제우

애는 자신의 체험으로 얻어지는 것이 아니다. 말하는 이의 가르침을 수용하기만 하면 되게 되어 있다. 듣는 이를 이 시의 자아라고 한다면 자아가 이 시에서 하는 역할은 아무 것도 없다. '차서가 다르다'든지, '한 젖으로 자랐다'든지 '금수만도 못하다'든지 하는 판단이나 '차서', '앞 뒤', '한 젖', '이 뜻', '금수' 등의 시어에 대해 듣는 이의 시적 작용은 전혀 없다. 그런데 자아를 말하는 이로 바꾸어 관찰해도 이 양상은 듣는 이를 자아로 했을 때와 변화가 없다는 사실을 주목할 수 있다. 말하는 이도 이 사실을 자기 체험에 의해 자아화해서 말하는 것은 아니다. '앞뒤', '금수' 등의 시어나 '한 젖으로 자랐다' 등의 어구는 자아에 의해 특정한 효과를 얻은 표현이 아니다. 그것은 누구에게나 동일한 지시적 의미를 갖는다. 시어를 함축적 언어 사용에서 특징을 찾는다면 이 시는 정형시이므로 시적인 형상을 강하게 갖지만, 그 전달의 표현방법 자체로는 산문적이라 할 수 있다. 이 시에서 함축성을 띠는 말은 '금수만도 못하다' 정도인데 이는 이미 상투화되어 고정적인 의미를 갖고 있는 말이다.

 이 시의 자아를 어느 쪽으로 보든 시적 자아가 시적 작용을 하는 것이 없는 이유는 무엇일까? 그것은 자아가 지시내용을 일방적으로 받아들이기만 하기 때문이다. 듣는 이가 말하는 이의 지시내용을 그대로 수용한다면, 말하는 이는 이미 식자들 사회에서 理致라고 공인된 내용을 그대로 수용한 것이다. 공인된 것은 자기만의 것이 아니다. 그것은 세계의 것이다. 즉 이 시는 세계의 공인된 지식이 작품 안으로 여과되지 않고 들어와서 청자에게 일방적으로 전달되는 시이다.

> 늘거니는 父母ᄀ고 얼우는 兄ᄀ투니
> ᄀ튼디 不恭ᄒ면 어듸가 다룰고
> 랄로셔 ᄆ디어시든 절ᄒ고야 마로링이다　　　(980. 주세붕 『무릉속집』)

夫婦라 히온 거시 늠으로 되여이셔
如鼓瑟琴ᄒ면 긔아니 즐거오냐
그러코 恭敬곳 아니면 卽同禽獸 ᄒ리라   (1851. 김상용『선원속고』)

ᄆᆞ올 사ᄅᆞᆷ들아 올ᄒᆞᆫ일 ᄒᆞ쟈스라
사ᄅᆞᆷ이 되여나셔 올치옷 못ᄒ면
ᄆᆞ쇼롤 갓곳갈씌워 밥먹이나 다ᄅᆞ랴   (1376. 정철『경민편』)

　이들 시조에 대해서도 마찬가지라고 말할 수 있다. 세계에 의해 공인된
지식이기 때문에 이들은 표현에 있어서도 상투성, 유사성을 띤다. 늙은이는
부모 같고, 어른은 형 같다든지 부부를 琴瑟로 비유한다든지, 짐승만도 못
하다든지 하는 표현들이 그렇다. 특히 이 경우 짐승만도 못하다는 말은 앞
에 보인 박선장의 시에서도 유사하게 나타난 것을 볼 수 있는데 필자는 이
러한 표현을 공통어구라고 부르고, 공통어구는 한 시대의 공통된 문화, 세
계관을 효과적으로 전달하는 구실을 하는데 적절하게 쓰였다는 점을 지적한
바 있다.2) 정철의 시조에서 마소를 고깔 씌워 밥 먹이는 것과 같다는 것도
같은 발상을 좀더 쉽게 표현한 것이다. 사실 정철 훈민시조의 장점이 바로,
훈민이라는 같은 내용을 전달는데 있어 주세붕 등은 한자어를 많이 사용해
서 접근하기 어려운 점이 있는데 반해, 일반 서민들에게 친근한 어휘를 사
용하고 있다는 점에 있다는 지적도 있다.3)
　경학시조의 예로 든 (가)의 두 번째 시조를 보자. 이 시조도 개인적 체험
에 의해 걸러진 표현이 없다. 내 마음을 미루어 남의 마음을 짐작해 본다는
이야기는 이미 유학 경전에서 닐리 알려진 바이고, 중장은 논어에서 직접
따온 구절이다. 어떤 시어도 자신에 의해 새로운 의미를 부여받거나 이미지

---

2) 신연우「어구결합방식을 통해 본 시조의 구성원리」, 한국학대학원석사논문, 1985.
3) 권두환,「목소리 낮추어 노래하기」,『한국고전시가작품론 2』, 집문당, 1992.

를 창조한 것은 없다. 다음의 경학시조들도 마찬가지 경향을 갖는다.

> 萬物을 삼겨두고 日月업시 살리러냐
> 方寸神明이 긔아니 日月인가
> 진실로 學問곳 아니면 日月食이 저프니라   (1399. 고응척『두곡집』)

> 忠信에 터를 닥가 智水仁山 面背허고
> 誠敬이 主幹ᄒᆞ여 天下廣居 經營허니
> 아마도 作之 不已ᄒᆞ야 드러볼가 ᄒᆞ로라   (4237. 조황『삼죽사류』)

고응척의 시조에서 만물, 일월, 방촌, 신명, 학문은 개인적 체험을 전혀 담고 있지 못하다. 이미 세계화된 지식을 시조라는 형식에 담아 본 것일 뿐이다. 만물에 해와 달이 필요하듯이 마음은 우리 몸의 해와 달과 같은 존재라는 것이 비유로써 제시되었으나 창조된 비유로써의 기능을 갖지 못한다. 학문이 아니면 우리 마음에 일어나는 일식, 월식이 두렵다고 한 것도 관념적으로는 그렇다고 할 수 있겠으나 체험적인 실감을 주는 데는 전혀 성공하지 못하고 있다. 조황의 시조는 충신, 仁, 智 등을 집터 잡는 것에 비유하고 있다. 이런 비유가 관념적이라는 느낌을 주는 이유 중의 하나는 집 터를 잡으면서 인의예지를 생각하는 사람은 현실적으로 생각하기 어렵다는 데 있다. 도학자가 집을 짓는다면 그럴 수도 있지만 도학자는 손수 집을 짓지 않을 것이고 집 짓는 사람은 대개 도학자는 아니다. 도학자가 집을 보면서 인의예지를 생각할 수는 있지만 목수가 집을 지으면서 인의예지를 생각하지는 않을 것이다. 결국 이 시조는 모든 사람이 보편적으로 수용할 수 있는 비유가 아니라 忠信 誠敬을 삶의 기본 양식으로 삼는 사람에게만 가능한 것이었고, 그것은 성리학이라는 이념적 테두리 안에서만 성과 있는 비유가 되었을 것이다.

그러나 이보다 더 중요한 점은 이 시조들도 훈민시조가 그러했던 것처럼 자신의 개인적 체험을 형상화한 것이 아니라는 점이다. 이 시들에는 시인 개인의 정서가 드러나지 않는다. 이들 시조에 나타나는 시구들은 기존의 지식에 의해 공인 받고 객관화되어 있는 것들이다. 그리고 이 지식들은 세계에 관해 정보를 담고 있다. 세계가, 인간이 이렇게 생겨있으므로 이렇게 살아야 한다는 지시 내용을 전달하고 있는 것이다. 이 지식들은 작가나 서정적 자아에 의해 재창조되지 않았다. 세계에 의해 정리된 세계의 지식이 작품 안으로 그대로 들어와 있는 것이다. 여기에 시적 자아가 설 자리는 없다. 세계가 자아에 의해 걸러진 것이 아니라 작품 안으로 세계가 그대로 들어와 있는 것을 교술문학이라고 한다면4) 우리는 이들 시조를 교술시조라고 인정할 수 있을 것이다.

(나)의 시조를 살펴보자. 靑山과 流水로 대표되는 자연과 우리로 대표되는 人事를 대립시켰는데, 이를 세 가지로 정리해 볼 수 있다. '우리'는 자연과 대립된다. 만일 '우리'도 역시 자연이기만 하다면 초장과 중장은 사실 記述인데 반해 종장은 '―마라', '―하리라'와 같은 意志를 표현하는 당위 기술로 나타나지 않았을 것이다. 사람은 자연과 동치가 아니기 때문에 수양과 학습으로써라도 자연의 본성을 획득해야 한다는 주장이 성립되는 것이다. 둘째로 초장과 중장의 앞 半句는 자연이지만 뒤의 半句는 작가의 의견이다. '푸르르며', '긋디아니'는 것은 청산과 유수라는 物象의 일측면만을 기술한 것이며 그 측면은 전적으로 작가의 의견이 들어가 있는 관점이다. 이 부분이 대상 전체의 본질적 속성이 아님은 황진이 같은 시인이 '산은 녯 산이로되 믈은 녯 믈 아니로다'라고 읊은 것을 보아도 확실하다. 이황의 물과는 달리 황진이의 물은 주야로 흘러 변하고 있다. 그것은 물이 다르기 때문이 아

---

4) 조동일, 『한국소설의 이론』의 갈래이론을 따른다.

니라 물을 보는 사람의 마음과 의견이 다르기 때문이다. 그런데 '프르르고, 굿디아니'는 산과 물의 속성은 이황 자신에게 있어서는 자기의 개인적인 의견이라고 인식되지 않고 오히려 틀림없는 사실 기술로만 여겨지고 있다. 그리하여 셋째로 초장과 중장은 전체가 자연을 기술한 것이 되며, 종장은 인사를 기술한 것으로 대립된다.

이 시에서의 각 소재가 된 시어는 위의 훈민시조, 경학시조와는 달리 세계 그 자체가 작품 내로 직입되어 있는 것은 아닌 것 같다. 전기한 대로 우리의 현실적인 경험으로는 산이라고 항상 푸르기만 한 것은 아니며 물이라고 항상 흐르기만 하는 것은 아니다. '만고에 푸르고 주야로 그치지 않는다'는 것은 시인이 파악한 청산과 유수의 모습인 것이다. 그러기에 시인이 다르면 파악한 내용도 다를 수 있었다. 그렇지만 이 시에서 시인은 청산과 유수를 완전히 자아화하지는 않는 태도를 보여준다5). 그것은 각 서술어의 주체를 靑山과 流水로 함으로써 초장과 중장의 내용 자체를 동어반복적인 항진명제로 만들어 버리는 것에서 볼 수 있다. 주어인 청산과 유수에는 이미 서술어의 내용인 푸르며 흐른다는 내용이 포함되어 있는 것이다. 그러니 그것은 시인 자신의 의견이 아닌 것이다. 靑山이 푸르고 流水가 흐르는 것은 시인 개인이 간섭해서 변화시키거나 주관적으로 달리 인식할 수 있는 것이 아니다. 앞의 황진이의 시조에는 그냥 산과 물이라고 되어 있다. 이것은 산에서는 항상성을 보고 물에서는 변화성을 보는 것이 시인 자신의 관점에 의해 자아화된 시각이라는 점을 명기하고 있는 것으로 보여 이황의 시조와 크

---

5) 조규익도 이황의 시에 대해 '소재들에 대한 시인 자신의 감정 이입이 이루어지지 않고 있다', '사실상 퇴계의 노래들을 서정시로서 성공했다고 볼 수는 없을 것이다'라고 말하고 있다. 그러면서도 같은 책의 주세붕을 언급하는 자리에서는 '그것이 퇴계단계, 예컨대 도산십이곡에 이르면 문학적으로 승화되고 있다'고 하여 둘의 변별성을 드러내고 있다.
　　조규익,『가곡창사의 국문학적 본질』, 집문당, 1994. 150쪽, 172-3쪽.

게 다른 것이다.

　종장에서도 이 시가 완전한 자아화가 이루어지지 않았음을 지적할 수 있다. 종장은 '우리'도 청산과 유수를 닮아 만고상청할 것을 기약하고 있다. 청산과 유수를 자연이라고 한다면, 우리가 자연을 지향하는 것이다. 우리가 자아를 포함하고 있는 것이라면 자연은 자아와 우리가 아닌 밖의 것 곧 세계이다. 이 시는 세계를 우리화, 자아화하자는 것이 아니고, 자아 또는 우리가 세세화되자는 시인 것이다. 예를 들면 서정주가 '이제는 돌아와 거울 앞에 선 내 누님 같이 생긴 꽃이여'라고 했을 때, 서정적 자아는 국화를 누님의 이미지로서만 채용할 뿐이지, 자아가 국화화되지는 않는다. 곧 세계를 일방적으로 자아화할 뿐이지, 자아를 세계화시키지는 않는 것이다. 다음과 같은 시조는 그 점을 극명하게 보여준다.

> 孔孟의 嫡流이 ᄂᆞ려 晦庵ᄭᅵ 다다ᄅᆞ이
> 精微 學文은 窮理正心 넓닐넌늬
> 어더타 江西議論은 그를 支離타 ᄒᆞ던고　　　　(325. 張經世『사촌집』)

　孔孟, 朱子, 窮理正心 등 세계의 지식이 시조에 직접 들어와 있으며 자아의 작용을 압도한다. 자아는 전혀 자아로서의 역할을 하지 않고, 세계에 의해 이끌린다. 세계가 정해주는 내용을 따르기만 하면 될 뿐이다. 자아는 자아를 주장하지 않고 세계의 질서에 포용되고자 한다. 세계를 자아화하기는커녕 세계에 의해 자아가 세계화된다. 바로 교술의 본령인 것이다.

> 高山九曲潭을 사ᄅᆞᆷ이 모로더니
> 誅茅卜居ᄒᆞ니 벗님ᄂᆡ 다 오신다
> 어즈버 武夷를 想像ᄒᆞ고 學朱子을 ᄒᆞ리라　　　(256. 이이. 『악학습령』)

「高山九曲歌」 첫째 수이다. 고산 구곡담에 띠집을 짓고 벗님을 부르는 것은 '무이를 상상하고 주자를 배우기' 위해서이다. 초 중장은 자연에 묻혀 사는 모습을 그려서 자아의 삶의 확보가 이루어진 듯하고 벗님을 부르는 모습에서는 어느 정도의 흥을 느낄 수 있을 정도이다. 그런데 종장의 무이와 주자는 자아화되지 않은 세계를 제시하고 있다. 자아는 무이와 주자를 따라서 세계화되고자 하고 있다. 그렇다면 초중장의 高山九曲潭, 주모복거도 순수한 자연의 흥을 위해서가 아니라 학주자라는 도학적 목표를 위해서라고 말할 수 있다.

高山九曲潭이란 무엇인가? 그것은 일반 사람이 모르는 곳이다. 시인이 그곳에 집을 짓고 살면서야 벗님이 온다는 것은 시인이 高山九曲潭의 경승을 먼저 알고 나서 사람들에게 알려주니 사람들이 그제서야 경승을 알아보았다는 것이다. 그 경승의 모습은 '무이를 숭상하고 학주자를' 해서 알아볼 수 있는 것이다. 곧 高山九曲潭은 학문으로 이룰 수 있는 도학의 경지이다. 이 경지는 「高山九曲歌」에서 여러 차례 경치로 표현된다. 3연에서 '花岩에 春晩한 勝地를 모로니 알게혼들 엇더리'하는 것, 10연에서 눈 속에 묻힌 奇岩怪石을 '遊人은 오지 아니ᄒ고 볼 것 업다 ᄒ더라' 등이 그것이다. 율곡이 읊은 자연의 경치는 도학의 경지를 비유적으로 드러낸 것이고 그 도학은 자아화된 것이 아니고 세계의 것이어서 결국 「高山九曲歌」의 경치는 순수하게 시인의 정감을 담고 있는 정서적 등가물이라고 하기 어렵다는 것이다.

(다)의 시조는 신흠의 시조이다. 이 시에 나타난 자연 소재-산촌, 눈, 돌길, 시비, 일편명월-는 다른 목적을 위한 도구로 쓰이지 않는다. 목적이 있다면 자아의 감정에 봉사하는 것이다. 시비를 열 필요가 없는 것은 자아가 '나를 찾을 사람이 없을 것'이라고 생각하기 때문이다. 사립이 있고 그것을 여닫는 것은 '나'를 위해서 만은 아니다. 그런데 이 시의 자아는 날 찾을 이

가 없으니 사립을 열 필요가 없다고 한다. 이것은 사물을 자아 중심으로 생각하기 때문이다. 이 점은 위에서 살펴본 훈민시조, 경학시조, 도학적 자연시조와 다른 것이다. 그들 시조에서는 자아가 자아를 주장하지 않고 세계의 질서와 관념을 수용하려는 경향이 농후하였는데 이 시조는 반대로 세계내의 소재를 자아 편으로 끌어들여 해석한다. 즉 세계를 자아화하는 것이다. 一片明月을 자신의 벗이라고 생각하는 것도 그러하다. 달을 자기화했기에 가능한 표현이다.

> 十年을 經營ᄒ야 草廬 한 間 지어너니
> 半間은 淸風이요 半間은 明月이라
> 江山을 드릴듸 업스니 둘너두고 보리라   (3570. 송순.『악학습령』)

　송순의 이 시조는 전부 허구이다. 십 년을 경영하여 초가 한 간을 지었다는 것도 풍류를 조선 시대의 이념에 맞게 검박하게 드러낸 것일 뿐이지 진짜 송순이 초가 한 간에 살았다는 것은 아니다. 그 초가 한 간에 반간은 청풍을 반간은 명월을 들인다고 했으니 세간은 하나도 없는 셈이다. 그러고 보면 사실은 집을 지은 것도 아니다. 몸을 바로 누우면 청풍이 지나가고 반대편으로 눈을 돌리면 명월이 보인다는 것이니 그저 자연을 벗삼아 산다는 말 이외의 다른 뜻이 아니다. 그렇지만 이 허구는 진실을 담고 있다. 이 진실은 세계의 진실이 아니라 서정적 자아 자신의 진실이다. 청풍도 내 집안에 두고 명월도 내 집 안에 둔다. 강산도 내 것인 양 내 집 뒤에 둘러두고 본다. 청풍도 명월도 강산도 나를 위해 있다. 내 것으로 자아화한 것이다. 자신의 감정의 순수한 기쁨을 감추지 않고 표현하기에 이런 시에는 흥취가 있다. 그것은 다른 무엇을 위해서가 아니라 바로 자기 자신을 위해서이다. 외적인 목적을 위해서가 아니라 내적인 충만함에서 오는 그 순간의 기쁨이다. 사물, 세계 편에서 나를 조망하지 않고, 자아의 편에서 세상을 조망한다. 자아와 세계는 상대적 크기를 갖는다. 세계가 커지면 자아는 작아진다. 자아가 커지면 세계의 크기는 줄어든다. 자아가 커지면 세계에 대한 두려움이 없고 자신감이 많아지는 데서 여유가 생긴다. 자아가 지나치게 크면 과대망상증으로 흐를 염려가 있지만, 자신을 잃지 않기 위해서는 세계를 자기화하는 자아의 능력을 인정할 필요가 있다. 그것은 세계가 지나치게 커지고 자아가 위축되어 생기는 피해망상증의 증세보다 자아에게는 유리하다.

위에서 살펴 본 신흠의 시조에 비해 송순의 한정적 자연시조는 시적 자아가 여유가 있어 보인다. 신흠의 시에서 자아는 사립문을 닫고 '밤중만 일편명월'이 벗이라고 해서 세상과의 인연을 막고 안으로 폐칩하는 자세를 보인 것에 비해 송순의 시조는 자연을 사랑하지만 인간을 막기까지 하는 느낌을 주지는 않는다. 그런데 사대부 시조에 있어서는 신흠의 시조와 같이 자연과 인세를 양분하고 인세를 피하는 방법으로 자연을 선호하는 작품이 무척이나 많다.

> 千尋絶壁 섯난 아래 一帶長江 흘너간다
> 白鷗로 버즐 삼아 漁釣生涯 늘거가니
> 두어라 世間 消息 나난 몰나 하노라　　　(3913. 권구『屛谷先祖內政篇』)

> 내 셩이 게으르더니 하놀히 아르실샤
> 人間萬事를 혼 일도 아니 맛뎌
> 다만당 드토리업슨 江山을 딕히라 호시도다　(806. 윤선도『고산유고』)

어부의 생애를 회구하면서 백구와 벗하는 것은 시조에 가장 많이 등장하는 소재일 것이다. 그들 시조마다 세상과의 절연을 공공연하게 강조하고 있다. 이것은 성리학, 유학적 세계관과는 어긋나는 것으로 여겨진다. 유학은,

도가 실현되지 않는 세상에서는 은거를 인정하지만, 은거해 있더라도 바른 정치에 끊임없이 관심을 갖고 있어서, 현실과의 절연이나 현실로부터의 도피를 꾀하지 않는 것이 마땅한 것으로 본다. 두메산골에서 생전 벼슬 근처에도 가 보지 못한 사람이라도 유학하는 선비라면 임금을 염려하고 중앙의 정치를 근심하고 마음 속으로는 항상 참여하고 있어야 하는 것이다. 그런 태도와 이들 시조는 경향이 다르다. 이황은 계속 벼슬을 사임하고 은거를 택했지만 그의 시조는 현실에서 벗어나는 것이 아니다. 그의 시조는 학문을 닦고 마음을 수양하고 다른 사람을 성현의 학문으로 인도한다는 유학적 자세에서 한 발자국도 물러나 있지 않다. 이황 자신은 현실에서 물러나는 것이 멋은 있을 지라도 선비가 할 일은 아니라고 하고, 그러한 태도는 노장적인 것이라 하며 극렬히 비난했다. 그가 인지한 대로 위의 현실을 절연하려는 태도를 가진 시조들은 도가적 경향을 갖는다고 말할 수 있다. 유학자 개인이 다른 글에서는 정통 성리학자다운 태도를 보였을 수도 있다. 여기서 말하는 것은 그러한 다른 글까지 언급하는 것이 아니고 시조에 나타난 표현만을 고려할 때 그러하다는 것이다. 그리고 그와 같은 관점으로 볼 때 도가적 경향을 띠는 한정적 자연시조가 상당히 많다는 것에 주목하는 것이다.

이와 같이 현실과 자연을 양분하고 자연을 택하는 것은 자아의 일방적인 즐거움을 위하는 것이 되기에 퇴계가 경계한 것이다. 혼자 즐기는 것은 쉽다. 그러나 그것은 사회적 인간 유학적 관점의 인간이 취할 길이 아니다. 자아가 자연을 택하는 것은 자연이 자신에게 싸움을 걸지 않기 때문이다. 현실은 자신이 마음대로 해석할 수 있지 않다. 자연은 자신이 편한 대로 해석할 수 있기에 마음이 즐겁다. 도가적 자연시조는 그러한 마음의 즐거움을 추구하는 것이기에 성리학의 이념에 충실한 유학자에 의해 거부될 수 있다. 그러나 도가적 자연시조의 경향을 보이는 작가라 해도 자신의 개인적 즐거움만을 위해 자연을 선호하는 것은 아니라는 태도를 보이기 쉽다. 어느 정도는 도학에서 벗어나는 것만은 아니라는 태도를 갖는 것이다.

> 山頭에 閑雲이 起ᄒ고 水中에 白鷗이 飛이라
> 無心코 多情ᄒ니 이 두 거시로다
> 一生애 시르믈 닛고 너를 조차 노로리라　　　(2029. 이현보『농암집』)

　한운과 백구를 따라 즐기는 것은 無心코 多情하기 때문이다. 무심은 私心, 즉 개인적 욕심이 없는 것이다. 한운과 백구라는 자연물을 인간이 갖는 개인적 욕심, 탁한 기질에 의해 굽어져 있는 마음이 없는 것으로 상정하고 그 점을 배우겠다고 하는 것이다. 그리하여 한정적 자연시조는 세계를 자아화하기는 하지만 세계에 대해 계속 관심을 갖는 것에서 완전히 벗어날 수는 없는 것이다. 도가적 이치를 따르는 경향이 있어도 본인들은 도가적 경향을 따르는 것이라고 인정하지 않고 다만 은둔의 경향을 갖는 것이라고 말함으로써 세계의 질서를 완전히 망각하지는 않은 태도를 갖는 것이다.

　(라)의 시조는 위의 시조들에 비해 자아의 작용이 더욱 강해진다. (라)의 앞 시조에서 이정보는 꽃, 달, 술, 벗을 연결시키고 있다. 이 시에서 꽃이나 달은 술과 벗을 위해 존재한다. 꽃과 달은 퍽이나 다양한 의미를 가질 수 있는데 여기서는 벗과 술 마시는 풍류의 배경으로 한정되고 있다. 벗이야 나와 술 마실 마음이 있건 아니건 내 마음이 그렇다는 것이다. 이 소재들은 서정적 자아의 즐거움을 위해서만 소용이 된다. 그리고 이 즐거움은 도학, 이치, 학문 등을 위한 것이 아니며, 자아만의 내면적 순수한 즐거움 그 자체인 것이다. 춤출 때의 즐거움과 같이 그 자체로 즐거움을 주는 것을 우리는 흥취라고 말했다. 이 시는 흥취를 위해 창작된 것이다.
　이세보의 시조도 서정적 자아가 세계에 가하는 능동적 힘을 느낄 수 있게 한다. 자아는 꿈이 되어 님에게로 건너가고 싶어한다. 현실적으로 자아가 마음대로 꿈이 될 수 있는 것은 아니다. 꿈이 돼고자 하는 것은 자아의 의지이다. 임이 놀라 깨어 반긴다는 것은 자아의 일방적인 생각이다. 이 시는 님의 마음 상태를 보여 주지 않는다. 세계를 자기 뜻대로 변형시킬 수 있기를 바라는 것이 서정적 자아임을 이 시는 보여준다. 위에서 고찰한 바, 이치를 추구하는 시조들이 자아를 세계의 뜻에 맞추려는 노력을 보여주었던 것과 상반되는 모습이다. 이 경우 자아와 세계는 흔히 어긋난다. 자아가 세계에 맞추려는 노력을 보이지 않기에 세계는 자아와 대립하고 갈등한다. 이러한 대립은 서정시에서 중요한 수사적 도구인 역설을 낳는다. 꿈이 되고 싶으나 꿈이 될 수 없다는 것이다. 이 역설은 김상용의 시조에서 선명히 제시된 바 있다.

> 사랑이 거짓말이 님 날 사랑 거짓말이
> 꿈에 와 뵌단말이 긔 더욱 거짓말이
> 날갓치 줌 아니 오면 어늬 꿈에 뵈리오   (1991. 김상용.『악학습령』)

님을 보고 싶으면 잠을 자야 하는데, 님을 보고 싶어서 잠이 오지 않는다. 님을 보고 싶은 것이 서정적 자아이다. 세계는 자아의 이러한 소망을 이루어 주지 않는다. 그러나 자아는 세계의 힘에 굴복만 하지 않는다. 자아는 역설을 통해서, 잠이 오는 사랑보다 잠이 오지 않는 사랑이 더 큰 것임을 말하고 있어서, 사랑을 현실에서 이루지 못하게 하는 세계의 힘을 이기고 결국 세계를 자아의 사랑의 크기 안에 용해시켜 버린다.

그렇지만 사대부들의 유흥시조, 애정시조는 대부분 진정한 의미로 세계를 자아화하는 데는 실패하고 있는 것으로 여겨진다. 김소월의 진달래꽃에서 '가시는 걸음 걸음 놓인 그 꽃을 사뿐히 즈려밟고 가시옵소서'를 보자. 이 진달래꽃은 자아 자신이 된다. 이 꽃은 전혀 관념적이지 않다. 세상의 많고 많은 진달래꽃은 하나도 중요하지 않고 내가 님의 앞에 뿌린 그 진달래꽃만 중요하다. 그것이 바로 님 앞에 밟히는 자신이기 때문이다. 세계가 마련한 진달래꽃은 이 시에서는 자아를 나타내는 데에만 의미가 있다. 사대부 시조의 자아화는 일반성, 추상성, 관념성을 띠는 경우가 상대적으로 많다. 임을 그리워함에는 으레 꿈을 등장시킨다. 이 꿈은 자아의 특수한 상황을 특수하게 표현하지 못하고 상투어가 되는 경향이 농후해지는 것이다. 또 하나는 사대부의 유흥시조에는 비극성을 띠는 것이 적다는 것이다. 가장 드러나는 것이 애정시조에서 사랑이 이루어지지 않는 것에 대한 한탄이고 그 외에는 대부분 놀이의 흥취를 벗어나지 않는다. 이것은 세계와의 간극이 첨예화되지 않는다는 뜻이며, 이 경우 자아화의 강도는 훨씬 약해지는 것이다.

이제까지 살펴 본 네 종류의 사대부 시조의 유형적 차이는 작품 안에 존재하는 세계와 자아의 힘의 분포의 차이에 따라 다음과 같이 변별할 수 있다. (가) 훈민시조, 경학시조는 자아의 정서적 작용은 없고 세계만 드러나 있는 시조이다. (나) 도학적 자연시조는 자아의 작용을 겉으로 내세우나 사실은 세계를 드러내는 것으로 자아는 세계의 질서에 따르는 것을 기본으로 삼는다. (다) 한정적 자연시조는 세계의 질서가 아닌 자아 자신의 정서적 만족을 목적으로 삼아 세계를 자아의 정서를 만족시키는 수단으로 삼는다. 그러나 세계의 이치를 치지도외 할 수는 없어서 세계의 질서를 받아들이는 자아의 심리를 보인다. (라) 유흥시조, 애정시조는 자아의 작용만이 두드러지는 시조이다.[6]

---

[6] 이러한 고찰에서 주의해야 할 점이 있다. 먼저 위의 고찰은 유형의 변별성에 관한 두드러진 차이를 보인다고 해도 결국은 서정 갈래 내에서의 자아와 세계의 대립을 보인다는 것이다. 따라서 위에서 세계라고 해도 이미 일차적으로 자아화된 세계이며, 자아 내에서의 세계인 것이다. 가령 도학을 주장하는 자연시조에서 도

여기서 자아와 세계와 자연의 관계를 생각해보자.

자아는 자신의 흥취와 신명을 마음껏 드러내려 하고 세계는 자신의 보편적이고 객관적인 이치 또는 법칙을 예외없이 적용하려 한다. 그래서 자아와 세계는 대립관계이다. 자아의 흥취를 확대할수록 세계가 마련한 이치를 받아들이기 어렵다. 세계의 이치가 엄중할수록 자아의 자기 감정 표현은 억제된다. 이 둘은 각각 주체가 될 수 있다. 자아를 주체로 놓고 생각을 해보자. 세계는 자아에 대하여 反主體의 위상을 갖는다. 여기에 자연이 매개항으로 들어가서 생기는 효과가 있다. 이치인 자연은 세계의 이치를 자연을 매개로 해서 표현한 것이어서 세계의 경직성을 유화한다. 그래서 주체인 자아가 세계의 이치를 받아들일 여유 있는 심적 공간을 마련한다. 즉 이치는 자연을 통해 순화되고 자연은 이치를 담는 그릇이 된다. 이 둘은 서로 상보적 관계이다. 흥취인 자연은 이치인 자연처럼 자연을 표면에 내세워서 세계의 이치를 수용하는 듯 보인다. 그러나 사실은 이치인 자연에 반대되는 것이고 자아의 흥취와 같은 범주에 있는 것이다. 자아가 자신을 직접적으로 드러내는 상스러움을 자연을 통해 우아하게 완화한다. 그러고 보면 이것은 기호의 사변형으로 정리가 됨을 알 수 있다.[7]

학, 이치도 사실은 이미 자아화된 후에 작품 내에 남아 있는 세계의 요소를 문제삼아 거론하였다는 점이다. 다른 하나는 이 분석은 이론적인 분석이어서 실제 작품에서는 이러한 경향들이 몇 가지씩 유착되어 나타나기 쉽다는 것이다. 또 한가지는 위에서 언급한 경향의 시조들 이외에 다른 경향의 시조들도 있을 수 있다는 것이다. 다만 위의 경향의 시조들이 사대부 시조의 다수를 차지하고 그로 인해 사대부의 시조의 본질적 성격을 이해하는데 도움이 될 것으로 상정하는 것이다.

7) 기호의 사변형은 김경용, 『기호학이란 무엇인가』, 민음사, 1994. 12장 신화의 창조, 참조. 기호의 사변형은 때로 이분화되어 형성되는 사고의 체계성의 한 측면을 잘 요약해 준다.

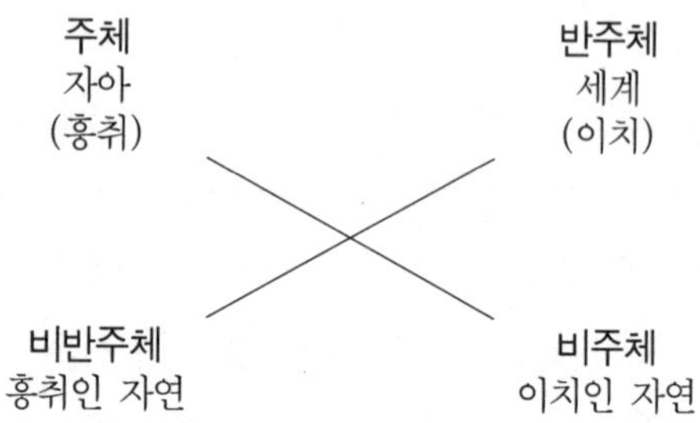

세계는 이치로 이루어져 있다고 생각하는 것은 합리주의적 사고방식이라한다. 15세기 사대부의 시조 문학은 조선 전기에 성리학이 정착과정을 거치면서 현상적인 기 속에 초월적인 리가 내재해 있다는 성리학의 기본 구도를 정형시에 의해 재현하면서 비롯되었다.

앞의 訓民時調를 고찰하는 자리에서 언급한 바 있는 대로, 訓民時調는 性理學을 사상적 배경으로 삼아 창작되었으며 性理學은 佛敎를 배격하여 일어선 새로운 학풍이라는 점은 주지의 사실이다. 이 점을 좀더 고찰하여 논의를 풀어나가도록 한다. 佛敎는 세계를 부정하는 시각을 갖고 있다. 세계를 부정함에는 객관 상황으로서 존재하는 세계를 부정함과 아울러 인식과 욕망의 주체로서의 나 - 自我도 부정하는 것이 포함된다. 이러한 부정의 이유는 삶의 괴로움 - 苦를 벗어나기 위해서이다. 佛敎는 한마디로 단정하면, 苦로부터의 벗어남에 관한 가르침이다. 부처 자신은 '나는 단지 苦와 苦로부터의 해방을 가르친다'고 했다는 것이다. 부처는 자신의 가르침을 실천하기 위해 苦의 원인이 욕망에 있음을 지적하고 욕망의 원인은 自我에 관한 집착임을 밝히고, 그 집착에서 벗어나는 것이 해탈이라고 했다. 그러자니 自我란 무엇인가를 고찰하게 되었고 自我는 자신 편의 自我와 함께 세계 편에도 自我가 있다는 것을 알고 自我에 관한 다각적인 논의를 편 결과 自我에 대한 집착에서 벗어날 수 있다고 했다. 이 경우 自我에 대한 집착에서 벗어나는 방법이란 自我란 있지 않다는 것을 통찰하는 것이다. 나의 自我도 세계의 自我도 고정불변의 실체가 있지 아니하고 因緣 또는 緣起에 의해서만 존재한다고 생각하기로 하는 것이다.8) 이 해결은 엄밀하게 말하면 해결은 아니다. 문제를 해결했다기보다는 해소했다고 보는 편이 정당하다. 예를 들자면 예수교에서 원수를 사랑하라고 가르치는 것은 일상인은 해결하기 힘든 문제를 제시한 것이다. 佛敎에서는 이 문제에 대해 '미워할 원수가 있어야지요'라고 대답하는 것이다. 그러나 일상적인 범주내의 일반인은 그 말을 들었다고 원수가 없어졌다고 생각하기는 어렵다. 눈앞에 있는 원수를 머릿속으로 없다고 생각할 수는 있겠지만 가슴은 뛰고 손발은 떨릴 것이다. 거칠게 말하면 佛敎적 해소는 현실의 문제를 관념적으로 해소함으로써 긍정을 유도한 것이다. 이는 먼저 객관적 현실세계를 부정하고 이어서 관념세계를 긍정하는 순서를 밟는다. 그 부정이나 긍정은 전면적인 것이다. 자신의 감각을 포함한 일체 세계를 부정하는 것이고 역으로 모든 문제가 해소되었다고 할 때에도 자신을 포함한 전체 세계의 문제가 해소된 것이다. 이 부정적 세계의 관념화는 실제 현실 세계를 버리고 떠나는 행위(捨離)에서 가치를 찾는 태도를 갖게 된다. 실제 보이는 것은 버리고 떠남이어서 佛敎는 전체적으로 '세계를 부정하는 태도'가 강조되어 나타난다.9)

「祭亡妹歌」나 「讚耆婆郎歌」 등의 鄕歌에서 보이는 崇高는 卑俗한 現實을 부정하고 정결한 관념 세계를 추구한 것이다. 조동일은 우리문학의 미적범주를 논하는 자리에서 이 특질을 '祭亡妹歌, 願往生歌, 禱千手觀音歌 및 普賢十願歌에서의 숭고는 종교적, 피안적 성격을 갖는다. 역사적 사회적 시공을 완전히 벗어난 존재이고 초월적인 신성성을 갖는 대상이어서 이들을 믿고 의지함으로써 〈있는 것〉의 제약을 청산하고자 한다'10)라고 지적한 바 있다.

---

8) 윤호진, 『無我 輪廻 問題의 研究』, 민족사, 1992. 78-93쪽.
9) 노사광, 『중국철학사(송명편)』, 정인재 옮김, 1987. 88-104쪽.

性理學은 佛敎의 부정적 태도에 반론을 제기한 철학이다. 원시유학의 삶에 대한 긍정적 태도를 잇고자 하여 佛敎를 異端으로 배척했으면서 동시에 性理學은 원시유학에는 부족했고 한당시대에 크게 발전한 본체론을 받아들여 인성론과 본체론을 연결하는 긍정적 세계관을 도출했다. 긍정적으로 본다함은 세계의 문제를 세계 내에서 해결할 수 있다고 간주하는 것이며, 그럴수 있을 정도로 세계는 충분히 합리적으로 구성되어 있다고 믿는 태도를 의미한다. 합리적이란 다른 말로는 理致에 대한 긍정이다. 다시 말하면 性理學은 세계는 理致가 실현될 수 있는 장소라는 肯定的 世界觀을 갖고 있다.

그런데 理致란 무엇인가 하는 문제가 새로이 제기될 수 있다. 性理學은 人性論을 本體論에 대한 설명과 연결해야 했으므로 그 理致를 객관 세계의 존재의 理致를 밝히는 것으로 시작하였다. 이는 天道라는 말로 표현되는 바와 같이 우주를 지배하는 보편 질서를 말한다. 千字文 서두에 단적으로 지적되어 있는 바와 같이 우주는 누가 창조한 것이 아니며 절로 생성 변화하는 것이지만, 그 안에는 엄연한 秩序가 있다. 이 질서를 理致라고 할 수 있다. 그러나 인간에 관해 말할 때는 우주 세계와는 달리 엄연한 질서를 말하기 어렵다. 주희는 이 두 학문을 통합시키면서 일관된 이론을 마련하기 위해 인성에도 질서가 있다는 관점을 취하였다. 그러고 보면 性理學은 理와 氣를 설정하면서 본체론에서 기인한 이의 질서의 순연함과 인성론에서 기인한 기의 어그러지기 쉬움을 혼합한 이론이다. 이는 곧 理에 대한 긍정과 氣에 대한 상대적 부정의 태도를 낳았다. 간단히 말하면 性理學은 佛敎의 전면적 부정에 비해서는 세계 肯定의 태도로 획기적 전환을 하였지만, 기를이의 발현을 저해하는 부정적 요인으로 간주함으로써 전면적인 긍정이 아니라 부분적인 긍정의 세계관을 갖게 되었다. 이 이중적 세계관은 이원론으로

---

10) 조동일, 「미적범주」, 『한국사상대계 1』 문학 예술 사상편, 성균관대학교 대동문화 연구원, 1973. 487쪽.

표현되었고 중시하는 부분에 따라 주리론적 경향과 주기론적 경향을 띠게
되었다.

　주리론적 경향은 理를 바로 드러내는 데 주력한다. 理致가 자명하니 그대
로 따르면 된다는 태도이며, 이는 訓民時調가 매개물을 거치지 않고 직접적
인 윤리적 교훈을 제시하는 태도인 것으로 사료된다. 주기론적 경향은 理가
스스로 발할 수는 없다는 견해를 견지해, 理를 아는 데는 氣를 통할 수 밖
에 없으니, 이는 道學的 自然 時調가 自然이라는 氣的 現象을 통해 이를 제
시하고자 하는 태도에 연결된다고 생각할 수 있다. 정리하자면 사림의 性理
學이 佛敎의 전면적 부정과 긍정을 지양하고 단계적 또는 부분적 긍정을 유
도해 내는 과정에서 그 유도의 과정이 한편으로는 訓民으로, 한편으로는 '自
然'으로 설정되었다는 것이다. 訓民은 직접적으로 단계적 긍정의 세계관을
매개과정 없이 전달하는 데 반해, 自然은 段階的 肯定의 媒介物이 된다. 自
然은 무조건의 부정과 긍정의 전면성이 아니라 부분적인 긍정으로 받아들여
지는데 그것은 自然이 갖고 있는 질서 때문인 것으로 여겨진다. 自然은 氣
의 淸濁으로만 보면 인간보다 훨씬 열등하다. 인간이 自然보다는 단계적으
로 긍정되는 것이다. 그러나 自然은 전체적으로는 인간이 따라가기 힘든 질
서를 갖고 있다. 봄 여름 가을 겨울의 질서와 봄이 되면 싹이 나고 꽃이 피
고, 가을이 되면 낙엽이 지는 등의 질서, 청산은 萬古에 푸르고 流水는 晝
夜에 그치지 않는 질서를 갖고 있는 것이다. 사림은 性理學을 한편으로는
이론적으로 정밀하게 연구해 나가면서 시조에 있어서도 한편으로는 訓民으
로 다른 한편으로는 自然으로 그 이론들을 실험하고 현실에 적용하였던 것
이다.

　　　　지아비 받갈라간ᄃᆡ 밥고리 이고가
　　　　반상을 들오ᄃᆡ 눈섭의 마초이다
　　　　친코도 고마오시니 손이시나 다ᄅᆞᆫ실가　　　(3785. 주세붕『무릉속집』)

형아 아익야 네 술홀 만져보와
뉘손듸 타나관듸 양주조차 フ튼손다
호졋먹고 길러나이셔 닷무움을 먹디마라   (4603. 정철 『경민편』)

이와 같은 시조들은 인간간의 관계에 대한 긍정에서 출발한다. 佛家에서 僧들이 가족이라는 기본 단위마저 떠나고 부정하는 태도와는 다르다. 이는 人間間의 관계가 합리적으로 성립될 수 있다는 믿음에 근거하고 있다. 형제간의 우애, 부부간의 윤리적 질서와 같은 요소들이 가족 관계를 가능하게 하는 理致들로 정립되었다. 이 理致는 개개인이 새삼스레 검증할 것이 아니고 이미 정립된 것으로 일방적으로 주어진다. 위의 시는 後漢 때 梁鴻의 아내인 孟光이라는 여인이 남편을 공경하기를 擧案齊眉로 했다는 중국의 고사를 끌어와서 권위를 삼았다. 오래 전에 중국에서 이미 정립된 理致이니 시비를 걸고 문제 삼을 것이 아님을 보인 것이다. 더구나 비판할 수는 더욱 없게 했다. 그 아래의 시는 한 부모 밑에 난 형제는 외모가 한 가지로 닮은 것과 마찬가지로 마음도 한 가지로 닮게 살아야 한다고 했다. 외모는 선천적인 것이고 인위적으로 바꿀 수 없는 것이다. 마찬가지로 형제간의 우애라는 마음의 理致도 선천적인 것이니 인위적으로 바꿀 수 없는 것이라는 논리로 理致를 확고히 하려 했다. 선천적이라면 그렇게 따르는 것이 順理라는 생각이 들게 했다. 이 시조들은 전제를 미리 갖고 있고 그 전제를 결론으로 제시하는 것이 목표이다. 과정상의 검증은 필요하지도 않다는 태도이다.

九曲은 어듸미오 文山에 歲暮커다
奇岩怪石이 눈 속에 무쳐세라
遊人은 오지 아니ᄒ고 볼것업다 ᄒ더라   (401. 이이. 『악학습령』)

聾岩에 올아보니 老眼이 猶明ㅣ로다
人事ㅣ 變ᄒᄋᄒ둘 山川이짠 가실가

岩前에 某水某丘ㅣ 어제본듯 ᄒᆞ예라　　　(928. 이현보『농암선생문집』)

이 시들이 드러내고자 하는 理致도 이미 정해져 있는 것이기는 하지만 직접적으로 보이지는 않고 있다. 먼저 高山의 九曲인 文山에 한 해가 저무는 겨울, 奇岩怪石이 눈 속에 묻혀있다. 그 광경은 아름다우며 사람들에게 보이고 싶다, 그런데 사람들은 볼 것 없다 하며 오지를 않는다. 기암괴석 위에 흰 눈이 덮혀 있는 모습을 제시하여 自然時調로서의 요건을 갖추었다. 그러나 정작 보여주고 싶은 것은 기암괴석의 모습이다. 그 모습은 기묘하게 아름답겠지만 눈 속에 덮혀 있어서 실상이 직접 눈에 들어오지는 않는다. 마찬가지로 세계의 理致는 절묘한 것이지만 눈 속에 덮혀 있어서 잘 드러나지 않는다. 그러나 와서 보면 눈 속에서나마 기암괴석과 같은 理致의 모습이 드러나 있는 것이다. 시에서 제시한 自然의 광경을 머리에 상상하면 경치에 관한 시인의 주장이 참이라고 느낄 수 있다. 그러니 理致에 관한 그의 주장도 참일 것이라는 유추로 독자를 이끌어 간다. 이미 정해진 理致이지만 사람들이 의심하고 비판할 수 있으니 自然을 매개로 하여 스스로 판단하게 하는 수법을 취한 것이다.

아래 시조에서는 聾巖이라는 자연물에 이르러보니 어둡고 침침하던 老眼이 오히려 밝게 보이는 경험을 나타냈다. 어두워진 老眼은 생리적인 것일 수도 있지만 세상에 나가서 名利를 취하려 자신을 더럽힌 데서 오는 老眼일 수도 있다. 자연은 인위에 의해 어두워진 老眼을 다시 淸淨하고 밝게 만드는 힘이 있다. 그 힘은 人事와는 달리 변함이 없는 본성을 갖고 있기 때문이다. 人事는 변하는 것이고 自然은 변하지 않는 것이다. 인사는 일성한 질서의 모습을 갖고 있는 自然에서 질서를 배워야 한다. 그 질서는 自然이 이미 마련해 놓고 있는 것이다. 인간은 그 질서를 확인하고 그대로 따르면 될 뿐이다. 그 질서가 인간에게도 있게 되면 굳이 自然를 찾지 않아도 '老眼이

猶明'할 것이다. 이 질서가 확인되는 것이 '암전에 某水某丘ㅣ 어제 본듯 ᄒ'다는 것이다. 某水某丘는 사실 변함이 없었다. 나의 老眼을 自然의 질서에 맞추자 老眼이 猶明해지면서 某水某丘의 불변함이 새롭게 인식이 되었다. 老眼이 되기 이전에 바라보던 自然의 질서를 새삼 깨닫게 된 것이다. 이 말은 老眼이 되기 이전의 밝은 눈이 있었음을 함의한다. 自然에 질서가 이미 내재하듯이 인간에게도 밝은 눈의 질서가 있었던 것이다. 그것이 명리에 혼탁해져서 老眼이 되었을 뿐이다. 이제 다시 명리를 거두고 본성의 밝음을 회복하여야 老眼이 猶明해진다는 것이다. 다시 말하면 본성의 밝음은 이미 존재하고 있던 것이며, 自然을 통해서, 매개로 해서 그 理致를 새삼 확인한 것이다.

  이러한 경향의 시조가 바로 유학적 일상성의 시조의 기틀이 된다. 자연을 무조건의 긍정이나 부정으로 보지 않고 단계적 긍정의 매개물로 보는 것은, 세계를 도의 구현처로 보면서도 그 도가 그저 얻어지는 것이 아니라 수양을 통해서만 획득가능하다는 생각으로 인도된다. 전체 긍정이나 전체 부정에는 점진적 학습과 수양이 들어설 자리가 없다. 도는 일상에 있지만 모든 일상이 도는 아니므로 배움과 수양을 제시할 근거가 마련되는 것이다. 그것이 삶의 일상의 모습이어야 한다는 것이 특히 조선 전기 사대부 시조의 문학적 이념의 기반이었던 것이다.

  앞에서 살펴본 바 초기 性理學과 訓民時調와 道學的 自然時調의 긍정은 부분적 긍정이다. 세계의 질서와 理致를 중시하여 그것에 맞춰서 인간이 갖기 쉬운 무질서와 혼탁을 제거하려는 것이기에 세계의 理致는 전반적으로 긍정이 되지만 세계의 理致와 일치하지 않는 경향은 부정되게 되어 있다. 그 중에서 가장 잘 드러난 것이 인간의 마음과 행동이다. 세계를 합리성의 기반 위에 구축한다는 것은 훌륭한 일이었지만, 性理學은 發源時부터 세계에 대한 이론과 인간의 심성에 대한 이론을 연결시키는 데서 어려움이 있었다. 그 어려움은 같은 이원론 내에서 주리적 경향과 주기적 경향의 의견의 불일치를 가져왔고 조선조의 경우에는 이황과 이이의 견해 차이로 대변되었고 이는 각각 訓民時調, 道學的 自然時調와 깊은 관계를 갖게 했다.

이 난제를 극복하기 위해서는 二元論이 아닌 一元論이 필요했다. 일원론의 방향은 唯理論과 唯氣論의 두 가지가 가능하다. 그러나 唯理論은 佛敎의 주관 관념에 대해 객관 관념이라는 차이는 있지만 순전히 관념적인 이론이라는 점에서 佛敎의 관념적 긍정의 모습과 유사성을 띠게 되며, 氣의 능동성을 부정한다는 점에서 性理學의 기본 전제와 모순되는 논리를 낳는다. 가능한 것은 유기론으로의 길 뿐이었는데 사실은 이것도 性理學의 理氣構圖라는 기본 구조를 벗어나는 것이기에 사고체계 또는 패러다임의 획기적인 전환이 필요했던 것이어서 쉽게 이루어지지 않았다.

> 임이별 흐든날의 니죽어 므르드면
> 못이져 싱각업고 이몸의 병안들넌이
> 엇지타 스라와셔 이 일를 셕여   (3476. 이세보『풍아』)

> 각씨네 곳을 보소 픠는덧 이우느니
> 얼굴이 玉叉튼들 靑春을 미얏실가
> 늙은후 門前이 冷落흠연 뉘웃츨까 흐노라   (73. 이정보.『해동가요』)

이와 같은 시조는 세계에 대한 肯定과는 다른 것이다. 세계는 구체적으로 임과의 죽기보다 싫은 이별, 늙어서 주름진 얼굴로 대변된다. 이깃은 전체 자연의 질서인 것으로 처리되면 그만이겠지만 사람은 그 세계의 질서에 順應하기만 하고 말 수는 없다. 앞의 시는 이별을 당해 병이 들고 그 고통이 너무 심해 이별하던 날 죽는 것이 낫겠다고 했다. 세계가 이별을 마련한 것에 죽음으로 대항하는 것이 낫겠다는 말이다. 그렇다고 세계를 꺾을 수 있는 것은 아니지만 적어도 세계와 同等한 위치에서 싸움이 벌어지게는 된다. (이 싸움이 실제로 벌어지면 敍事가 되겠지만 抒情인 이 시에서는 실제 싸움이 일어나지는 않는다. 세계를 대하는 心情이 그렇다는 것이다.) 그렇다면 世界의 힘에 대항하는 自我의 위치가 크게 格上된 것이다. 세계의 질서와는 다른 自我의 慾望이 세계의 질서에 대항할 만큼 성장했다. 전 세대에서라면 自我는 일방적으로 세계의 질서에 순응했어야 옳았을 터였던 것이다. 독자 편에서도 抒情的 自我를 불쌍히 여기게 되었다. 임을 그리워하고 이별에 슬퍼서 病이 드는 것에 어떤 정해진 理致가 있을 것이 없다. 自我의 情緖, 情感이 중요할 뿐이다. 그 정서는 작품의 표면에 드러나 있으며 따로 설정되어 있지 않고, 그렇다고 다른 理致가 내재하지도 않는다. 초기 시에서 보였던 것을 세계의 肯定的 受容이라 한다면, 여기 보이는 것은 인간 삶의 肯定的 受容이라 할 만하다.

꽃이 시들고 사람이 늙는 것은 자연의 理致이다. 사람의 힘으로 이 질서를 바꿀 도리는 없다. 그러나 사람은 늙기 전에 젊음의 상태를 만끽하는 것으로 자연의 질서에 대항할 수 있음을 뒤의 시조가 보여준다. 자연의 질서에 순순히 따랐다가는 '늙은후 門前이 冷落홈연 뉘웃'치게 된다. 뉘우치지 않기 위해서는 가만히만 있지 말고 사람 나름대로의 무슨 짓이든 해야 한다. 그것은 자연의 질서에 대립되는 인간 삶의 실상을 보여주며 자연의 질서보다는 인간 삶에 더 애착을 갖고 긍정하는 모습이다. 질서는 理致를 통해 깨달아야 하지만 이 시는 질서를 찾자고 나서지 않았고 玉같은 얼굴일 동안 즐기라고 했다. 그 즐김은 다른 목적을 위한 것은 아니다. 다른 목적을 찾는 합리성을 벗어 던질 때 그 자리에 興趣가 들어서게 되었다.

몽도리에 붉은 갓 쓰고 칼들고 너펼면서

잡소리 지저리고 帝釋軍興 請하누나
새도록 장고북 덩덩덩하며 그칠줄을 모른다   (1496. 권섭『옥소고』)

ㄱ을 打作 다흔 後에 洞內모화 講信홀쎄
金풍헌의 메덧이예 朴권농의 되롱춤이로다
座上에 李존위는 拍掌大笑 흐더라   (50. 이정보.『악학습령』)

이 시조들은 愛情을 다룬 것이 아니고 세상살이의 모습을 소재로 하고
있지만 愛情時調와 맥이 닿는 면이 있다. 앞의 시조는 무당이 굿하며 춤추
는 굿청의 모습을 묘사한 것이다. 우선 士大夫의 時調에 무당 굿이 등장하
였다는 사실부터가 예사로운 일이 아니다. 또 사대부가 혹시 무당 굿을 소
재로 했다면 미신을 비판하면서 근엄한 훈계를 곁들였음직 한데 그것도 아
니다. 이 시는 그저 단순히 무당의 굿하는 모습을 본대로 그렸을 뿐이다.
갓 쓰고 칼 들고 춤추고, 제석풀이를 부름에 반주악기가 그칠 줄을 모른다
는 것이다. 행위에 빠져드는 興趣만 있고 理致의 顯現이나 善惡, 好惡에 대
한 평가는 없다. 뒤의 시조도 가을 타작 후에 마을 잔치의 흥겨운 모습을 그
저 보이는 그대로 나타냈을 뿐이다. 座上의 李존위도 拍掌大笑할 뿐으로 理
致를 추구하는 사대부의 모습과는 거리가 멀다. 이런 시조는 특정 목적을 위
한 삶을 벗어 던질 때 얻어지는 興趣의 모습을 강조하고 있다고 할 것이다.

日月도 녜과 굿고 山川도 依舊흐되
大明文物은 쇽졀업시 간더업다
두어라 天運이 循環흐니 다시볼가 흐노라   (3440. 이간.『악학습령』)

이 시는 과도기적 혼란의 징후를 보이고 있다. 日月과 山川이 依舊하다는
것은 전기 사대부들이 항상 확인하고 안심했던 理致의 顯現이다. 사람은 그
저 그 理致만 따르면 될 뿐이었다. 그런데 이상하게도 自然는 의구한데 自

然의 理致를 따르던 中華의 나라인 大明은 속절없이 멸망하고 말았다. '天運이 循環ᄒ니 다시볼가'한다고 했지만 이미 오류를 보인 理致가 다시 원상으로 회복된다는 것을 보장하기에는 기운이 없다. 氣는 여전히 존재하지만 理의 역할이 심하게 의심받는 위치에 이르른 시기의 시이다. 그러면서도 理의 회복을 완전히 부정하지는 않았다.

> 少年十五 二十時에 ᄒ던 일이 어졔론듯
> 속곰질 쒸움직과 씨름 탁견 遊山ᄒ기
> 小骨쟝긔 投箋ᄒ기 져기츠고 鳶날리기
> 酒肆靑樓 出入다가 스름치기 ᄒ기로다
> 萬一에 八字가 죠하만졍 身數가 험ᄒ던들 큰일날번 ᄒ괘라
>
> (2352. 김민순 『청구영언』)

사는 재미는 氣인 현상 그대로 사는 것에 있지만 理대로 살지 않으면 위험하다는 것이다. 여기서도 理는 유지되고 있다. 그러나 현저히 그 힘이 약화되었다. 사람이 관심을 갖는 것은 다섯 줄 중에서 네 줄이나 되는 재미난 생활이다. 씨름, 遊山, 投箋, 酒肆靑樓 出入 등등 재미난 것들을 하고 싶다. 그것을 못하는 것은 혹시 큰 일 날까 하는 걱정 때문이다. 理致를 추구하는 데서 오는 적극적 기쁨은 간 데 없고 그저 몸조심하는 데나 쓰일 정도로 理致의 작용이 약화된 것이다.

위의 두 편과 같은 시와 그 앞의 興趣를 중시하는 시들은 같은 연장선에 있는 두 경향인 것 같다. 같은 연장선상이란 세상의 理致인 理의 위상을 약화시키거나 무화시키는 선이고, 다른 두 경향이란 理를 그래도 인정해 보이는 것과 리를 보이지 않고 기만을 보이는 것의 다름이다. 그런데 이 두 경향이 사상사에서도 동일한 구조를 보여 흥미롭다. 약화되었지만 理를 인정하고 二元論의 범주 내에서 氣의 기능을 강화하였던 조류는 湖論의 人物性

異論으로 나타났다. 이에 대하여는 앞장에서 논한 바 있었다. 二元論의 범주를 무화시키고 氣一元論에 의해 人性을 一元化시키고 그 자체로 善 아님이 없음을 보여준 것은 鹿門 任聖周의 철학사상이었다. 임성주에 와서야 佛教 이래로 계속되어 온 하나의 방향 곧 인간 삶의 肯定이 完成된 것이라 할 수 있다.

이러한 변화의 양상은 또한 絶對論的 價值觀이 변화하고 相對論이 자라날 수 있는 토양이 마련되었다는 점으로도 조명해 볼 수 있다. 전기 性理學은 객관 세계의 규범적 理致에 인간 삶의 부정형태를 수정하여 교정한다는 것이었다. 객관 세계의 理致는 절대적인 규범으로서 倒錯될 수 없는 권위를 가진 것이었다. 절대적인 권위의 긍정은 방향성을 갖게 마련인데 조선의 경우는 주자와 명나라에게로 집중되었다. 후기에 와서 개개 인간의 삶이 그 자체로 긍정되자 自我에 관한 인식에 변화가 일어났다. 위에서 보았듯이 自我가 막강했던 세계의 질서와 대치하고 저항할 수 있는 존재임이 드러난 것이다. 개개의 自我가 그와 같은 존재일 때 세계를 중심으로 놓지 않고 각각이 자신의 중심이 된다. 이는 전체적으로 보면 相對主義로 나타난다. 이러한 견해는 홍대용이나 박지원의 사상과 동시성의 관계가 있을 것이다.

이러한 시조는 도학적 자연시조나 훈민 경학시조와 달리, 기존의 사회적 이치나 공동체의 윤리를 개인이 내면화한다는 의식과는 거리가 먼 것들이다. 자아가 확대되면 세상을 벗어날 수 있다. 그것은 이 세상 내에서의 삶의 완성이라는 유학적 일상성에서 벗어나는 것이다.

유학적 일상성을 제시하는 시조와 자아의 흥취를 위주로 하는 시조 사이에는 큰 거리가 있다. 한정적 자연시조는 여러 시대에 걸쳐 꾸준히 창작되지만, 훈민 경학시조와 도학적 자연시조 계열과 유흥 애정시조 계열 사이에는 시간적인 차이도 말할 수 있다. 그런데 요즘 특히 주목을 받고 있는 이른바 田家時調는 이 두 계열 사이에 위치하는 것 같다.

전가시조는 자연 대신에 전가가 자리한 시조이다. 전가란 순수한 자연이 아니다. 전가는 노동을 함의한다. 자연의 도학적 질서와 이치 대신에 들어선 전가의 질서와 이치는 노동으로 이루어지는 삶의 영위, 생존의 지속이다. 거칠게 말하면, 전기 사대부 시조의 이치는 도학적인 것인 반면, 후기의 그것은 삶의 영위이다. 이 이치는 미리 정해진 것이 아니고 삶을 영위하는 과정에서 나타나는 것이다.

삶을 영위하고 생존을 지속하는 것 자체가 목적인 시조는 '경세시조'라고 하는 것이다. 그것은 '나무에 올려놓고 흔들어대는 세상'에서 어떻게 살아가야 하는가의 문제를 제기하는 시조이다.11) 거기에는 사회적 윤리나 공동체의 질서가 개입될 틈이 없다. 그러나 전가시조는 삶의 영위를 위한 공동체적 질서를 얻게 된다. 이것은 전가시조가 도학적 자연에서는 탈피했지만 아직도 도학적 질서에의 영향을 받고 있는 것으로 볼 수도 있고, 도학적 질서가 아니라 생활의 필요에서 나온 새로운 공동체적 질서로 볼 수도 있다. 그러나 사실은 이 두 가지가 다 혼효되어 있다는 것이 실상일 것이다. 이것이 전기의 도학적 시조가 후기 시조로 이행하는 과정의 실상을 보여주는 것이다.

이에 의해 기호의 사변형으로 정리해 보는 것이 이해에 도움이 된다. 그러나 그 틀의 구도는 같지만 세계의 이치라는 내용물은 이미 달라진 것이다.

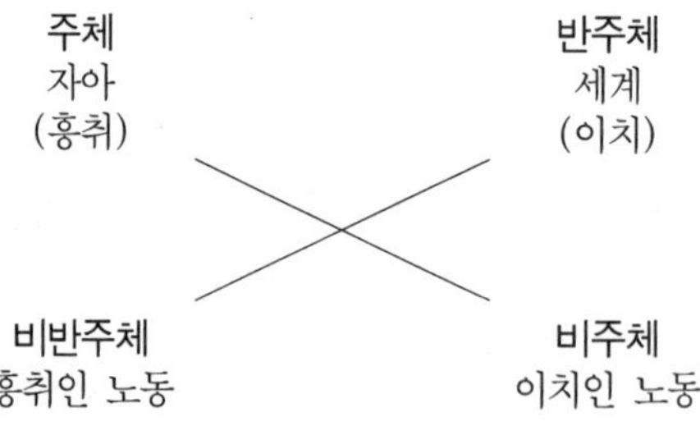

---

11) 신연우, 「경세시조에 보이는 세상살이의 표정」, 『조선조 사대부 시조문학 연구』, 박이정, 1997.

이치인 노동은 삶을 영위하기 위해 필요한 것이다. 삶을 영위하고 생존을 지속하기 위한 노동은 수고스럽다. 그것은 흔히 땀과 고통으로 나타난다. 흥취인 노동은 전가의 모습을 전시대의 강호자연의 연장으로 보는 시각이다. 그것은 전가의 보람, 여유 등으로 나타난다. 이렇게 볼 때 다음과 같은 전가시조의 두 경향을 잘 이해할 수 있다.12)

> 흰 이술 서리 되니 ᄀ올히 느저 잇다
> 긴 들 黃雲이 흔빗치 되거고야
> 아희야 비즌 술 걸러라 秋興계워 ᄒ노라　　　　(신계영, 「전원사시가」5)

> 여름 날 더운 적의단 따히 부리로다
> 밧고랑 미쟈 ᄒ니 씀 흘너 따히 듯네
> 어ᄉ와 粒粒辛苦 어늬 분이 알ᄋ실고　　　　(이휘일, 「전가팔곡」3)

앞의 신계영(1577-1669)의 작품은 전원에서의 삶을 대상으로 한 것이지만 농사의 괴로움보다는 농촌 유지의 여유로운 삶을 보여준다. '울 고치고 소먹이는' 일을 말하기도 하지만 대체적으로는 낮잠을 즐기고 술과 안주를 마련하고 거문고를 타며 노는 한가하고 겨르로운 생활을 노래하고 있다. 그러나 여기서의 전원은 자연의 어떤 질서나 내적 윤리나 공동체의 삶을 다루고 있지 않다. 자아 개인의 흥과 여유가 두드러질 뿐이다.

뒤의 시조인 이휘일(1619-1672)의 것은 농사의 고통을 실감나게 그려 보인다. 쌀알 하나하나가 辛苦의 소산인 것을 누가 알겠느냐고 했다. 그것이 관념적이거나 구경꾼의 입장이 아니라 직접 땀을 흘리는 체험 속에서 나

---

12) 이 두 경향을 양단한 것은 신영명, 「17세기 강호시조에 나타난 田園과 田家의 형상」, (한국시가학회 제12차 정기학술발표회, 1999. 7. 3. 한양대학교)이다. 그러나 이를 모두 17세기의 분화된 향촌사족이 정계진출의 길이 막힌 상태에서 경제적 부의 획득을 과제로 하고 있기 때문에 농경 형상의 시조가 나타나는 것으로 본 것은 적지않은 무리가 있다.

온 것임을 보이고 있다.(실제로 이휘일이 논밭에서 땀을 흘리며 직접 농사를 지었느냐의 문제가 아니라 시적 형상화가 그렇게 되어있는 점을 주목하는 것이다.) 이러한 고통은 여유를 위해서가 아니라 삶을 지속하기 위해서 의미가 있는 것이다. 이것은 삶이 선험적 도의 구현을 위해 영위되는 것이 아니라 생존 자체가 목적일 수도 있음을 보이는 것이다. 그러면서도 이휘일의 시조는 공동체적 윤리의 모습을 보인다. 대표적인 것이 둘째 수의 '두어라 내 집부터 하랴 남 하니 더욱 좋다'와 같은 표현일 것이다.

이러한 양보와 협동의 미덕은 향촌의 생활을 영위하는 데 무엇보다 필요한 덕목이었을 것이다. 그것은 향촌의 질서를 유지해야 자신들의 경제와 산업기반이 안정될 수 있다는 현실적 필요에 의한 것일 수도 있다. 이휘일이 직접 논에 들어가 일을 하지는 않았겠으나, 그것을 화자의 목소리로 낮추어 표현한 것은 정철이 훈민가에서 보여주던 기법의 일면을 보여준 것이라 할 수 있다.

이것은 18세기 후반의 위백규(1727-1798)의 「농가구장」에서 더 확대되는 면이다. 몸소 농사를 지으며 공부를 병행해야 했던 위백규가 함께 농사를 짓는 일가들의 모습을 그린 「농가구장」에서는 '평교간의 대화체가 더 많이 사용되었고, 공동체적 연대감과 내적 결속을 구체적으로 형상화하고 있는 표현'[13]이 더욱 많다.

이것은 결국 전가시조가 도학적 자연시조와 달리 자연이라는 매개항을 제거하고 전가라는 생활을 제시했지만, 공동체의 윤리를 내면화한다는 사대부 시조의 원리적 측면은 지속하고 있음을 보여준다. 이 측면이 소거되었을 때, 사대부 시조는 미적인 형상에 탐닉하거나 애정 유흥에 빠지는 시조로 옮아가고, 그것은 결국 시조의 해체로 이어지는 것으로 보인다.

---

13) 김석회, 『존재 위백규 문학 연구』, 이회, 1995. 245-246쪽.

한편으로, 공동체적 사회 윤리를 내면화한다는 원리는 공통어구의 사용이라는 시조 일반의 시적 구성원리와도 같은 맥락에 놓이는 것이다.14) 공통어구란 현전하는 각 시조집에 보이는 서로 유사한 어구를 말한다. 다음과 같은 것이다. 앞의 숫자는 『교본역대시조전서』의 표제시조번호이다.

> 2963. 秋江 블근 돌에
> 2964. 秋江에 둘 밝거늘
> 2965. 秋江에 쩟는 비는
> 2966. 秋江에 밤이 드니

'秋江'에 '달', '배', '밤'이 연결되어 있다. 이 경우 '秋江'은 선행되는 반복의 과정을 거처 어떤 일정한 의미를 규약적으로 전달하고 있다고 생각된다. 적막하고 조용한 강을 나타내기 위해 사용된 '秋江'이라는 표현이 적당한 것이었다고 판정되어 널리 알려지면 이제 시조를 짓는 사람들은 봄이나 여름, 가을의 강도 조용하고 한적할 수 있겠지만, '春江'이나 '夏江' 또는 '冬江'이라고는 쓰지 않고 마치 약속이 되어져 있는 것처럼 '秋江'이라는 시어를 사용하게 된다는 말이다. 거꾸로 '秋江'이라는 시조의 시구를 접하게 되면 그것은 별다른 의식이나 노력 없이 적막하고 조용한, 쓸쓸하기까지 한 느낌을 주는 잔잔히 흐르는 강으로 자연스럽게 받아들여지게 된다. 작자 또는 창자는 그러한 여러 가지 느낌과 감정을 여러 말로 자세히 서술하지 않고 간단히 '秋江'이라고 함으로써 단번에 독자 또는 청자에게 전달할 수 있는 것이다. 이러한 점에서 '秋江'은 의미 전달 기능을 갖는다고 말할 수 있다. '秋江'은 '가을 강'이라는 어휘적 의미도 갖고 있다. 그러나 '가을 강'이라는 어휘 의미 배후의 정감적 느낌의 미묘한 차이까지 직관적으로 소통시키는 전달의

---

14) 이하 공통어구에 대한 논의는 신연우, 「어구결합방식을 통해 본 시조의 구성원리」, 한국학대학원 석사논문, 1985.

기능이 공통어구 부분에 뚜렷이 나타나는 서잇리음로 그렇게 말할 수 있다. 이는 공통어구 부분 일반이 담당하는 기능이다.

이와 같이 작자와 독자의 체험을 공유하는 일은 통시적으로는 작자와 독자가 일치하던 시대의 유산이라고 할 수 있겠고 공시적으로는 당대의 문학의식에 합당한 것이었으리라는 점을 이해할 수 있다. 다시 말하면 이들은 공통어구를 사용함으로써 작가의 개성이 말살된다거나 다른 작품과 같은 시구가 보인다고 해서 표절이라거나 하는 생각을 하지 않았다는 것이다. 오히려 공통어구는 당대 시조 담당층 성원 서로간에 동시대적인 문화적 일치감을 확인시켜 주었으며, 이러한 문화적인 소속감, 안정감은 시조를 통해 얻을 수 있던 공동 자산이었다. 두견새가 우는 山은 텅 빈 '空山'이라고 하나같이 쓸 수 있는 사람들은 서로를 상대방을 통해 확인할 수 있었다. 이는 시조가 '詩'가 아니라 '歌'였다는 사실과도 관련된다. 당시 사람들은 歌壇을 조직하곤 하였는데, 가단을 통한 집단적 일체감의 확인은 공통어구의 기능인 부르는 사람과 듣는 사람의 일체감 조성과 같은 맥락에서 이해되는 것이다.

18세기 경이 되면 이러한 문화적인 안정감, 전통에의 소속감은 한편으로는 중인 계급 구성원들의 의식이나 문화를 통한 신분 상승욕을 채우는 구실도 하게 되었다. 그들은 공통어구를 사용하여 고려말부터 사대부층의 문학으로 창작되던 시조가 이루어 놓은 분위기와 맥락을 자신들이 지은 시조 작품에 사용하여, 공통 부분을 만들어 놓음으로써 사대부 계층과의 정신적 공유 부분을 마련하였던 것이다. 나아가서 이들은 한시를 지을 소양은 없었지만 대신 시조에서 특히 한시풍의 공통어구, 한자어로 이루어진 공통어구를 사용했다는 사실도 이에 부합되는 것이다.

이렇게 공통의 의식을 마련한다는 것은 사대부 시조에서 공통의 윤리적 의식을 지향한다는 점과 표리를 이루는 것이 아닌가 한다. 전기 사대부 시조는 그 내용의 측면에서 공통의 사회적 질서의식을 개인의 내면화로 전이한다는 공통어구적 특성을 보였다면, 공통어구는 형식의 측면에서 이 같은 공통 윤리의식을 반영했던 것이 아닌가 하는 것이다. 이 둘은 어느 면에서 중세적인 것이다. 현대와 같이 개인이 개인화, 파편화되는 세계에서는 이루어지기 어려운 내용인 것이다. 현대시조는 형식면에서는 시조일 수 있으나 이 같은 내적 원리를 이루어내지 못하기 때문에 고시조와 판이한 느낌을 주는 것이다.

6

맺음말

이제까지 필자는 조선 전기에서 중기에 이르는 동안의 사대부 작가의 시조를 유학적 일상성이라는 하나의 틀로 읽어보고자 했다. 지나치게 도식적 전개로 파악했다는 험을 지울 수 없을 것이다. 사대부 시조의 한 틀을 개념화 해 정리하고자 하는 욕심이었다고 자위한다. 공부가 더 깊어져서 사대부 시조의 실상을 더 잘 알게 되면 이런 도식성을 면할 수 있을 것으로 기대해 볼 뿐이다.

이제까지의 검토에 비추어 정리해보면, '유학적 일상성'이란 세계가 갖고 있는 것으로 파악되는 질서를 무질서하고 무의미한 현실에 내재화하여, 질서있고 의미 있는 현실세계, 내면의 세계를 만들어, 현실에서의 공동체적 윤리를 가능하게 하는 내면적 근거를 확보하는 삶의 태도를 말한다. 그것은 세계의 질서를 초월적인 방법으로 추구하는 것도 아니고, 현상계의 파편화 되고 무질서한 개체적 사태들에 휩쓸리는 비속한 방법에 빠져버리는 것노 아니다. 삼국유사에 자주 보이는 바와 같은 비속을 통해서 초월을 제시하는 것도 아니다. 그것은 세계 질서를 지금 여기의 현실에 그리고 자아의 내면에 구현하고자 하는 태도이다.

　이러한 특성은 고려 후기 신흥사대부들에 의해 구비되었고 이들에 의해 시조도 만들어졌다. 시조는 신라의 향가나 고려 가요와 질적으로 변별되는 새로운 갈래였다. 그 변별성은 무엇보다 시조가 우리 시가문학에서는 최초로 현실 맥락을 있는 그대로 수용하고자 하는 노력을 보인데 있다. 질서만의 이상적 관념세계인 초월을 추구하거나, 세계 질서의 빛이 드러나지 않는 개인적 사태로 함몰되어 버리는 비속함을 열거하지 않고, 현실을 떠나지 않으면서 현실에 질서의 빛을 비추고자 했던 것이다.

　이를 위해 고려말의 사대부 시조는 우선 현실 문제를 떠나지 않는 소재와 주제를 보여주었다. 조선 초기의 맹사성이나 황희는 사시 관념을 통해 자연의 질서와 현실의 풍요로움을 연결시키고자 했다. 그것은 왕조 초기의 사회적 정치적 여유와 자신감의 표현이었을 수 있겠다. 이현보에 이르자 삶과 자연의 일치 조화했던 모습이 사라지고 세속과 자연이 단절되게 된다. 이현보가 자연으로 귀환해 버리고 말게 된 것은 지배층 내부에 생긴 이질감과 연관 있을 것이다. 그러나 사대부는 자연을 홍진의 세속으로부터의 도피처로만 간주하지 않았다. 이황은 도피처로 끝날 뻔 했던 자연에서 도를 찾아내었고 도덕적 수양의 근거를 제시했다. 그의 자연은 바로 세계 질서를 인간 사회의 공동체 윤리와 연결해 주는 매개체가 되었다. 자연을 매개로 해서 사대부 시조는 문학과 도학을 연결시킬 수 있게 되었다. 자연을 매개로 해서 도학을 내면화하여 현실세계 운용의 틀을 현실세계 내에서 가능하게 하는 방법을 찾은 것이다. 자연의 매개 과정 없이 공동체의 윤리라는 결과물만을 직접 제시하고자 한 것이 주세붕이나 정철같은 목민관의 훈민시조이다. 이것은 물론 향촌사회의 질서가 사대부의 삶을 가능하게 한다는 사회적 인식에 연결되어 있었다. 그리고 이 두 시조는 유학에서 말하는 下學而上達이라는 학문적 실천적 방법에 직결된다. 하학은 직접 제시되는 것이었고, 상달은 자연을 매개로 해서 내면화하는 것이었다. 자연과 도학의 합일이 더 완구된 것은 이이의 시조에서이다. 또 이황은 시간적 제약을 받지 않고 불변하는 도학의 궁극세계를 보여주는 데 더 관심이 있었다면, 이이는 과정적 측면을 더 잘 보여주었다.

서로 상충되는 경향이 있는 실천과 이론의 지렛대의 균형을 잃지 않기 위해 이들이 보여주었던 정신적 긴장을 이해하면 이들의 시조가 더 잘 해명된다. 그 점을 보이기 위해 李珥가 불교선사와 나눈 담화와 시, 이황의 『聖學十圖』에서 「敬齋箴」과 「夙興夜寐箴」 등을 이들 사대부 시조와 연관지어 설명해 보았다. 이러한 시도가 갖는 장단점이 있을 것이다. 그러나 아직도 보다 충분한 이해를 위한 연관적 설명이 되었을 뿐, 사대부 시조의 문학성을 해명하는 데에는 크게 미흡하였다. 이것은 다음 과제가 될 것이다.

임란의 충격으로 사대부 자체의 문화적 기반이 너무 크게 흔들렸기에 그 시조도 자체의 전통을 이어나가지 못하게 되었다. 이후로는 사대부 시조에서도 애정 유흥시조나 미적인 감각을 고양시키는 시조가 대거 출현했다. 이 사이에 전가시조가 있다. 전가시조는 전기 사대부의 이념을 탈피하면서도 아직 애정 유흥시조 등과 같은 해체를 보이지는 않는다. 그것은 성리학 구도의 理를 내세우지 않게 되었지만 아직도 세계를 질서의 측면에서 파악하고자 하고 공동체 윤리를 자각적으로 이끌어내고자 하는 의지를 보인다. 이러한 시조가 해체되면서 시조는 조선후기 시조의 모습을 분명히 드러냈던 것이다.

이러한 고찰은 우리로 하여금 우리 시 전통의 한 맥락을 뚜렷하게 인식하도록 한다. 그것은 초월이나 비속으로 빠지지 않을 뿐 아니라, 내적이어서 개인적이면서도 공동체의 삶에 기여하는 시적 전통이나. 지나치게 개인적이기만 하거나, 그래서 지나치게 난해한 시를 공중에게 내놓거나, 개인적 감정을 여과 없이 배설하듯이 쏟아 붓는 시들은 사대부 시조와 가장 거리가 먼 것들이다. 사대부 시조를 잇는 시들은 역사와 사회적 책무를 망각하지 않으면서도 세계의 인식이 내면화되는 순화 과정을 거쳤음을 보여주는 시이다. 이런 시 인식이 공동체화되어 하나의 시적 경향을 이룰 때 사대부 시조는 현대에 전승되었다고 할 수 있다. 이와 같은 생각은 왜 오늘날의 현대시조가 사대부 시조의 적자라고 하기 어려운가 하는 데까지 이르게 한다. 형식적으로는 사대부 시조를 따르고 있지만 사대부 시조가 추구하던 정신, 그 내용, 그 가치관과는 다르기 때문이다.

파편화되고 무질서하고 무의미한 삶을 지양하고 내적인 질서를 찾고 공동체 속에서 개인의 삶을 의미 있게 하고자 하는 사람들에게 사대부 시조는 하나의 거울이 된다. 그 정신을 잇는 현대시가 우리 시사에서 모습을 드러내야 할 일이다. 그런 시는, 현실에서 도피적으로 신비적 초월적 추구에 몰두하거나 무질서1한 현실에서 뒹굴며 왜곡된 자아로 살아가지 않게 할 것이다. 개인들에게 삶의 의미를 깨닫게 하고 삶을 견디어 내는 힘을 줄 것이다. 그것은 파편화되는 삶을 만들어 내는 오늘날의 세계에 더욱 필요한 일이다.

◉ 신연우

연세대학교 국문학과 졸업
한국정신문화연구원 한국학대학원 문학석사 문학박사
현 국립 서울산업대학교 문예창작학과 교수
지은 책 :『조선조 사대부 시조문학 연구』,『시조속의 생활, 생활속의 시조』
논문 :「어구결합방식으로 본 시조의 구성원리」
　　　「이현보에서 이황으로 자연시조의 변이에 대한 소고」
　　　「시조 표현기법의 한 고찰」
　　　「'만언사'의 작품론적 고찰」
　　　「'바보형제' 이야기의 신화적 해명」
　　　「이규보의 '說' 읽기의 한 방법」 외

사대부 시조와 유학적 일상성

2000년　5월　30일　제1판 1쇄　발행

지은이　•　신연우
펴낸이　•　박영희
펴낸곳　•　이회문화사
　　　　　서울시 광진구 광장동 102번지 현대골든텔Ⅱ 509호
　　　　　전화 • 457-7912　팩스 • 02-454-1961
　　　　　e-mail • ih7912　home page • http://www.ihoe.co.kr
ISBN　•　89-8107-133-0　　93810
등 록　•　제1-1342(1992. 5. 2)
정 가　•　12,000원

＊저자와의 협의하에 인지는 생략합니다.　＊잘못된 책은 바꾸어 드립니다.